ro
ro
ro

ASTRID FRITZ studierte Germanistik und Romanistik in München, Avignon und Freiburg. Anschließend arbeitete sie als Fachredakteurin in Darmstadt und Freiburg und verbrachte drei Jahre in Santiago de Chile, bevor sie Bestsellerautorin wurde. Heute lebt sie in der Nähe von Stuttgart. Im Rowohlt Taschenbuch Verlag erschienen bisher: «Die Hexe von Freiburg» (rororo 25211), «Die Tochter der Hexe» (rororo 23652), «Die Gauklerin» (rororo 24023), «Das Mädchen und die Herzogin» (rororo 24405), «Der Ruf des Kondors» (rororo 24511), «Die Vagabundin» (rororo 24406), «Die Bettelprophetin» (rororo 25250) und «Der Pestengel von Freiburg» (rororo 25747). Ihr neuester Roman «Die Himmelsbraut» erschien 2012 bei Kindler.

Mehr über die Autorin finden Sie unter
www.astrid-fritz.de

ASTRID FRITZ

Das Aschenkreuz

Historischer
Roman

Rowohlt Taschenbuch Verlag

2. Auflage Juli 2013

Originalausgabe
Veröffentlicht im Rowohlt Taschenbuch Verlag,
Reinbek bei Hamburg, Juli 2013
Copyright © 2013 by Rowohlt Verlag GmbH,
Reinbek bei Hamburg
Umschlaggestaltung any.way, Barbara Hanke / Cordula Schmidt
(Abbildungen: Daniel Murtagh / Trevillion Images;
Christie's Images / CORBIS; akg-images; National Museum
Wales / The Bridgeman Art Library; thinkstockphotos.de)
Satz DTL Vanden Keere PostScript (InDesign)
bei Pinkuin Satz und Datentechnik, Berlin
Druck und Bindung CPI – Clausen & Bosse, Leck
Printed in Germany
ISBN 978 3 499 26649 2

Prolog

Ein tiefgrauer Himmel hatte den frühen Abend zur Nacht gemacht. Der Mann im dunklen Umhang verbarg sich in einer Toreinfahrt. Eine kräftige Windböe fuhr ihm ins Gesicht, als das Unwetter auch schon losbrach. Wie aus Kübeln ergoss sich das Wasser aus dem schweren Gewölk, und die Menschen auf den Gassen flüchteten sich im Laufschritt in den Schutz ihrer Häuser und Werkstätten. Nur die schmächtige Gestalt vor ihm hatte offenbar keine Eile. Jetzt blieb der Bursche sogar stehen und hielt das Gesicht in den strömenden Regen.

Die Gelegenheit war gekommen. In völliger Einsamkeit erstreckte sich vor ihm die Abtsgasse bis zu den Augustinern, und nur wenige Schritte entfernt befand sich, wie seit der Großen Pest vielerorts in der Stadt, ein mit wilden Bäumen und Buschwerk überwucherter, brachliegender Grund. Fast tat ihm der Kerl leid. So jung noch, dabei so angenehm anzusehen. Er fuhr sich mit dem Ärmel über die nasse Stirn, als wolle er diesen Gedanken wegwischen. Doch es gab kein Zurück, jetzt nicht mehr.

Er zog sich die Kapuze tief ins Gesicht. Warum nur musste dieser Tölpel seine hübsche Nase in Dinge stecken, die ihn nichts angingen? Hatte er zunächst daran gedacht, ihm eine

Abreibung zu verpassen, die er sein Lebtag nicht vergessen würde, so war er jetzt entschlossen, Ernst zu machen.

Kein Vaterunser später hatte er ihm von hinten den Arm auf den Rücken gedreht und ihm gleichzeitig die Hand auf den Mund gepresst. Es war ein Leichtes, ihn ins Dunkel der Brache zu der halb verfallenen Scheune zu zerren. Dort aber begann der Junge sich mit der Kraft eines Löwen zu wehren. Er schaffte es, sich halbwegs freizukämpfen, da erhellte ein greller Blitz die Dunkelheit. Weit offen stand der Mund des Knaben vor Entsetzen, als er sein Gegenüber erkannte.

Dann ging alles sehr schnell. Er bückte sich wieselflink nach einem scharfkantigen Stein und schmetterte ihn gegen den Schädel des Jungen. Dessen Schrei ging unter in dem mächtigen Donnerhall, der die Häuser der Stadt erschütterte. Noch einmal schlug er zu, vermeinte das Knacken der Schädeldecke zu spüren, dann sackte der knabenhafte Körper in seinem Arm leblos in sich zusammen.

KAPITEL 1

✛

s wurde eine unruhige Nacht. Bei jedem Donnerschlag ruckte die bettlägerige Alte vor Schreck mit dem Kopf hin und her.

«Keine Sorge, Kandlerin.» Serafina Stadlerin streichelte der Siechen die altersfleckige Hand. «Hier kann uns nichts geschehen. Schlaft nur ruhig weiter.»

Dabei war es Serafina selbst nicht ganz wohl in ihrer Haut. Seit dem frühen Abend tobte das erste Gewitter dieses Frühsommers nun schon über der Stadt. Die Sturmböen rüttelten an den verschlossenen Fensterläden, Blitz und Donner wollten kein Ende nehmen. Sie sagte sich, dass sie hier in der Stadt ungleich geschützter waren als in dem kleinen Dorf, in dem sie einst aufgewachsen war und so manches schlimme Unwetter erlebt hatte. Doch leider wirkte das schäbige, schmale Holzhäuschen der beiden hochbetagten Schwestern nicht gerade vertrauenerweckend. Es schien nur noch von seinen beiden Nachbarhäusern, deren Erdgeschoss aus solidem Stein gebaut war, am Umfallen gehindert. Wieder und wieder musste sie sich die Worte ihres Vaters, der ein kluger Mann gewesen war, in den Sinn rufen. Ein Blitz schlage sein Feuer, wenn er die Wahl hatte, stets in den höchsten Punkt. Und das war, wenn nicht das Dach der benachbarten adligen Trinkstube Zum

Ritter, zweifellos der Münsterturm, der nur wenige Schritte vor der Haustür in den Himmel ragte.

Die alte Frau spitzte die Lippen, zum Zeichen, dass sie Durst hatte. Seit ihrem bösen Sturz vor einem Vierteljahr konnte sie sich nicht mehr rühren und war dem Tod näher als dem Leben. Aber der Herrgott wollte sie noch nicht haben. So siechte sie in ihrer ärmlichen kleinen Kammer reglos vor sich hin, vor einiger Zeit hatte sie sogar das Sprechen aufgegeben. Tag und Nacht brauchte sie Hilfe, die in aller Regel ihre Schwester leistete, ebenfalls verwitwet, doch für ihr Alter noch erstaunlich rüstig. Jetzt aber war die gute Frau zur Niederkunft ihrer jüngsten Tochter für einige Tage ins nahe Kirchzarten gereist, und die Kandlerin war auf die Barmherzigkeit Fremder angewiesen.

Serafina goss im schwachen Schein der Tranlampe ein wenig Wasser in den Becher und gab der Kranken in kleinen Schlucken zu trinken. Ganz allmählich legte sich das Gewitter. Zwischen den Ritzen der Fensterläden waren keine Lichtblitze mehr zu erkennen, und die krachenden Donnerschläge hatten sich in ein mehr oder weniger fernes Grollen verwandelt. Vielleicht würde sie ja doch noch eine Handvoll Schlaf bekommen.

Müde lehnte sie sich in ihrem zerschlissenen Polsterlehnstuhl zurück und stieß dabei ein verärgertes Schnaufen aus. Das alles hatte sie nur ihrer Mitschwester Adelheid zu verdanken. Eigentlich wäre die Nachtwache bei der alten Witwe deren Aufgabe gewesen, doch wieder einmal hatte Adelheid Unpässlichkeit vorgeschoben, um einer mühevollen Aufgabe zu entgehen.

Ohnehin verstand Serafina nicht, warum Mutter Catharina, als Meisterin ihrer kleinen Schwesternsammlung zu

Sankt Christoffel, ausgerechnet diese Frau so häufig zur nächtlichen Krankenpflege bestimmte. Adelheid Ederlin entstammte einem der vornehmsten Freiburger Geschlechter, das einst im Silberbergbau ein Vermögen gemacht hatte, und niemand in ihrem bescheidenen kleinen Konvent konnte nachvollziehen, warum sie nicht in das erlauchte Kloster Adelhausen eingetreten war, das vor den Toren der Stadt lag. Dort hätte sie ausreichend Muße zur Lektüre ihrer mystischen Bücher gehabt oder zu ihren Stickereien und Andachtsbildchen, die indessen, wie Serafina eingestehen musste, von höchster Kunstfertigkeit waren. Ansonsten aber hielt sie Adelheid für schlichtweg faul, kein bisschen geschaffen für den Alltag in freiwilliger Armut und im Dienst am Nächsten.

Serafina hingegen gefiel ihr neues Leben hier in Freiburg, das sie erfüllte und ihr ungeahnte Freiheiten eröffnete. Als Laienschwestern ohne Klausur konnten sie sich frei in der Stadt bewegen, was auch notwendig war für ihre wichtigsten Aufgaben: So nahmen sie an Bestattungen teil, um mit ihren Gebeten und Fürbitten zum Seelenheil der Verstorbenen beizutragen, oder gingen in die Häuser zur Krankenpflege und Sterbebegleitung. Wobei Serafina der Umgang mit dem Leichnam anfangs einige Überwindung gekostet hatte.

Da mussten dem Verstorbenen zunächst die Augenlider und der Mund geschlossen werden, Ersteres aus Furcht vor dem bösen Blick, Letzteres, um die Rückkehr der Seele in den Körper zu verhindern, konnte der Tote doch sonst zu einem dämonischen Wiedergänger werden. Anschließend wurde der Leichnam sorgfältig gewaschen, mit Wasser oder in vornehmen Häusern auch mit Wein, hernach mit Spezereien eingerieben, in ein Büßerhemd oder weißes Laken eingeschlagen, aufgebahrt und zum Abschluss besprengt und beräuchert.

Für diese Dienste an ihren Mitmenschen durften sie, wenn es nicht anders ging, sogar die tägliche Morgenmesse bei den Barfüßern versäumen. Auch waren sie nicht, wie die Klosterfrauen, an feste Stundengebete gebunden – ihre zwanzig Paternoster und Ave-Maria morgens und abends konnten sie auch im Stillen, für sich, verrichten. Dies kam Serafina sehr entgegen. Obwohl sie eine gottesfürchtige Frau war, hielt sie unablässiges Beten für eine Zeitverschwendung, die der Herrgott gewiss nicht wollte. Zumal sie sich als freie Schwesterngemeinschaft selbst versorgen mussten, ganz wie in ihrem Regelbuch geschrieben stand: «Wir sind geneigt, Gott zu dienen, unser Handbrot zu leben und niemanden mit Almosen zu beschweren.» So trugen sie also mit ihrer eigenen Hände Arbeit allesamt mehr oder weniger – die gute Adelheid eher weniger – zum Unterhalt der Gemeinschaft bei.

«Ich bin überrascht, wie schnell du dich bei uns eingelebt hast», hatte ihr die Meisterin vor wenigen Tagen gesagt. Serafina musste unwillkürlich lächeln, als sie jetzt an diesen Satz dachte. Hätte sie Mutter Catharina sagen sollen, dass ihr das enge Zusammenleben mit Frauen durchaus vertraut war? So viel anders als in Konstanz war es hier nicht. Auch im Haus Zum Christoffel trafen die unterschiedlichsten Wesensarten auf kleinstem Raum zusammen. Da waren, neben der schönen, etwas dünkelhaften Adelheid, noch die frömmlerische, ewig mürrische Heiltrud, die Serafina mit ihrer langen spitzen Nase und ihren eckigen Bewegungen an einen alten grauen Storch erinnerte, die furchtsame, kränkliche Mette, die ein hartes Leben als Magd hinter sich hatte, ihre Meisterin Catharina, die in mütterlich-liebevoller Strenge das Haus zusammenhielt, und nicht zuletzt, als Jüngste im Bunde, die fröhliche, unbedarfte und ewig hungrige Grethe. Sie war ihr in diesen wenigen Wochen trotz des Altersunterschieds zu einer echten Freundin geworden.

Ja, Serafina fühlte sich wohl unter diesen Frauen, und sie genoss den überschaubaren, schlichten Alltag mit ihnen. Langweilig wurde es dabei nie, zumal sie und ihre Gefährtinnen bei ihren Diensten viel in der Stadt herumkamen. Und des Sonntags lud ihre Meisterin nicht selten Gäste zum Mittagessen ein: mal die Ärmsten der Armen, mal vornehme Bürgerinnen und Bürger, die ihre Sammlung unterstützten. Wobei es mit Ersteren meist weitaus fröhlicher zuging.

Das Einzige, was Serafina ein ganz klein wenig vermisste, war der Bodensee, dieses endlose Wasser, das in der Morgensonne gleich Edelsteinen glitzerte, an schönen Sommertagen tiefblau schimmerte oder sich an Wintertagen in einem Meer von Nebel verlieren konnte. Und natürlich ihr kräftiges, dunkles Haar, auf das sie immer so stolz gewesen war. Gleich nach ihrer Ankunft vor sechs Wochen hatte Grethe es ihr fast stoppelkurz geschnitten und ihr dabei mit einem mitfühlenden Lächeln eröffnet, dass dies nun viermal im Jahr geschehe. Doch waren das letztlich Kleinigkeiten. Nicht einen Tag hatte sie bislang ihren Entschluss bereut, hier in Freiburg ganz von vorne zu beginnen. Und dass niemand in dieser Stadt sie kannte, war umso besser.

Mitunter plagte sie allerdings das schlechte Gewissen gegenüber der Meisterin. Zwar hatte sie nicht ausdrücklich gelogen bei ihrer Aufnahme in die Schwesternschaft, mehr als geflunkert indessen zweifellos. So hatte sie zu ihrer Vergangenheit nur angegeben, dass sie aus einem Dorf im Radolfzeller Hinterland stamme, wo ihr Vater Schultes war – was beides stimmte –, dass sie nie verheiratet gewesen sei und ihr Brot als Hausmädchen in feinen Herrenhäusern in der Schweiz verdient habe. Zeugnisse und Papiere besitze sie leider keine, da man sie auf dem Weg nach Freiburg ausgeraubt habe. Auch das entsprach halbwegs der Wahrheit. Wohl war sie so vernünftig gewesen, sich gleich ab Konstanz einer Reisegruppe anzuschließen, doch schon in der ersten Herberge hatte man nachts ihr Bündel geklaut. Zum Glück hatte sie ihre Wertsachen in einem Täschchen um den Leib gebunden. Am Schluss hatte Mutter Catharina jene Frage nach der Ehrbarkeit gestellt, die sie eigentlich als Erstes erwartet und umso mehr gefürchtet hatte. Die Aufnahmeregel eines Schwestern- oder Beginenhauses verlangte normalerweise, dass man ein keusches und ehrsames Leben führte – wobei Ersteres naturgemäß nur einer Jungfrau oder Witwe gelang –, dazu einen guten Leumund, eine kleine Mitgift oder, falls das nicht vorhanden war, die Kenntnisse eines Handwerks aufweisen konnte. Bis auf die Mitgift hatte sie nichts davon zu bieten, und so redete sie sich in einem wahren Wortschwall heraus, während sie ihr kleines Vermögen, das sie angespart hatte, aus dem Gürtel zog. Sprach umständlich davon, wie entschlossen sie sei, ein gottgefälliges Leben zu führen, im Sinne der Nächstenliebe und Caritas, und kam schließlich auf den Grund zu sprechen, warum sie gerade die Sammlung zu Sankt Christoffel aufgesucht habe: Weil sie nämlich hoffe, auf ihre Kindheitsfreundin Ursula zu treffen, die hier, nachdem sie kinderlos zur Witwe geworden war, Aufnahme gefunden habe.

An jener Stelle hatte die Meisterin sie unterbrochen. Leider habe sich Ursula ein Jahr zuvor die Rote Ruhr geholt und sei daran gestorben. Hierüber war Serafina in ehrlicher Erschütterung in Tränen ausgebrochen, sodass Catharina sie tröstend in die Arme gezogen und das Gespräch seinen Abschluss gefunden hatte. Auf diese Weise hatte die traurige Wendung ihrer Unterredung Serafina eine Enthüllung erspart, die ihr mit Sicherheit die Aufnahme bei den Schwestern verwehrt hätte: Dass sie nämlich Mutter eines unehelichen, halberwachsenen Sohnes war.

Kapitel 2

Das laute Klopfen unten an der Haustür ließ Serafina aus dem Schlaf auffahren, den sie am Ende trotz ihrer Grübeleien doch noch gefunden hatte. Sogar einen wunderschönen Traum hatte sie gehabt, von einer sommerlichen Kahnfahrt an den Ufern des Bodensees.

Sie streckte ihre steifen Glieder. Das musste Grethe sein, die sie ablösen kommen sollte. Bestimmt hatte sie wieder einen riesigen Korb mit Verpflegung dabei, um nicht zu verhungern bis zum Abend.

Prüfend betrachtete sie die Kandlerin. Sie atmete mit geschlossenen Augen und entspanntem Gesicht ruhig vor sich hin. Als es erneut gegen die Tür schlug, war Serafina schon auf dem Weg nach unten.

«Immer langsam mit den jungen Pferden», rief sie, während sie den Riegel zurückschob.

Vor ihr stand Grethe, wie erwartet mit einem vollbepackten Henkelkorb neben sich. Ihr rundes Gesicht mit dem Herzchenmund war rosig von der kühlen Morgenluft.

«Was schleifst du da wieder alles mit?»

Das Mädchen strahlte sie an.

«Mein Andachts- und Gebetbuch. Schließlich muss ich der guten Kandlerin ja auch geistige Labung bieten.»

«Ach ja?» Serafina zog das Tuch vom Korb. Zum Vorschein kamen zwei große Kanten Käse, ein halber Laib Brot, ein viertel Ring Hartwurst und ein verschlossenes Krüglein mit Wein. Augenblicklich begann ihr Magen zu knurren.

«Dass mich die Raben fressen! Das reicht ja für eine Großfamilie. Du weißt aber schon, dass die alte Kandlerin vom Niklasbeck versorgt wird?»

«Nun ja, kannst dir gern was nehmen.»

Serafina winkte ab.

«Lass nur, du sollst ja nicht vom Fleisch fallen.» Sie kniff der Freundin in die rundliche Hüfte. «Wer kocht eigentlich für uns, wenn du nicht da bist?»

«Unsere liebe Heiltrud.»

«Ach herje – das wird eine karge Kost.» Nun klaubte sie sich doch ein Stück Krume aus dem Brotlaib. «Bist du eigentlich allein gekommen?»

Die Regel besagte nämlich, dass die freundlichen Armen Schwestern, wie sie von den Leuten auch genannt wurden, nicht allein durch die Gassen ziehen durften. Wobei dies in ihrem Hause nur für die Jüngeren galt.

«Die Meisterin höchstpersönlich hat mich gebracht.»

«So ist's recht. Auf euch junges Gemüse muss man aufpassen.»

«Du redst ja daher wie meine Mutter.»

«Um Himmels willen – seh ich mit meinen dreißig Jahren etwa schon so alt aus?»

«Unsinn! Du weißt genau, dass du die schönste von uns allen bist.» Grethe grinste breit. «Auch wenn du in dem Alter bist, wo eine Frau die ersten Kinder großziehen sollte. Aber sei froh, dass du keine hast – meine Schwester hat nur Scherereien mit ihren Blagen.»

Bei diesen Worten war Serafina innerlich zusammengezuckt. Doch sie ließ sich nichts anmerken.

«Danke für die Schmeichelei! Aber ein Beginenweib kann gar nicht schön sein.»

«Du schon!»

Ein lautes Stöhnen von oben unterbrach ihre Plauderei.

Grethe zog ihren Korb weg. «Die Nächstenliebe ruft.»

Damit verschwand sie auch schon auf der engen Stiege nach oben.

«Sag noch, Grethe», rief Serafina ihr hinterher, «muss heut Nacht wieder jemand bei der Kandlerin wachen?»

«Nein, ihre Schwester kommt gegen Abend zurück.»

Wenigstens das. Serafina trat hinaus in die Kühle des angebrochenen Tages. Der Himmel war noch rosenrot gefärbt und ohne eine einzige Wolke. Was für ein wunderbarer Morgen! Ihr war, als hätte das Gewitter der letzten Nacht alles reingewaschen.

Begierig sog sie die frische Luft ein, bevor es in den Gassen wieder nach Schweinekot und den Inhalten der ausgeleerten Nachttöpfe stinken würde. Von den Abortgruben der Häuser ganz zu schweigen.

So hundemüde und hungrig sie war, wollte sie doch noch einen Abstecher zu Gisla machen, um sie nach einigen Heilkräutern zu fragen, die nicht im Garten von Sankt Christoffel wuchsen. Die Kräuterfrau gehörte zu jenen Menschen, die schon mit dem ersten Hahnenschrei auf den Beinen und gleich darauf bei der Arbeit waren. Im Falle von Gisla hieß das, auf Kräutersuche an den Uferwiesen der Dreisam oder am Waldrand. Daher erwischte man sie nur zur frühen Morgenstunde. Falls Serafina sich von ihr nicht wieder in ein Fachgespräch über Gartenkunde verwickeln lassen würde, konnte sie es hinterher noch rechtzeitig zur Morgenmesse bei den Barfüßern schaffen.

Sie überquerte den menschenleeren Platz vor dem Kirchhof des Münsters, auf dem tiefe Pfützen standen. Die Lauben der Kleinkrämer an der Friedhofsmauer waren zu dieser Stunde noch mit Brettern verschlossen, und es herrschte eine fast unheimliche Stille. Linkerhand bog sie in ein enges, düsteres Gässchen ein, nicht ohne sich noch einmal umzudrehen und einen Blick hinauf zum Münsterturm zu werfen, der, ein Wunder an Baumeisterkunst, kraftvoll und feingliedrig zugleich in schwindelerregende Höhe ragte. Das prächtige Gotteshaus war zu Recht der ganze Stolz der Freiburger, diente Unser Lieben Frauen Münster ihnen doch ganz bescheiden als Pfarrkirche. Gewiss wäre es noch um einiges herrlicher zu nennen, erhabener noch als die Konstanzer Bischofskirche, wäre da nicht die hässliche Bauruine auf der anderen Seite gewesen. Der Chor nämlich war umgeben von halbfertigen, hohen Mauern mit Säulen, die sich im Halbrund wie ein lückenhaftes Riesengebiss um die Ostseite der Kirche zogen. Halbwilde Hunde und Katzen trieben sich da herum, nährten sich von dem stinkenden Unrat, den die Leute immer wieder heimlich hier abluden. Eigentlich hätte hier ein neuer Hochchor, mit Chorumgang und Kapellenkranz, entstehen sollen, vor etlichen Jahrzehnten schon. Doch die Große Pest und der Freikauf von den ungeliebten Grafen von Freiburg hatten die Stadt und ihre Bürger einst wirtschaftlich an den Rand des Abgrunds getrieben und belasteten sie bis heute.

Serafina beschleunigte ihren Schritt, sodass der Schlamm unter ihren Schuhen nur so spritzte. Die Kräuterfrau Gisla wohnte in der Schneckenvorstadt, gleich hinter dem Spitalbad. Inzwischen vermochte Serafina in dieser Stadt an ihr Ziel zu gelangen, ohne stundenlang in die Irre zu gehen. Führten doch längst nicht alle Gassen gradlinig auf die beiden Hauptstraßen zu, die Freiburg wie ein Kreuz durchschnitten.

Allmählich erwachte die Stadt. Die Handwerker öffneten ihre Läden, Taglöhner und Knechte machten sich auf den Weg zur Arbeit, die ersten Ziegen und Rinder wurden zwischen kläffenden Kötern hindurch auf die Viehweide vor der Stadt getrieben. Kurz vor dem Untertor ließ ein schriller Pfiff Serafina zusammenfahren. Es war Barnabas, der Bettelzwerg, der sich auf diese Weise bemerkbar zu machen pflegte.

«Du meine Güte – hast du mich verschreckt.»

Der kleine Kerl mit den stämmigen krummen Beinchen und dem riesigen Kopf, wie immer in ein buntscheckiges Meer von Flicken gekleidet und mit einer viel zu kleinen Filzkappe auf dem struppigen Haar, zupfte heftig an ihrer aschgrauen Tracht. Für gewöhnlich begrüßte er sie mit einer tiefen Verbeugung und sprach sie mit «schöne Frau Serafina» an, was sie innerlich jedes Mal zum Schmunzeln brachte. Heute jedoch zitterte er am ganzen Leib.

«Was hast du denn? Du bist ja völlig außer dir!»

Ohne ein Wort herauszubringen, wies Barnabas in Richtung Abtsgasse. Sie schüttelte den Kopf.

«Nein, Barnabas, ich hab es eilig. Zeig mir, was du mir zeigen willst, ein andermal.»

«Ddder To-Tod! – Im Holz! – So grrroße Au-augen!»

Wie immer, wenn Barnabas aufgeregt war, brachte er entweder gar nichts heraus oder stotterte zusammenhangloses Zeugs. Jetzt erst fiel Serafina auf, dass alles, was so früh schon unterwegs war, in Richtung dieser Gasse strömte.

Unwillig ließ sie sich von ihm mitziehen. Sie mochte Barnabas, der ihr in der kurzen Zeit hier in Freiburg ans Herz gewachsen war, und sein absonderliches Wesen machte ihr auch keine Angst, erinnerte er sie doch an den Dorfnarren aus ihrer Kinderzeit. Doch manchmal konnte er einem schon gehörig zur Last fallen.

Die Menschen vor ihnen bogen allesamt hinter dem Haus Zum Grünen Wald in das brachliegende Grundstück ein, von dem es hieß, dass es dort des Nachts spuke. Jetzt allerdings drangen von dem mit Bäumen und Sträuchern überwucherten Ort keine Geisterrufe herüber, sondern gedämpftes Schreckensgemurmel. Als die Menge ihrer Schwesterntracht gewahr wurde, gab man ihr den Weg frei bis vor das Tor einer schmalen Scheune, die verlassen und verfallen an der Stadtmauer lehnte.

Serafina hatte schon so einiges gesehen in ihrem Leben, doch der Anblick, der sich ihr dort bot, fuhr ihr tief ins Herz. Am Querbalken des offenen Tores war ein grober Strick befestigt, und daran baumelte, nur einen Schuh hoch über der Erde, der Leichnam eines sehr gut gekleideten jungen Burschen von höchstens fünfzehn Jahren. Die Zunge hing ihm blaurot geschwollen aus dem Mund, die Augen hatte er weit aufgerissen, die Finger zu Fäusten gekrampft. Das Merkwürdigste aber: Auf seine hohe, helle Stirn war ein Aschenkreuz geschrieben, als Zeichen der Schuld. Ganz offensichtlich hatte sich der Junge selbst aufgeknüpft.

Keiner der umstehenden Gaffer wagte es, sich auf mehr als Armeslänge dem Toten zu nähern. Serafina schlug das Kreuzzeichen und sprach ein stilles Gebet, während sie voller Mitgefühl die sterbliche Hülle des Jungen betrachtete. Zu Lebzeiten musste er ausnehmend hübsch gewesen sein, mit seinen feinen, fast mädchenhaften Gesichtszügen.

Sie wandte sich um. «Warum holt ihn keiner dort runter?»

Verständnislos glotzten die Leute – einfache Handwerker, Knechte und Mägde – sie an. Dabei wusste sie selbst die Antwort. Einen Selbstmörder vom Strang zu schneiden brachte nämlich Unglück. Serafina allerdings hielt das für dummes Zeug.

Hilfesuchend blickte sie von einem zum andern, als sie in einiger Entfernung drei Männer in den Weißkutten der Wilhelmiten an der Brache vorbeischlendern sah. Sie hielten kurz inne, einer von ihnen starrte entsetzt oder auch nur neugierig zu ihnen herüber. Mit hastigen Bewegungen winkte Serafina die Brüder heran, doch die setzten nach einem kurzen Zögern ihren Weg fort. Schöne Mönche waren das! Sie schnaubte empört.

Da trat ein älterer Taglöhner vor. «Mein Sohn ist schon auf dem Weg ins Rathaus, Schwester. Es wird also alles seinen rechten Weg gehen.»

«Was hat uns dieser verfluchte Erzbösewicht bloß angetan?», hörte sie hinter sich eine Weiberstimme lauthals lamentieren. «Wegen seiner Schandtat ist gestern Abend das böse Wetter über uns gekommen. Mein ganzes Gemüse hat es zerschlagen.»

«Dann müsste der Junge sich ja *vor* dem Gewittersturm erhängt haben, am helllichten Tage und vor aller Augen», gab Serafina der Frau trocken zu verstehen. «Und das glaubst du wohl selbst nicht.»

Barnabas, der sich immer noch dicht neben ihr hielt, nickte heftig. Er zitterte nicht mehr, aber sein schiefes Gesicht mit den aufgeworfenen Lippen war noch immer blass und ließ seine abstehenden Ohren röter denn je erscheinen.

«Das Auge muss zu», flüsterte er und deutete zuerst auf den Leichnam, dann gegen seine eigene Brust.

Serafina verstand und hob den Zwerg in die Höhe. Sie war erstaunt, wie schwer der kleinwüchsige Mann war. Sofort wich die Menge mit einem Aufschrei noch weiter zurück, während Barnabas vergeblich versuchte, dem Toten die Lider herunterzustreifen. Der Junge musste also schon einige Zeit dort oben hängen.

Als sie Barnabas wieder absetzte, sah sie im Schatten des Leichnams etwas auf dem Boden schimmern. Sie bückte sich und klaubte drei Silbermünzen aus dem schlammigen Grund.

«Nicht doch!», zischte der Taglöhner. «Die sind des Teufels!»

«Ich sag's ja – da kreisen schon die Rabenvögel über uns», rief ein anderer.

Und wirklich zog eine riesige Schar Krähen über die Stadt hinweg.

Serafina schüttelte nur den Kopf und steckte die Rappenpfennige in ihre Rocktasche.

«Wer ist der Tote eigentlich?», wollte sie von Barnabas wissen.

«Der feine Hans mit dem weichen Herzen», antwortete der mit seiner heiseren Kinderstimme. Offenkundig hatte er die Sprache wiedergefunden.

«Wer?»

«Er meint Hannes, den Sohn von Kaufmann Pfefferkorn», mischte sich der Taglöhner wieder ein.

«Sag ich doch.» Barnabas schürzte trotzig die Lippen.

In diesem Augenblick ertönten von der Gasse her herrische Befehle. «Weg da! Auseinander! Aber zack, zack!»

Es war der Büttel, der sich mit seinem Stock den Weg bahnte. Im Schlepptau führte er zwei Männer mit sich. In einem von ihnen erkannte Serafina Meister Henslin, seines Zeichens geschworener Wundarzt der Stadt. Ihm war sie gleich in der ersten Woche begegnet, als Grethe von der Leiter gestürzt war und sich den Arm ausgerenkt hatte. Der gutmütige Mann war zwar äußerst geschickt mit den Händen, schien ihr aber nicht allzu helle im Kopf zu sein.

Der zweite Begleiter des Büttels war schlank und hochgewachsen, ansehnlich trotz seines fortgeschrittenen Alters. Seine Tracht, ein knielanger, dunkelroter Tappert mit Pelzbesatz, unter dem eine schwere Silberkette hervorblitzte, sowie das schwarze Samtbirett auf dem angegrauten Haar wiesen ihn als einen hohen Herrn des Stadtrats aus. Jetzt allerdings sah er aus, als habe man ihn gradwegs aus dem Bett geholt mit seinen vom Schlaf verquollenen Augen.

Der Anblick des Gehenkten schien ihn mit einem Schlag wach zu rütteln. «Allmächtiger steh mir bei! Der junge Hannes Pfefferkorn!»

Er bekreuzigte sich hastig, wobei sein Blick auf Serafina fiel. Sie und Barnabas waren als Einzige vor den Neuankömmlingen nicht zurückgewichen.

«Wer seid Ihr? Gehört Ihr ins Regelhaus Zum Lämmlein?»

«Nein, zu den Christoffelschwestern. Schwester Serafina ist mein Name. – Und wer seid Ihr, werter Herr?», fragte sie keck zurück. Gleich darauf biss sie sich auf die Lippen. Wieder einmal hatte sie vergessen, dass sie sich als Schwester mehr in Demut und Zurückhaltung üben sollte.

«Ratsherr Nidank», gab der Mann denn auch mit verkniffener Miene zurück. In diesem Moment versetzte der Büttel dem Bettelzwerg einen Stockschlag ins Kreuz. Barnabas stieß ein lautes Heulen aus, wobei er angstvoll die Augen verdrehte, und trollte sich eilends davon.

«Was soll das?», fuhr Serafina den Büttel an.

«Dieser Unsinnige hat bei hohen Herren nix zu suchen.»

«Dieser Unsinnige, wie Ihr Barnabas nennt, ist gerade so ein Geschöpf Gottes wie alle hier. Und jetzt solltet Ihr vielleicht Eures Amtes walten und die arme Seele dort vom Strick schneiden.»

Verdutzt sah der Büttel zwischen ihr und dem Ratsherrn hin und her, bis dieser nickte. «Da drüben im Gestrüpp liegen lose Balken. Das sollte reichen, um an das Seil zu kommen.»

Wenig später hatte der Büttel mit Hilfe des Wundarztes den Leichnam abgenommen und auf einen der Balken gelegt. Serafina hatte dem Ganzen aufmerksam zugesehen.

«Tod durch den Strang. Eindeutig Freitod», bescheinigte Meister Henslin dem Ratsherrn. «Da wird ihm das Bußzeichen auf der Stirn auch nichts nützen.»

«Gut. So werden wir es später schriftlich festhalten lassen. Bringen wir ihn jetzt nach Hause», sagte Nidank. «Und Ihr, Schwester, begleitet uns. Um den armen Eltern seelischen Beistand zu leisten. – Einen Pfarrer werden wir für diesen Gottlosen wohl kaum finden.»

Da diese Aufforderung nach einem amtlichen Befehl klang, wagte Serafina keine Widerworte.

Sie nickte. «Gehen wir.»

Es war eine seltsame Prozession, die da von der alten Scheune hinüber in die nahe Salzgasse zog. Vorweg der Büttel mit seinem Stock, unentwegt «Aus dem Weg!» brüllend, hinter ihm Meister Henslin und der alte Taglöhner, die auf einem Brett den toten Hannes Pfefferkorn trugen, gefolgt von Ratsherr Nidank mit vorgerecktem Kinn und einer in Gedanken versunkenen Serafina. Schließlich die Meute der Schaulustigen, die binnen kurzem zu einem dichten Strom anschwoll. Von Barnabas war weit und breit nichts mehr zu sehen.

Kapitel 3

Das verzweifelte Schluchzen von Walburga Wagnerin, Pfefferkorns ehelicher Frau, wollte kein Ende nehmen, als der Leichnam ihres Sohnes in der Stube aufgebahrt lag. Immer wieder zog Serafina die kleine, zarte Frau tröstend in die Arme, versuchte vergebens, mit ihr Gebete zur Heiligen Mutter Maria zu sprechen.

Kurz zuvor hatte sie in der Kammer nebenan mit Hilfe der Hausmagd den Toten entkleidet, gewaschen und hergerichtet. Das hatte sie einige Überwindung gekostet. Ganz anders als bei einem soeben erst Verstorbenen war der Körper schon mit Leichenflecken bedeckt und weitgehend erstarrt, an den Beinen klebten die abgegangenen Exkremente wie eine Kruste, das dunkle Haar am Hinterkopf war blutverschmiert. Es war kein schöner Anblick gewesen. Erst nachdem sie dem gereinigten Leichnam das Totenhemd übergestreift und ihn in die Wohnstube gebracht hatten, war es Serafina ein klein wenig leichter ums Herz geworden.

Dafür galt es jetzt, der erschütterten Mutter und ihren beiden Töchtern in ihrem unsagbaren Schmerz beizustehen. Zumindest bis der Hausherr zurück war. Kaufmann Magnus Pfefferkorn hielt sich nämlich in Waldkirch in Geschäften auf, doch ein reitender Bote war bereits dorthin unterwegs. Derweil wartete Ratsherr Nidank ungeduldig auf den Gerichtsschreiber, um das Urteil des Wundarztes schwarz auf weiß festzuschreiben und damit das Schicksal des jungen Pfefferkorn zu besiegeln.

Serafina wusste, dass das allgemeine Entsetzen über diesen Selbstmord das Leid um einen allzu frühen Tod bei weitem überstieg. Niemals würde die Seele nach einer solchen Sünde die Gnade erfahren, Gottes Angesicht zu schauen, da halfen auch alle Bußgebete und Fürbitten der Angehörigen nichts. Stattdessen war dem Frevler der ewige Höllenpfuhl gewiss. Zumindest die Kirche predigte solcherlei Zeugs.

So würde auch kein Totengeläut den Freiburgern verkünden, dass einer aus ihrer Mitte verstorben war, niemand würde zum Abschiednehmen kommen, kein Priester dem Toten die Absolution erteilen, den Leichnam mit Weihwasser besprengen und zur Kirche geleiten. Statt feierlicher Totenmesse und christlichem Begräbnis stand dem armen Jungen nun als letzter Gang in dieser Welt der Weg zum Schindanger draußen am Fluss bevor, wo ihn der Abdecker in ungeweihter Erde verscharren würde, neben Tierkadavern und Ehrlosen. Und auf dem überaus vornehmen Haus Zur Leiter würde fortan der Schatten der Schande lasten.

Serafina hatte Mühe, ihre eigene Betroffenheit zu verbergen. Sie konnte den Blick nicht lösen von dem Jungen, der da auf dem Boden inmitten der Stube lag. Auf seinem schmalen Gesicht lag nicht der Ausdruck von Erleichterung und Frieden, wie er nach dem Todeskampf meist zu finden war. Vielmehr schienen seine Züge in Angst erstarrt.

In diesem Augenblick wurde die Tür aufgerissen, und ein junger Mann stürmte herein, kräftig und mit breiten Schultern, gewandet wie ein eitler Stutzer. Unter dem mi-parti gefärbten Mantel mit Samtverzierung und weiten, offenen Zattelärmeln lugten übertrieben lange Schnabelschuhe hervor, auf dem rotbraunen, langen Haar saß ein aus puterroten Stoffwülsten drapierter Hut. Serafina verzog das Gesicht über diesen unpassenden, ganz und gar lächerlichen Aufzug. Solche Mannsbilder hatte sie noch nie leiden können.

«Was für eine Schmach!» Der Bursche eilte auf Nidank zu, der neben Meister Henslin in einem der gepolsterten Lehnstühle eingedöst war, die Beine weit von sich gestreckt. «Wie hat er uns das nur antun können?»

«Ruhig Blut, Diebold.»

Der Ratsherr erhob sich umständlich und legte ihm fürsorglich den Arm um die Schulter. «Es tut mir aufrichtig leid für dich und deine Familie. Nun geh zu deiner Mutter, sie braucht deinen Zuspruch, bis euer Vater zurück ist.»

Gehorsam schritt Diebold, offenbar der ältere Bruder des Toten, in großem Abstand um die Bahre herum und sank vor seiner Mutter auf die Knie. Serafina fiel auf, dass er Hannes kaum eines Blickes gewürdigt hatte.

«Mutter – liebste Mutter.» Er nahm ihre Hände und streichelte sie. Doch die Pfefferkornin zog sie zurück.

«Leg deinen Hut ab, wie es sich ziemt vor einem Toten», presste sie hervor.

«Aber … Er ist ein Sünder ohne Reue, er hat keine Ehrerbietung verdient. Siehst du denn nicht, was er dir – was er uns allen angetan hat?»

«Schweig und steh auf, Diebold!»

Dann begann sie still zu weinen, während Diebold sich mit zerknirschtem Blick aufrichtete und sein Haupt entblößte.

Ganz offensichtlich hing er nicht allzu sehr an seinem jüngeren Bruder, dafür umso mehr an seiner Mutter. Serafina hatte in ihrem bisherigen Leben ausreichend Gelegenheit gehabt, das Wesen und auch die Abgründe der Menschen zu erkunden. Hier nun glaubte sie zu erkennen, dass Walburga Wagnerin, genannt die Pfefferkornin, ihren jüngeren Sohn weitaus mehr liebte als Diebold und dass dieser darunter litt. Jetzt fiel Serafina auch die verblüffende Ähnlichkeit zwischen Hannes und seiner Mutter auf. Beider Gesicht war von derselben, fast makellosen Schönheit, beide hatten sie diese dunklen, mandelförmigen Augen. Auch wenn die Hausherrin bereits ein paar Jahre älter war als Serafina, so war sie doch noch immer fast schön zu nennen.

Sie setzte sich zu der armen Frau auf die Fensterbank und strich ihr über die Schulter.

«Habt Ihr schon Fürbitter für die nächtliche Totenwache bestellt?», fragte sie sie. «Ich könnte eine Schwester von uns oder vom Regelhaus Zum Lämmlein vorbeischicken.»

«Ich wäre froh, wenn *Ihr* das tun könntet.»

«Wenn Ihr es wünscht, sehr gerne.»

«Danke, Schwester Serafina.»

Serafina warf einen Blick auf den Bruder. Diebold hatte sich in eine Ecke zurückgezogen und stierte vor sich hin. Plötzlich spürte sie die Müdigkeit in allen Knochen.

«Nun, dann würde ich jetzt nach Hause gehen und nach dem Vesperläuten wiederkommen.»

«Nein, bitte – bleibt an meiner Seite, bis mein Ehewirt zurück ist. Ihr könnt auch mit uns essen, die Köchin richtet gerade eine warme Morgensuppe für uns alle.» Als Serafina nickte, fuhr Walburga Wagnerin fort: «Betet Ihr jetzt mit mir?»

«Ja. Habt Ihr ein Psalter im Haus?»

Die Magd holte ein ledergebundenes Buch aus der Ziertruhe. Gemeinsam sprachen sie mit den beiden Töchtern, von denen die eine noch ein Kind war, die sieben Bußpsalmen. Gerade als sie beim «De Profundis» angelangt waren, traf der Gerichtsschreiber ein. In kühler Höflichkeit sprach er sein Mitgefühl aus, rückte einen Stuhl an den schweren Eichenholztisch und packte umständlich seine Schreibutensilien aus. Schließlich blickte er erwartungsvoll zu Ratsherr Nidank.

Der räusperte sich vernehmlich und strich sich über das gepflegte halblange Haar. «So schreib denn also: Im Jahre nach der Fleischwerdung des Herrn 1415, den Freitag vor Sankt Veit, wurde tot aufgefunden Johannes Pfefferkorn, Sohn des Kaufherrn Magnus Pfefferkorn, zur Scheuer daselbst in der Abtsgasse zu Freiburg im Breisgau, gerichtet von eigener Hand und im Frevel der Todsünde, erstickt am Strang. Als Zeugen seien genannt: Sigmund Nidank, ein Ratsherr, Meister Henslin, ein geschworener Wundarzt, der Sackpfeiffer Gallus, ein Gerichtsdiener. – Könnt Ihr dies so unterzeichnen, Meister Henslin?»

Der Wundarzt nickte, und sofort zerriss ein durchdringender Schrei die kurze Stille.

«Nein!» Walburga Wagnerin sank vor dem Leichnam in die Knie. «Nein! Niemals würde mein Hannes so etwas tun. Niemals!»

«Mutter!» Mit einem Satz war Diebold bei ihr. «Komm zur Vernunft. Wie sonst soll das geschehen sein?»

Verdutzt betrachtete Serafina die Pfefferkornin und trat dann entschlossen vor den Wundarzt.

«Bevor Ihr und der Ratsherr Eure Namen unter das Schriftstück setzt, bitte ich Euch inständig, noch einmal nachzudenken. Nehmt die Worte der Hausherrin ernst. Eine Mutter hat ein Gespür für ihr Kind.» Sie sah Meister Henslin durchdringend an. «Wie erklärt Ihr Euch beispielsweise den blutigen Schädel des Jungen? Mag es nicht sein, dass jemand den armen Hannes hinterrücks erschlagen hat und dann erst aufgeknüpft? Und ihm, als Gipfel der Dreistigkeit, auch noch mit einem Aschenkreuz die Stirn gezeichnet hat?»

Ehe der reichlich verdatterte Wundarzt etwas erwidern konnte, fuhr Nidank dazwischen.

«Was maßt Ihr Euch an, Begine?» Seine Unterlippe zitterte empört. «Ihr vermeint also wahrhaftig, die Wundarznei besser zu verstehen als Meister Henslin?»

«Ganz und gar nicht, Ratsherr», gab sie ruhig zurück. «Ich suche nur nach einer Erklärung für die tiefe Wunde am Kopf des Toten.»

Der Wundarzt hatte sich wieder gefangen. «Nun – dafür könnte es schon eine Erklärung geben. Der Junge ist von innen am Scheunentor hochgeklettert, hat dort das Seil befestigt und sich dann in die Tiefe gestürzt. Dabei ist der Körper in heftiges Pendeln geraten und der Kopf gegen den Seitenpfeiler des Tors geschlagen.»

«Mit einer solchen Wucht? Ihr selbst habt die Wunde doch sicherlich genau ertastet?»

«Was soll das? Was mischt Ihr Euch ein?», brauste nun auch Diebold auf. «Hannes hatte sehr wohl Gründe, den Strick zu nehmen. Meiner Braut ist er nämlich nachgestiegen, war zu Tode verliebt in sie und deshalb kreuzunglücklich.»

«Da habt Ihr's!» Mit einer herrischen Geste wies Ratsherr Nidank auf die Pfefferkornin, die zusammengekauert auf dem Boden hockte und vor sich hin wimmerte. «Kümmert Euch jetzt lieber um die arme Mutter. Ihr seid zum Beten hier und nicht, um uns in die Kur zu pfuschen.»

Einige Stunden später, nach dem Abendläuten, kehrte Serafina erneut ins Haus Zur Leiter zurück. Der Gang fiel ihr schwer. So viel Schmerz und Verzweiflung hatte sich von heut auf morgen in diesem herrschaftlichen Bürgerhaus eingenistet. So gut es ging, hatte sie versucht, der armen Mutter und den beiden verstörten Mädchen Halt zu geben, und ihr war erst leichter ums Herz geworden, als am frühen Nachmittag endlich der Hausvater aus Waldkirch zurückgekehrt war. Doch dessen Verhalten hatte alles nur noch schlimmer gemacht. Vor Entsetzen über die Tat seines Sohnes war er in einen lautstarken Wutanfall ausgebrochen. Genau wie Diebold hatte er den Leichnam gar nicht erst sehen wollen, hatte sogar befohlen, die Totenbahre in eine der schäbigen Schlafkammern unterm Dach zu schaffen.

Auch Reichtum schützt vor Unglück nicht, dachte Serafina, als sie jetzt durch die vornehme Salzgasse marschierte. Hier war die Straße mit Wackersteinen gepflastert und fein säuberlich gekehrt, hier hatten Ritter, Kaufleute und angestammte Geschlechter ihren Wohnsitz. Oder auch die Augustiner-Eremiten, die genau gegenüber Pfefferkorns Haus ihr Kloster hatten.

Serafina warf einen Seitenblick auf ihre Mitschwester Heiltrud, die ihr die Meisterin zur Unterstützung mitgeschickt hatte und die jetzt schweigend neben ihr herstapfte. Sie war sehr froh, dass sie die kommende Nacht nicht allein mit dieser bedauernswerten Familie verbringen musste. Dafür nahm sie sogar Heiltruds übellauniges Wesen in Kauf.

Immerhin fühlte sie sich wieder bei Kräften. Mutter Catharina hatte sie nämlich am Nachmittag von der üblichen Arbeit befreit und ihr erlaubt, vor der Nachtwache noch ein wenig auszuruhen. Von ihr hatte Serafina denn auch einiges über Hannes' Familie erfahren. Dessen Großvater hatte sich, wie der Name schon andeutete, vom kleinen Wanderkrämer in Gewürzen zum angesehenen Kaufmann hochgearbeitet. Zunächst hatte es ausgesehen, als würde Diebold dereinst das Handelshaus, das inzwischen hauptsächlich Salz und Wein vertrieb, übernehmen. Dann aber hatte sich überraschend eine Verbindung zwischen ihm und Josefa Wisslanderin angebahnt. Die Wisslanders waren Fernhandelskaufleute, durch Tuchhandel reich geworden und in den Ritterstand erhoben. Da Josefas Mutter nur Töchter geboren hatte, war man froh um einen jungen Kaufmann als Nachfolger.

«Damit war klar», hatte Catharina ihre Ausführungen beendet, «dass nun Hannes statt Diebold in die Fußstapfen des Vaters treten sollte. Doch der Junge ist – *war* viel zu weich für diese Aufgabe. Er wollte lieber Priester werden. Hat auch immer eifrig ministriert. Sonntags und feiertags zur Messe im Münster, und freitags in der Blutwunderkapelle.»

Bei dem Wort *Blutwunder* hatte die Meisterin verächtlich die Lippen gekräuselt. Sie hielt nicht viel von den aufsehenerregenden Ereignissen, die seit einigen Wochen wahre Menschenmassen zu der kleinen Kapelle Sankt Peter und Paul draußen vor der Stadt zogen, und bislang war Serafina noch nicht dazu gekommen, jenes Wunder selbst in Augenschein zu nehmen.

Vor dem Haus Zur Leiter lungerten noch immer etliche Schaulustige herum.

«Was stehlt ihr dem Herrgott den Tag?», fauchte Heiltrud sie an. «Geht heim zu euren Familien, statt euch am Leid andrer zu ergötzen.»

Darin musste Serafina ihr insgeheim recht geben. Sie holte tief Luft und schlug den vergoldeten Türklopfer gegen den Beschlag.

«Hoffentlich hat sich der Hausherr inzwischen beruhigt», murmelte sie. Heiltrud zuckte nur die Schultern und begann, an Serafinas Schleier und Gebände herumzuzupfen.

«Immer schauen deine Haarspitzen heraus», tadelte sie und verzog dabei ihren schmalen Mund. «Grad als ob du dich früher nicht hättest drum kümmern müssen, anständig auszusehen.»

«Was willst du damit sagen?» Serafina starrte sie an.

«Nun, ich wundere mich nur. Als Hausmädchen in feinen Schweizer Herrenhäusern hat man sich doch wohl um sein Äußeres kümmern müssen. Oder etwa nicht?»

Das war nicht die erste Bemerkung solcher Art. Ganz zu Anfang war Heiltrud über ihren Namen hergezogen: «Serafina – so heißt doch kein Mensch.» Und Serafina hatte ihr schnippisch erklärt, dass sie diesen Namen, der von einem sechsflügeligen Engel an Gottes Thron herrühre, seit ihrer Taufe trage und sie sehr zufrieden damit sei. Letzte Woche dann hatte Heiltrud vor den anderen gelästert, dass ihre neue Mitschwester sich erstaunlich schlecht in Schweizer Landen auskenne, wo sie doch jahrelang dort gearbeitet habe.

So langsam ärgerte es Serafina, dass Heiltrud sie nicht in Ruhe ließ mit ihren Sticheleien und ihrem wunderfitzigen Nachbohren bei allem und jedem. Sie wollte schon zu einer patzigen Entgegnung ansetzen, als sich die Tür, die in das mächtige Hoftor eingelassen war, öffnete.

«Dem Himmel sei Dank, dass Ihr zurück seid», begrüßte das Hausmädchen sie und führte sie durch die Hofeinfahrt. «Sie streiten sich und weinen seit Stunden, meine Herrschaften.»

«Streiten?»

Sie betraten das Stiegenhaus.

«Ja. Die Herrin will nicht glauben, dass Hannes Hand an sich gelegt hat. Sie will, dass der Leichnam noch von jemand anderem untersucht wird, aber der Herr ist nur wütend und furchtbar enttäuscht zugleich. Er denkt, der Hannes hätt sich vor der Verantwortung drücken wollen.»

«Und was glaubst du?»

Der Magd schossen die Tränen in die Augen. «Der Hannes war so ein braver Kerl. Nie und nimmer hätt der sich was angetan.»

Als sie den Flur des Obergeschosses durchquerten, vernahm Serafina aufgebrachte Männerstimmen hinter der verschlossenen Stubentür. Deutlich hörte sie Diebold und den Kaufherrn heraus.

«Ist die Hausherrin auch da drinnen?»

«Nein. Sie ist oben in der Kammer, bei der Totenwache. Der Hannes soll ...», sie schluckte, «er soll gleich morgen früh abgeholt werden. Habt Ihr den Leichensack dabei?»

Unversehens wurde die Stubentür aufgerissen, und Magnus Pfefferkorn streckte den Kopf heraus. Von Catharina wusste sie, dass er etliche Jahre älter war als seine Ehegenossin, doch jetzt wirkte er gar wie ein welker, graugesichtiger Greis.

«Richte deiner Herrin aus», wandte er sich an die Magd, ohne sich um die Anwesenheit der Schwestern zu kümmern, «dass ich ihrem Wunsch nachgebe, damit endlich Ruhe ist. Ich lasse für morgen früh noch einmal den Ratsherrn kommen, zusammen mit dem neuen Stadtmedicus. – Aber sie braucht nicht glauben, dass da etwas anderes bei herauskommt.»

Serafina spürte, wie ihr bei dieser Nachricht ein Stein vom Herzen fiel.

Als sie die kleine Schlafkammer unterm Dach betraten, war der Raum vom Schein zahlloser Kerzen erleuchtet. Still kniete die Pfefferkornin auf dem Boden, über das Gesicht ihres Sohnes gebeugt. Serafina und Heiltrud ließen sich rechts und links von ihr nieder, während die Magd im Türrahmen stehen blieb.

«Der Hausherr lässt Euch sagen», gab sie bekannt, «dass morgen früh nochmals Ratsherr Nidank vorbeikommt. Mit dem neuen Stadtarzt.»

«Ist das wahr?»

«Ja, Herrin.»

Ein tiefer Seufzer fuhr durch den zerbrechlichen Körper der Frau, dann warf sie sich unter Tränen der Erleichterung in Serafinas Arme.

Kapitel 4

Ein Hahnenschrei aus einem der Hinterhöfe riss Serafina aus dem Schlaf. Am Ende hatte sie den Kampf gegen die Müdigkeit wohl doch verloren.

«Jetzt schau mich nicht so vorwurfsvoll an», flüsterte sie Heiltrud zu. «Schließlich ist das meine zweite durchwachte Nacht.»

«Als Seelschwester musst du das aushalten können», gab diese griesgrämig zurück und nahm einen Schluck von dem verdünnten Wein, den die Magd am Abend zuvor zusammen mit Brot und Käse in die Kammer gestellt hatte.

Auch Walburga Wagnerin war eingeschlafen. Sie saß auf ihrem Schemel an die Bretterwand gelehnt, mit einem ganz und gar friedlichen Ausdruck auf dem hübschen Gesicht. Die Hoffnung stirbt zuletzt, dachte Serafina und stärkte sich ebenfalls mit Wein und Brot. Dann begann sie leise das Vaterunser zu beten, und Heiltrud fiel in ihre Worte mit ein.

Die Hausfrau regte sich schlaftrunken. «Ist es schon Morgen?»

«Bald.» Heiltrud begann den Beutel mit dem Leichentuch auszupacken.

«So warte doch damit», zischte Serafina. Da klopfte es leise gegen die Tür, und die Magd trat ein, mit einem Topf dampfenden Milchbreis in den Händen. Sie stellte ihn auf der kleinen Holztruhe ab.

«Soll ich das Fester öffnen?»

Ihre Herrin nickte. Ein Schwall kühler Luft brachte die Kerzen zum Flackern.

«Sind Magnus und Diebold schon auf?»

«Sie richten sich gerade. Bis der Ratsherr kommt, wird es sicher noch ein Weilchen dauern.»

So verbrachten sie die Zeit mit Essen, Beten und Singen, und der Pfefferkornin war anzumerken, wie ihre Unruhe wuchs. Endlich waren von unten Männerstimmen zu hören.

Walburga Wagnerin sprang auf und glättete ihr Gewand.

«Sie sind da.» Nicht nur ihre Stimme zitterte. Serafina war mit einem Schritt bei ihr.

Die Tür schwang auf, und hintereinander erschienen der Hausvater, der Ratsherr mit seinem Schreiber und ein Mann, noch größer als Sigmund Nidank und um einiges massiger. Er musste sich durch das schmale, niedrige Türchen regelrecht hindurchzwängen. Sein bodenlanger, gegürteter Mantel von dunklem Grün und die Gelehrtenkappe, die er jetzt abnahm, ließen den studierten Medicus erkennen.

Serafinas Herzschlag setzte augenblicklich aus. Das durfte nicht wahr sein – was um Himmels willen hatte Adalbert Achaz aus Konstanz hier zu suchen?

Der Stadtarzt hingegen schien sie gar nicht wahrzunehmen. Sein erster Blick ging zu dem Toten, den er mit äußerster Konzentration von oben bis unten musterte. Dann trat er auf die Hausherrin zu, um ihr die Hand zu reichen.

«Mein Beileid von Herzen. Es ist gut, dass Ihr Euch seelischen Beistand geholt habt.»

Gedankenverloren nickte er den beiden Seelschwestern

zu, wobei Serafina am liebsten im Boden versunken wäre. Doch der Medicus hatte sich längst wieder dem Ratsherrn zugewandt, und die Männer zogen sich in den dunklen Flur zurück, um sich dort mit gedämpfter Stimme zu beraten. Währenddessen überschlugen sich Serafinas Gedanken. War jetzt womöglich alles aus und vorbei? Musste sie wieder ganz von vorn anfangen, irgendwo in einer fremden Stadt?

Der Schreck über die unerwartete Begegnung war noch größer als der damals bei ihrer Ankunft in Freiburg: An jenem Tag war sie zeitgleich mit einer Schar königlicher Reiter am Stadttor eingetroffen, von denen sie einige mehr oder minder gut aus Konstanz kannte. Ihre erste Befürchtung war gewesen, dass man nach ihr suchte, und sie hatte sich schnell in einer Mauernische des Zwingers verborgen. Doch dann hatte sie inmitten der Männer die hagere, graubärtige Gestalt König Sigismunds ausgemacht, der sich derzeit auf dem Konzil von Konstanz mühte, die Einheit der römischen Kirche wiederherzustellen. Sofort schalt sie sich einen Narren: Einer so unwichtigen Person wie ihr würde wohl kaum der König in Person nachstellen! So hatte sie abgewartet, bis der Reitertrupp Einlass gefunden hatte, um dann mit einem strahlenden Lächeln die beiden Torwächter nach den Gründen für den hohen Besuch zu fragen.

«Es heißt, der flüchtige Papst Johannes würd' sich in unsrem Freiburg versteckt halten. Drüben im Kloster bei den Predigern. Den wollen sie jetzt holen und in Heidelberg gefangen setzen.»

«Und stellt Euch vor», mischte sich der Ältere ein, «ausgerechnet *unser* Landesherr soll dem Papst eigenhändig zur Flucht verholfen haben. Diesem selbsternannten Drittpapst – als ob zwei Päpste nicht schon schlimm genug wären! Das wird dem guten Herzog Friedrich teuer zu stehen kommen.

– Habt Ihr schon was vor, schöne Frau? Schlag zwölf hab ich Feierabend.»

«Werdet nur nicht dreist, guter Mann», gab Serafina lachend zurück. «Ich bin eine anständige Frau.»

Damit marschierte sie unbehelligt durch die Toranlage und machte sich auf die Suche nach der Schwesternsammlung Zum Christoffel, indessen immer noch auf der Hut, keinem der Königlichen zu begegnen.

Tage später hatte sie dann erfahren, dass Herzog Friedrich von Tirol, Herrscher über die österreichischen Vorlande und somit auch über Freiburg, als Fluchthelfer des verfemten Papstes mit Reichsacht und Kirchenbann belegt worden war. Für Freiburg hatte das weitreichende Folgen: Es wurde zur freien Reichsstadt, nur noch dem römisch-deutschen König untertan.

Die ruhige Bassstimme von Adalbert Achaz, der in Begleitung der anderen Männer in die Kammer zurückgekehrt war, riss sie aus ihren Erinnerungen.

«Wie ich eben erfahren habe, Schwester, wart Ihr es, die den Toten gefunden hat?»

Noch ehe Serafina etwas entgegnen konnte, blieb dem Stadtarzt der Mund offen stehen.

«Sehe ich recht? Sera…» Mit einem Blick auf ihr Gewand verbesserte er sich rasch. «Schwester Serafina?»

«Ganz recht, ich bin es», stieß sie hervor und versuchte, dem Blick aus seinen hellen Augen standzuhalten.

«Ihr kennt Euch?», fragte Nidank einigermaßen verblüfft.

«Kennen wäre zu viel gesagt. Wir … Wir sind uns einmal in Zürich begegnet», stotterte Serafina. «Oder war es in Basel? Selbstverständlich im Hause meiner damaligen Herrschaften, ich meine, im Beisein meiner Herrschaften.»

Sie glaubte, den Anflug eines Lächelns in Achaz' glatt-rasiertem Gesicht zu erkennen.

«Ob Zürich oder Basel – es war jedenfalls ein ziemlich un-gemütlicher Frühlingstag. Ungemütlich zumindest für die an-deren Gäste. Wie dem auch sei, Schwester Serafina – Ihr also habt den Toten gefunden?»

Dabei betonte er das Wort *Schwester* eine Spur zu stark, wie sie befand. Doch sie hatte sich mittlerweile halbwegs gefasst.

«Nein, ich bin nur zur frühen Stunde hinzugekommen.»

«Zusammen mit diesem Bettelzwerg», ergänzte der Rats-herr.

«Ganz recht, zusammen mit Barnabas. Er war es, der mich in die Abtsgasse geführt hat, wo schon eine ganze Menge Vol-kes versammelt war.»

«Wann war das?»

«Ich meine, die Stadttore hatten eben erst geöffnet. Ich selbst kam vom Kirchhof her, wo ich die Nacht über Kranken-wache gehalten habe.»

«Krankenwache – so.» Um Achaz' Mundwinkel zuckte es erneut. «Ich würde jetzt gern den Leichnam untersuchen, im Beisein des Ratsherrn und seines Schreibers. Ihr Schwestern könnt also getrost nach Hause gehen.»

Er blickte sie auffordernd an. Zu Serafinas Überraschung streckte Heiltrud ihr Vogelschnabelgesicht vor und hielt ihm mit scharfen Worten entgegen: «Nein, das können wir nicht. Unsere Aufgabe ist es, den Toten ins Leichentuch einzunähen, und das werden wir tun, sobald Ihr mit Eurer Untersuchung fertig seid.»

«Genau», bestätigte Serafina. «Außerdem möchte ich Eure Einschätzung wissen. Und ganz gleich, wie diese aus-fällt ...» Sie fasste nach der Hand der Hausherrin, die stumm und wachsbleich neben ihr stand. «… werde ich dem Toten ein würdiges Geleit geben.»

Nidank war seine Verärgerung deutlich anzusehen, doch schließlich nickte er.

«Dann wartet unten in der Küche. Was ist mit Euch, Pfefferkornin – möchtet Ihr bei der Untersuchung dabei sein?»

«Ja, das möchte ich», sagte sie leise.

Mit weichen Knien folgte Serafina ihrer Mitschwester hinunter in die Küche. Dort setzten sie sich zur Köchin an den Tisch, die alles andere als erfreut war über diese Gesellschaft. Erst als Serafina ein Messer vom Bord zog und dabei half, das Gemüse zu schneiden, hellte sich die Miene der dicken Frau auf.

«Kanntet Ihr den Hannes gut?», fragte Serafina.

«Was heißt gut? Bin noch nicht so lang hier im Haus, erst seit drei Jahren.»

«War er unglücklich?»

«Nein, warum auch? Er war ja das Herzblatt seiner Mutter, ihr Ein und Alles. Na ja, gelitten hat er manchmal schon. Unter dem strengen Vater, vor allem aber unter dem jähzornigen Bruder.»

Da hatte sie's: Nicht nur die eigene Mutter, auch die Hausmagd und die Köchin hielten eine solche Tat offensichtlich für undenkbar. Doch ihre Lebenserfahrung sagte ihr, dass Frauen dem Wort der Männer nur wenig entgegenzusetzen hatten, und so flehte sie innerlich zu ihrer Lieblingsheiligen Barbara, dass Adalbert Achaz kein Dummkopf war und die Wunde am Hinterkopf genauer in Augenschein nehmen würde.

Doch ihre Hoffnung wurde enttäuscht. Keine halbe Stunde später ertönte von oben erneut herzergreifendes Jammern und Wehklagen. Bestürzt sahen sich Heiltrud und Serafina an.

Serafina ballte die Fäuste.

«Gehen wir hinauf», sagte sie.

Als sie das Totenzimmer betraten, kniete Walburga Wagnerin auf dem Boden und umklammerte ihren Jungen. Vergebens versuchten ihr Ehegefährte und Adalbert Achaz sie von dem Leichnam wegzuziehen.

«Lasst mich mit ihr reden», forderte Serafina und warf Achaz einen erbosten Blick zu. Kaum hatten sich die beiden Männer erhoben, ließ sie sich neben der Hausherrin nieder und legte ihr behutsam den Arm um die Schultern.

«Habt keine Angst um Euren Jungen, Pfefferkornin. Wusstet Ihr, dass die heilige Barbara in der Zeit ihrer größten Qualen von Gott eine Botschaft empfangen hat? Die Botschaft, dass am Ende jeder Seele, auch der des Todsünders, verziehen wird? Lasst Euch von der Kirche nichts anderes einreden. Auch Euren Sohn wird nach der Läuterung im Fegefeuer der Himmel erwarten. Wir müssen nur inständig für ihn beten. Und glaubt mir: *Ich* werde das tun.»

Dann zog sie aus ihrer Rocktasche die drei Silbermünzen hervor, die sie unter dem Scheunentor gefunden hatte. «Das hier muss Hannes aus der Tasche gefallen sein. Nehmt es als letztes Andenken an ihn.»

Tatsächlich wurde Walburga Wagnerin nun ruhiger, und sie konnten sich daran machen, den Toten in das Leichentuch einzunähen. Bald darauf klopften auch schon zwei Büttel an die Tür, um den Leichnam wegzuschaffen.

«Nun denn …», Adalbert Achaz trat von einem Bein aufs andere. «… ich werd mich dann auch auf den Weg machen. – Schwester Serafina, wäret Ihr so freundlich, mich nach unten zu begleiten? Ich hätte da noch eine Frage an Euch – bezüglich des Unglücks.»

Auch wenn Serafina nach allem anderen war, als mit dem Stadtarzt allein zu sein, nickte sie. Schweigend folgte sie ihm durch das Stiegenhaus in die Hofeinfahrt.

«Euer armer kleiner Beginenkonvent könnte die Silbermünzen gewiss besser brauchen als diese Leute hier», bemerkte er spöttisch, als sie das Haus verlassen hatten.

Serafina war kein bisschen nach Scherzen zumute. «Auch wenn wir nicht in Samt und Seide schlafen, haben wir es durchaus behaglich in unserer Gemeinschaft. Kann es sein, dass Ihr uns Beginen ein klein wenig verachtet?»

«Aber nein! Ihr steht dem christlichen Glauben und Handeln näher als die meisten Geistlichen, die ich kenne. Von denen hab ich noch keine in die Armenhäuser zu den Kranken und Sterbenden gehen sehen. Und Ihr tut das auch noch ohne Lohn. Es ist nur … nun ja …» Er geriet ins Stottern, und seine Selbstsicherheit schien dahin. «Warum gerade Ihr? Das passt so gar nicht zu Euch.»

«So wär es Euch also lieber, ich würde hier wieder meinem Tagwerk als … als …» Sie biss sich auf die Lippen.

Die Gesichtsfarbe des Medicus wurde fahl. «So hab ich das nicht gemeint. Wirklich nicht.»

«Was also wollt Ihr wissen, Achaz? Wenn es mit Konstanz zu tun hat, könnt Ihr Euch Eure Worte getrost sparen. Ich habe mit meinem alten Leben abgeschlossen. Und ich rate Euch, das zu billigen, sonst werde ich …»

Sie führte den Satz nicht zu Ende. Wie konnte sie ihm drohen? Als Stadtarzt würde er auf Jahre hinaus mit ihr in derselben Stadt leben und ihr ab und an bei Todesfällen begegnen. Sie musste in Frieden mit ihm auskommen, zumal *sie* es war, die in seiner Schuld stand, und nicht umgekehrt.

«Was sonst?», fragte er leise. In seinen hellbraunen Augen

lag ein fast wehmütiger Glanz. «Hört zu, Serafina. Wir sollten miteinander reden. Das Letzte, was ich mit Euch erlebt habe, war leider eine saftige Maulschelle aus Eurer Hand.»

«Lasst gut sein, Adalbert Achaz.» Ihre Miene verschloss sich. «Fragt, was Ihr fragen wollt, und lasst mich dann meiner Pflicht als Seelschwester nachkommen.»

Als Achaz seinerseits schwieg, brauste sie nun doch noch auf.

«Gut. Dann habe *ich* noch eine Frage. Wie kann es sein, dass Ihr als gelehrter Mann nicht erkennt, was doch so offensichtlich ist? Dass dieser Selbstmord nur vorgetäuscht sein kann!»

«Ich hab mir sagen lassen, dass der Junge keine Feinde hatte. Und ausgeraubt ist er schließlich auch nicht worden. Ein Mord ergäbe also überhaupt keinen Sinn.»

«So hat Euch dieser Nidank also in die Zange genommen? Ich hätte Euch für klüger gehalten. – Und für mutiger», setzte sie verächtlich hinzu. Mit einem Ruck drehte sie sich um und ging ins Haus zurück.

Keine halbe Stunde später machte sich der armseligste Leichenzug, den Serafina je erlebt hatte, auf den Weg durch die Stadt. Die beiden Büttel trugen die Bahre mit dem in weißem Leinen eingenähten Toten, begleitet nur von Walburga Wagnerin und von Serafina, die die arme Frau stützen musste. Kein Priester, kein Ministrant ging voraus, keine Klageweiber folgten. Diebold und der alte Pfefferkorn hatten sich geweigert mitzukommen, um der Schande dieses «Eselsbegräbnisses», wie Diebold noch gewettert hatte, zu entgehen.

Während die verzweifelte Mutter ihre Trauer durch Schluchzen und Wehgeschrei kundtat, bat Serafina, eine brennende Kerze in der Hand, sämtliche vierzehn Nothelfer um Fürsprache bei Gott. Den Gaffern am Straßenrand rief sie zu, fürs Seelenheil des Toten zu beten statt zu glotzen. So ging es vorbei an der uralten Gerichtslaube, die am Fischmarkt im Herzen der Stadt lag, zum Lehener Tor und Peterstor hinaus in Richtung Eschholz. Dort, zwischen dem Wäldchen und dem Dreisamfluss, befand sich der Schindanger.

Sie hatten das unwirtliche Gelände noch nicht betreten, als ihnen auch schon beißender Kadavergestank in die Nase stieg. Der Wasenmeister und sein Knecht erwarteten sie bereits, mit einer schweren Schaufel ausgerüstet, bei einer tiefen Grube. Hinter ihnen schwelte ein Feuer, in dem der Strick und der Torbalken der Scheune, als Werkzeuge der Freveltat, vor sich hin kohlten. Sie waren, ebenso wie die Totenbahre, auf immer zu vernichten.

Serafina musste an sich halten, nicht in Tränen auszubrechen. So also konnte ein junges Leben enden: Von einem Unehrlichen verscharrt wie ein verendetes Tier, mit dem Gesicht nach unten und mit Dornengestrüpp bedeckt, um ihm die Wiederkehr zu erschweren. Trotz der warmen Morgensonne lief ihr ein eisiger Schauer über den Rücken.

Als sie an diesem Tag endlich dazu kam, in ihrem Garten nach dem Rechten zu sehen und die Schäden, die der Gewittersturm angerichtet hatte, zu beheben, schweiften ihre Gedanken unablässig zwischen jenem schrecklichen Todesfall und ihrer Begegnung mit Adalbert Achaz hin und her. Die große Frage, die ihr keine Ruhe ließ, war, ob der Stadtarzt, der zu viel über sie wusste, schweigen würde.

KAPITEL 5

Der Tag, als Adalbert Achaz und sie sich in Konstanz begegnet waren, lag noch gar nicht lange zurück.

Es war zu der Zeit, als die alte Bischofsstadt am Bodensee schier aus allen Nähten platzte. Ganze Legionen hoher geistlicher und weltlicher Herren waren im ersten Winter des Konzils und erst recht mit der Ankunft von König Sigismund dort eingefallen, mit ihren Rössern, Gepäckwagen und Dienerschaften, wobei viele von ihnen schon im Vorfeld ihre Wappen an die schönsten Bürgerhäuser hatten schlagen lassen, um sich eine standesgemäße Unterkunft zu sichern.

Konstanz war zum Mittelpunkt des Römischen Reiches geworden, und binnen kurzem überstieg die Gästeschar die Zahl der Einwohnerschaft um das Zehnfache, zumal auswärtige Handwerker angeworben werden mussten, um die Versorgung zu sichern. In Hundertschaften strömten nun auch noch Bäcker, Schneider und Barbiere aus nah und fern herbei, dazu Wirtsleute, Geldwechsler und Trödler. Nicht zu vergessen die fahrenden freien Töchter, grell geschminkt und in bunten Kleidern, die für ein paar Pfennige alles mit sich machen ließen.

Das mit den Wanderhuren war Serafina und ihren Gefährtinnen mehr als ein Dorn im Auge. Hatten sie doch schon genug Scherereien mit all den heimlichen Schlupf- und Winkeldirnen aus Konstanz, die plötzlich in jeder Scheune, jedem Lagerschuppen, ja selbst in leeren Weinfässern ihre Dienste feilboten. Die fremden Hübschlerinnen, von denen täglich mehr in die Stadt strömten, drohten ihnen, die sie ihrem Handwerk in ordentlichen städtischen Frauenhäusern nachgingen, vollends das Geschäft zu verderben.

Was Serafina indessen niemals gedacht hätte: Der Kuchen war so groß, dass für jede von ihnen ein Stück abfiel. Tagaus, tagein rangen all diese klugen Männer darum, die Spaltung des christlichen Abendlandes zu überwinden und zur rechten Glaubenslehre zurückzufinden. Bei so viel Mühe brauchte es nach den stundenlangen Sitzungen im Münster leibliche und geistige Entspannung, brauchte es üppige Tafelfreuden, glanzvolle Tanzfeste und natürlich das Vergnügen weiblicher Bekanntschaften. Letzteres war selbstredend auch den Heerscharen von Dienern und Arbeitern zugedacht.

Bald schon rieb sich Meister Gerhard, Serafinas Frauenwirt, die Hände angesichts der klingenden Münzen, die seine Schatulle stetig und nicht zu knapp füllten. Sein Haus Zum Blauen Mond, das in bester Lage in der Niederburg stand, nur einen Steinwurf vom Münster entfernt, ward nämlich von wahrhaft vornehmen Herrschaften aufgesucht, und zu Johanni speiste hier regelmäßig der Schultheiß mit seinen Amtsdienern bei schöner Musik. Dafür hielt der Hurenwirt das stattliche Anwesen, das er gegen einen wöchentlichen Zins von der Stadt gepachtet hatte, auch gut in Schuss. Fensterläden und Fachwerkgebälk prangten stets in frischen Farben, das steinerne Erdgeschoss war sauber verputzt, auf dem Schieferdach flatterte der Stadtwimpel im Wind. Sogar eine eigene Badstube gab es, und die zehn, zwölf Frauen, die für ihn arbeiteten, waren angehalten, sauber und appetitlich auszusehen.

Auch im Innern machte das Haus etwas her. Der große, beheizbare Gesellschaftsraum diente den Gästen zur Bewirtung, hier wurde mit den Frauen getanzt und gesungen, und wer sich zurückziehen mochte, folgte seiner Auserwählten über eine Innentreppe in den ersten Stock. Dort befanden sich die Arbeitsräume, saubere, schlichte Kammern, die mit einem breiten, bequemen Bett und einem Tischchen ausgestattet waren. Meister Gerhard und seine Ehewirtin wohnten in einem Anbau, zum Hinterhof hinaus, und Serafina selbst hatte einige Jahre zuvor zwei kleine Zimmer unter dem Dach bezogen. Sie genoss diesen Vorteil, den sie nicht zuletzt ihrer guten Beziehung zur Hurenwirtin zu verdanken hatte. Die meisten der öffentlichen Frauen lebten nämlich nicht im Bordell, sondern in schäbigen Quartieren beim Hafen. Sie mussten ihre Kleidung mit gelben Borten und Bändern kennzeichnen, wenn sie auf dem Weg ins Hurenhaus auf Kundenfang gingen, und sich dabei oft genug von jungen Burschen in aller Dreistigkeit anpöbeln lassen. Serafina hingegen war so gefragt bei den Herren, dass sie sich ihre Freier sogar aussuchen konnte.

Um so vieles besser hatte sie es inzwischen als damals in jenem armseligen Häuschen am Ziegelgraben, gleich bei der Henkerswohnung, wohin sie als junges Mädchen einst verschleppt worden war. Dort waren sie und ihre Gefährtinnen nicht nur von den Freiern, sondern auch vom Hurenwirt gedemütigt und geschlagen worden. Die Kerle, die dort verkehrten, hielten sich nicht auf mit Höflichkeiten und netten Worten, und man *vergnügte* sich auch nicht mit einer Hurenmaid, sondern ritt sie oder stampfte sie, bearbeitete oder beackerte sie. Und wenn eine dann einen gefüllten Ranzen hatte, weil sie zu dumm und zu jung war, sich vorzusehen, holte man das Kindchen, kaum war es aus dem Leib gekrochen, und brachte es weg.

Im Haus Zum Blauen Mond indessen genossen die Freier den erlesenen Wein und die herzhaften Speisen nicht weniger als die Gesellschaft der Frauen. Klerikern, Ehemännern und Juden war zwar wie überall im Land der Bordellbesuch von Amts wegen verboten, doch gerade während der Zeit des Konzils scherte sich keiner darum. So hatten sie oft genug geistliche Würdenträger und Herren von Adel zu Gast, und einmal war sogar der weit berühmte Dichter und Sänger Oswald von Wolkenstein bei ihnen eingekehrt. Der korpulente, einäugige Ritter, der im Gefolge des Königs in Konstanz weilte, hatte ausgerechnet Serafina auserkoren und war sogar die ganze Nacht geblieben. Mit seinen lustigen Schwänken hatte er sie mehr als ein Mal zum Lachen gebracht, und was danach im Bett folgte, war auch für Serafina ein Vergnügen gewesen, was höchst selten vorkam.

Mitunter allerdings traten bei den Männern recht absonderliche Vorlieben zutage. So gab es einen alten Grafen, der sich stets drei Frauen aussuchte und sich dann, entblößt bis auf einen Lendenschurz, von ihnen mit silbernen Ketten fangen und fesseln ließ. Ein anderer wollte mit zuvor ins Wasser gelegten Besenruten gegeißelt werden, und ein dritter genoss es, wenn die Frauen ihm, bei feinem Gewürzgebäck und altem Wein, nackt vortanzten, ohne dass es ihm nach weiteren Freuden gelüstet hätte.

Einmal nur hatte Serafina im Haus Zum Blauen Mond etwas Schlimmes erlebt: Da hatte ihr doch einer, ehe sie sich's versah, Pfeffer in ihre heimliche Scham getan, was höllische

Schmerzen verursacht hatte. Selbstredend hatte sie sich bei Meister Gerhard hierüber bitterlich beschwert, und fortan war dem jungen Ritter Hausverbot auferlegt worden.

Nein, die letzten Jahre im Haus Zum Blauen Mond waren nicht die schlechtesten gewesen. Sie hatte ihren kleinen Kreis von Freundinnen, mit denen sie abends auf den Zimmern schwatzte, war gegen besoffene und gewalttätige Freier halbwegs geschützt und verfügte über einen sicheren Verdienst. Auch wenn sie den üblichen Drittteil an Meister Gerhard abgeben musste, gegen freie Kost und Unterkunft, so brachte ihr ein einziger Liebesdienst immer noch mehr als ein halber Tag Arbeit im Weinberg. Und für die ganze Nacht gab es das Drei- bis Fünffache! Zuletzt war sie sogar so etwas wie die rechte Hand der Frauenwirtin geworden, unterstützte sie in Hauswirtschaft und Buchführung.

Dennoch – seit einiger Zeit schon haderte sie mit sich über diese Art von Broterwerb. Mit ihren dreißig Jahren würde sie bald zum alten Eisen gehören und Rost ansetzen. War ihr Körper erst ganz verwelkt, würde sie keiner mehr haben wollen. Wenn sie also nicht im Sumpf der Armut versinken wollte, blieb ihr nur noch ein Leben als Kuppelmutter. Oder aber als Ehegenossin an der Seite eines ihrer ledigen Freier, was, wie sie aus den Erfahrungen anderer wusste, nicht selten ein Leben voller Demütigungen bedeutete.

An einem Abend Anfang April indessen hatte sich Serafinas Schicksal auf eine Weise besiegelt, wie sie es nie erwartet hätte. Es war ein Samstag. Für diese Woche waren die Sitzungen der Konzilsväter beendet, und die Schenken, Speisewirtschaften und Hurenhäuser füllten sich. Auch im Haus Zum Blauen Mond herrschte großer Andrang. Serafina war zu späterer Stunde von einem Augsburger Gelehrten bestellt, und

49

so machte sie sich daran, sich selbst und ihre Arbeitskammer herzurichten.

Dabei hatte sie die Tür zum Flur offen gelassen, um ein wenig durchzulüften. Während sie mit dem Besen über den Dielenboden kehrte, konnte sie durch den Türspalt beobachten, wie unter lautem Gepolter zwei Freier mit ihren Mädchen die Treppe heraufgeschwankt kamen. In dem älteren der beiden Mannsbilder, der kichernd ihre Gefährtin Apollonia im Arm hielt, erkannte sie Humbert von Neuenburg, Bischof zu Basel.

Serafina schüttelte den Kopf. Die arme Apollonia! Sie würde mit dem alten Bischof die Psalmen rauf und runter beten müssen und sich dabei im Schweiße ihres Angesichts abmühen, ihn zur Erfüllung zu bringen. Falls sie das binnen einer Stunde schaffte, hatte sie Glück. Sollte Seine bischöflichen Gnaden indessen zu viel getrunken haben, und das sah ganz danach aus, würde ihr gar kein Erfolg beschieden sein.

Der andere, ein vierschrötiger Kerl mit aufgedunsenem Gesicht, war offensichtlich der Leibwächter des Bischofs. Er hielt die junge Resi von hinten mit eisernem Griff umklammert und schob sie fast gewaltsam vor sich her. Dabei schwankte er wie ein Schiffsmast auf hoher See. Seine Rechte klebte in ihrem Schritt, die Linke auf ihren entblößten Brüsten.

«Jetzt geh schon, du verflixtes Hurenweib», schnauzte er gereizt, und sein Atem stank bis zu Serafinas Tür nach saurem Wein. «Stell dich nicht so an.»

Sie hatte ihn hier noch nie gesehen, doch allein der Anblick dieses unflätigen Kerls ließ ihr Mitleid augenblicklich in Richtung Resi schwenken. Ausgerechnet die Jüngste und Schüchternste von ihnen hatte er sich herausgegriffen, die zarte, bildschöne Resi mit ihrem goldblonden Haar. Meister Gerhard

50

hatte sie erst vor kurzem aus einem schäbigen Winkelbordell ausgelöst, und in seinem unsicheren, ja verängstigten Wesen erinnerte sie das Mädchen jammervoll an ihre eigene Jugendzeit.

Hier im Hause herrschte das ungeschriebene Gesetz, sich in die Angelegenheiten der anderen Frauen nicht einzumischen. Der Natur der Sache entsprechend, mochte es hie und da schon auch mal lauter und stürmischer zugehen, und falls ein Mädchen seinen Freier einmal gar nicht mehr im Griff hatten, war der Hurenwirt heranzuziehen. So nickte Serafina der jungen Resi nur aufmunternd zu und zog sich in ihr Zimmer zurück, ließ die Tür jedoch weiterhin angelehnt.

Während sie begann, Schminke aufzutragen, lauschte sie mit halbem Ohr nach nebenan. Dorthin hatte sich Resi mit ihrem Kerl zurückgezogen, und durch die dünne Bretterwand konnte Serafina hören, wie er einen Schwall wüster Schimpfworte über die Arme ergoss. Sie schickte ein Stoßgebet zum Himmel, dass die Sache gut ausgehen möge.

Vielleicht sollte sie doch Meister Gerhard Bescheid geben, dachte sie, als sie das Rundeisen zum Kräuseln der Haare aus ihrer Truhe kramte, um es drunten am Küchenherd zu erhitzen. Da ließ ein unterdrückter Schmerzensschrei sie zusammenfahren, gefolgt von flehentlichem Wimmern. Sie hatte genug! Mit ihrem Eisenstab in der Faust stürzte sie hinüber zur Nachbarkammer, riss die Tür auf – und erstarrte. Resi lag rücklings mit den Handgelenken an die Bettpfosten gefesselt, das Gesicht angstverzerrt, während ihr Widersacher am Bettrand stand, nackt bis auf ein hüftlanges Hemd und mit dem Rücken zur Tür. Wieder und wieder klatschte er Resi seine flache Hand ins Gesicht.

Ohne nachzudenken, holte Serafina weit aus und ließ das

Eisen mit ihrer ganzen Kraft gegen seinen Schädel krachen. Der Mann schwankte, drehte sich fast gemächlich zu ihr um, mit ungläubig aufgerissenen Augen, und fiel hintenüber. Dabei prallte sein Hinterkopf mit voller Wucht gegen den Bettpfosten, neben Resis Hand, die im selben Moment schon blutbespritzt war, genau wie das Laken, die Wand, der Bettrahmen. Dann rutschte sein massiger Körper neben dem Bett zu Boden.

Resi entfuhr ein gellender Schrei.

«Sei still, Resi, sei bloß still!», beschwor Serafina sie. Doch es war zu spät. Von draußen waren Schritte und Türgeklapper zu vernehmen. Geistesgegenwärtig schleuderte Serafina den Eisenstab unter das Bett, als Apollonia auch schon in der Tür stand.

«Was um Himmels willen ist hier …»

Angesichts der blutigen Bescherung hielt sie sich die Hand vor den Mund. Hinter Apollonia tauchte nun mit hochrotem Gesicht der Bischof auf, halb angezogen nur, sein spärliches Haupthaar klebte ihm verschwitzt am Kopf.

«Er ist – er ist – gestürzt», stammelte Serafina und machte sich daran, die heulende Resi loszubinden. Nur ganz allmählich begriff sie, was sie da mit ihrem Schlag angerichtet hatte.

Apollonia beugte sich zu dem Verletzten hinunter.

«Er atmet noch. Wir brauchen einen Arzt. Schnell!»

Der Bischof, der bis dahin reglos im Türrahmen verharrt war, schnappte mit offenem Mund nach Luft.

«Allmächtiger! Mein Ekkehart – mein treuer Ekkehart», stieß er hervor und bekreuzigte sich. «Zu Hilfe! So helft doch!»

«Was ist geschehen, Exzellenz? Seid Ihr verletzt?»

Das war Meister Gerhard, der aus dem Treppenhaus aufgetaucht war. In seinem Schlepptau drängte sich eine ganze Meute von Frauen und Männern, die einen Blick durch die offene Tür zu erhaschen suchten.

«Nein – dort – siehst du nicht ...» Der Bischof gab sich einen Ruck. «Hol meinen Leibarzt, sofort! Er sitzt beim Essen, im Wirtshaus gegenüber. Nun rühr dich schon, sonst ist es zu spät. Und lass meinen Vikar rufen. O Herr, o gütiger Herr im Himmel.»

Er rang die Hände und begann halblaut auf Latein zu beten.

Keine drei Ave-Maria später betrat ein Mann im langen, dunklen Gelehrtenmantel mit einer Ledertasche in der Hand den Raum. Er war ungewöhnlich groß und kräftig, das bartlose, längliche Gesicht mit der hohen Stirn, der etwas spitzen Nase und den vollen Lippen war angenehm anzusehen. Ein wenig älter als Serafina mochte er sein, im besten Mannesalter also, und sein dunkelblondes, kurzgeschnittenes Haar war noch voll und ohne Grau.

«Endlich, Achaz, endlich», keuchte der Bischof, der sich nicht von der Stelle gerührt hatte. Wenigstens hatte ihm mittlerweile jemand seinen Umhang gebracht. Währenddessen kauerte Serafina weitmöglichst vom Bett entfernt auf dem Fußboden, mit Resi im Arm, die nicht aufhören wollte zu weinen.

«Ist schon gut, meine Kleine», versuchte Serafina sie zu trösten und belauerte zugleich den Leibarzt, wie er neben dem verletzten Ekkehart niederkniete und ihm den Puls fühlte. Kurz zuvor noch hatte sich dessen Brustkorb krampfhaft gehoben und gesenkt. Jetzt aber war davon nichts mehr zu sehen. Etwas umständlich kramte der Arzt ein rundes Glas aus seiner Tasche und hielt es Ekkehart über Mund und Nase.

«Da ist nichts mehr. Er ist tot.»

Der Satz traf Serafina wie ein Dolchstoß. Das hatte sie wahrhaftig nicht gewollt! Voller Entsetzen bekreuzigte sie sich.

Lautes Stimmengewirr durchdrang von der offenen Tür her den Raum. «Er ist tot. – Der Leibwächter seiner Exzellenz ist tot. – Ein Meuchelmord, ein Überfall!»

«Ich bitte Euch, Meister Gerhard», wies der Medicus den Hausherrn an, «schließt die Tür hinter Euch. Dies hier ist kein Possenspiel. Alle, die nichts mit dem Vorfall zu tun haben, mögen bitte den Raum verlassen.» Achaz' Stimme war ruhig, von angenehmer Tiefe. «Auch Ihr, Meister Gerhard. Und sorgt dafür, dass vorerst Stillschweigen bewahrt wird, auch in Eurem Sinne.»

Mit dem Hurenwirt verließ auch Apollonia die Kammer, nicht ohne Serafina einen fragenden Blick zuzuwerfen. Achaz strich über das Gesicht des Toten, um ihm die Augen zu schließen, dann wies er auf den einzigen Schemel.

«Setzt Euch bitte, Exzellenz. Denkt an Euer schwaches Herz. Ohnehin solltet Ihr nicht …»

Er brach ab, doch es war offenkundig, dass er damit des Bischofs Bordellbesuch meinte. Ächzend ließ sich Humbert von Neuenburg nieder.

«Habt Ihr ihm die Beichte abgenommen, Exzellenz?»

«Ich war gewillt, aber es blieb nicht mehr die Zeit dazu. Doch ich habe nach dem Vikar schicken lassen, damit er alles Notwendige für die Absolutio post mortem vorbeibringe.»

Achaz zog spöttisch eine Augenbraue hoch. «So gebt denn hernach Euer Bestes, um Gott zu versöhnen und den Schuldigen zu erlösen. Ihr könnt ja einstweilen ein stilles Gebet über den Toten sprechen.»

Obwohl sich Serafina wie von dichtem Nebel umhüllt fühlte, war ihr nicht entgangen, dass sich der Bischof keinen Deut um den Sterbenden gekümmert hatte. Mehr noch allerdings erstaunte sie die Art und Weise, wie dieser Leibarzt mit seinem Herrn umging.

Humbert von Neuenburg winkte ab. «Alles zu seiner Zeit. Ich muss in mein Quartier zurück, mich umziehen.»

«Einen Augenblick noch, Exzellenz. Ihr wart doch ganz in der Nähe. Habt Ihr da etwas Verdächtiges vernommen?»

«Wie sollte ich? Wo ich doch die ganze Zeit über mit meiner Begleiterin inbrünstig gebetet habe. Nun ja, einige Male wurde Ekkehart etwas laut. Aber du kennst ihn ja, er ist mitunter etwas ungestüm.»

«O ja, ich kenne ihn nur zu gut, Exzellenz.» Das Gesicht des Arztes legte sich in grimmige Falten. Es war unverkennbar, dass er diesen Ekkehart ganz und gar nicht schätzte. Zum ersten Mal in dieser schrecklichen Stunde schöpfte Serafina so etwas wie Hoffnung.

«Alles wird gut», murmelte sie mehr zu sich selbst als zu Resi und strich ihr übers Haar.

«Bis später also, Achaz.» Der Bischof wankte zur Tür. «Ich hoffe, du kannst mir dann berichten, wie der gute Mann ums Leben gekommen ist.»

«Das werde ich, verlasst Euch drauf.»

Auch Serafina war aufgestanden und half ihrer Gefährtin auf die Beine. «Können wir gehen?»

«Nein», beschied Achaz knapp und begann, dem Toten das Hemd auszuziehen. «Ich nehme an, der Anblick eines nackten Mannes schreckt Euch nicht allzu sehr.»

In jeder anderen Situation hätte Serafina ihm eine bissige Bemerkung zurückgegeben. Jetzt aber schwieg sie benommen, erst recht, als Achaz den Leichnam auf den Bauch drehte und die tödliche Wunde zum Vorschein kam. Der ganze Hinterkopf war eine einzige blutverschmierte Masse. Resi drehte das Gesicht zur Seite und schluchzte lauthals auf.

Derweil entfernte der Arzt mit einem Schermesser das Haupthaar vom Hinterkopf. Dann tupfte er mit einem Stück Leinen, das er aus seiner Tasche gezogen hatte, vorsichtig das Blut ab. Serafina spürte einen Würgereiz, konnte die Augen aber nicht abwenden.

«Da scheint einer ja bärenmäßige Kräfte an den Tag gelegt zu haben.» Er musterte die beiden Frauen eindringlich. «Oder auch *eine*. Wahrscheinlich zwei Schläge hintereinander.»

Er drehte den Toten wieder auf den Rücken, legte ihm die Hände zusammen und erhob sich.

«Würdet ihr beide mir jetzt schildern, was geschehen ist?»

Serafina trat vor ihn. Sie reichte ihm gerade mal bis zur Brust.

«*Ich* werde es Euch sagen. Die Resi hat nichts damit zu tun.»

«Wie ist Euer Name?»

«Serafina. Serafina Stadlerin.» Es überraschte sie, dass dieser Mann sie nicht duzte, wie sonst die Männer hier im Haus.

«Ich höre, Serafina.»

«Dieser Kerl da kam bereits sturzbesoffen hier an. Ich habe durch einen Türspalt beobachtet, wie er die Resi schon auf dem Weg in die Kammer übel behandelt hat. Danach hab ich ihre Schreie gehört und bin rüber. Da lag sie dann, an die Bettpfosten gefesselt, und der Mistkerl stand daneben und hatte sie ins Gesicht geschlagen.» Ihr ganzer Zorn kam wieder hoch. «Seht Euch ihre Handgelenke an. Alles noch rot angelaufen.»

«Ist das wahr?», fragte er das Mädchen.

Resi nickte nur.

«Und weiter?»

«Ich stand dann in der Tür und hab ihn angeschrien, er solle aufhören. Da hat er sich erschrocken zu mir herumgedreht, war ins Wanken geraten und nach hinten umgefallen. Gradwegs mit dem Schädel gegen den Bettpfosten ist er gekracht und gleich zu Boden gesunken. Danach kam dann schon bald Euer Bischof mit den anderen.»

Achaz verzog die Mundwinkel und schüttelte den Kopf. Er glaubte ihr also nicht.

«Der Sturz auf den Pfosten könnte theoretisch tödlich gewesen sein, so viel Blut, wie sich dort findet. *Könnte*, sage ich. Doch die Wunde weist alle Merkmale auf, dass es einen zweiten Schlag gegeben haben muss. Beispielsweise mit einem Eisenstab, wie ich ihn soeben unter dem Bett entdeckt habe und wie man ihn unter euch Frauen zum Kräuseln der Haare benutzt.»

Serafina spürte, dass ihr das Blut in die Wangen schoss. Dennoch hielt sie seinem durchdringenden Blick stand.

«Glaubt Ihr mir wenigstens, dass dieser Kerl gewalttätig war?», fragte sie leise. «Dass meine Freundin hier in höchstem Maße bedroht war? Oder gehört Ihr zu den Männern, die meinen, dass Huren Freiwild sind, mit denen man umspringen kann, wie man will?»

Er sah sie unbeirrt an.

«Nein, zu denen gehöre ich nicht, Serafina. Und ich weiß nur zu gut, was für ein Erzlump Ekkehart war. Wie dem auch sei – ich werde dieses Eisen da an mich nehmen.»

Er wickelte den Stab in den Leinenstreifen und ließ ihn in seiner Tasche verschwinden. Unter Serafinas Füßen begann der Boden zu schwanken, als sie in Richtung Tür ging. Achaz' Stimme ließ sie innehalten.

«Ihr müsst leider hierbleiben, bis der Bischof zurück ist.»

Kraftlos gehorchte Serafina. Ihr Schicksal als Totschlägerin des bischöflichen Leibwächters war besiegelt. In Fesseln würde man sie vor das Malefizgericht schleifen und nach qualvollen Tagen Kerkerhaft im Bodensee ertränken.

Eine schier endlose halbe Stunde später war Humbert von Neuenburg zurück, in geistlichem Gewand und in Begleitung eines Stadtbüttels, eines Gerichtsschreibers und eines jungen Vikars. Serafina, die sich nicht von der Stelle gerührt hatte, lehnte noch immer am Türpfosten.

«Lasst uns rasch die Formalitäten erledigen, damit ich mich um Ekkeharts arme Seele kümmern kann», beschied der Bischof. «Wie also ist er zu Tode gekommen?»

«Die Diagnose ist eindeutig.» Der Medicus hakte den Verschluss seiner Tasche ein und klemmte sie sich unter den Arm. «Tödlicher Sturz bei Volltrunkenheit. Ein tragischer Unfall also.»

Serafina hatte die Luft angehalten. Dann schossen ihr Tränen der Erleichterung in die Augen. Bis zuletzt war sie überzeugt gewesen, dass der Arzt seinem Bischof die Tatwaffe darreichen und die Wahrheit offenbaren würde.

«Können wir jetzt gehen, Resi und ich?» Ihre Stimme zitterte.

Der Bischof nickte unwirsch, und Serafina spürte, wie Achaz ihr mit Blicken folgte, bis sie mit Resi im Flur verschwunden war.

«Gehen wir in die Badstube, uns waschen.»

Im Haus herrschte eine für diese Stunde ungewohnte Stille. Für den Rest des Abends nämlich hatte Meister Gerhard das Frauenhaus geschlossen.

«Ich bin dir so dankbar», flüsterte Resi, während sie sich

beide das Blut von Händen und Armen schrubbten. Auch ihre Kleidung war befleckt.

«Dankbar müssen wir diesem Medicus sein. Er hat alles durchschaut. – Wenn du nicht allein sein willst heute Nacht, kannst du bei mir schlafen.»

«Nein, es geht schon wieder.»

Nachdem sie Resi zur Haustür gebracht hatte, stieg Serafina mit bleischweren Beinen hinauf zu ihrer Dachwohnung. Aus dem Totenzimmer hörte sie leises Gemurmel. Dass sie noch einmal mit heiler Haut davongekommen war, änderte nichts daran, dass durch ihre Hand ein Mensch zu Tode gekommen war. Ganz gleich, ob nun durch ihren Schlag oder durch den Sturz. Und dennoch – sie hätte es wieder getan, hätte gar nicht anders handeln können. Allein, um Resi vor diesem gewalttätigen Schurken zu schützen.

Während sie ihr schmutziges Gewand auszog, dachte sie darüber nach, dass Gott ihr mit diesem schrecklichen Vorfall ganz gewiss ein Zeichen geben wollte. Und plötzlich wusste sie, dass der Zeitpunkt gekommen war, mit ihrem Handwerk aufzuhören, nicht nur des Alters wegen. Sie musste Konstanz baldmöglichst verlassen und irgendwo neu anfangen, als Magd oder Taglöhnerin. Es würde ihr schwerfallen, in der Fremde noch einmal Fuß zu fassen, aber hier konnte sie nie sicher sein, dass ihre Tat nicht doch noch aufgedeckt würde.

Sie streifte sich ein schlichtes Kleid über und beschloss, das Gasthaus gegenüber aufzusuchen. Alles in ihr strebte danach, diesem Leibarzt des Bischofs zu danken. Da es draußen bereits dunkelte, entzündete sie ihre Handlampe, bedeckte ihr Haar mit einem Tuch und machte sich auf den Weg.

Sie fand den Medicus in der hintersten Ecke der weitläufigen Wirtstube, wo er allein vor einem Krug Wein saß.

59

Ziemlich verloren wirkte er, wie er da mit hängenden Schultern auf die Tischplatte stierte. Sie hätte nicht sagen können, warum, aber aus irgendeinem Grund tat er ihr leid. Als sie sich ihm gegenüber niederließ, sah er erstaunt auf.

«Ich wollte Euch von Herzen danken, Medicus. Es wäre ein Leichtes gewesen, mich vor Gericht zu bringen.»

Achaz winkte nur müde ab.

«Ich hoffe, Ihr habt nun kein schlechtes Gewissen», fuhr sie fort.

«Warum sollte ich?» Seine Augen glänzten.

«Weil Ihr für mich gelogen habt. Für eine Wildfremde.»

Er lächelte, ohne dass er dadurch fröhlicher gewirkt hätte.

«Was heißt schon gelogen. Es hätte doch durchaus ein Unfall sein können. Außerdem nimmt es selbst ein Bischof mit der Wahrheit nicht allzu genau. Von wegen, keine Zeit zur Beichte. Ekkehart ist erst unter meinen Händen gestorben, da wäre für ein wenig seelischen Beistand gewiss noch Zeit gewesen. Ach, was soll's.»

Sie merkte, dass er leicht angetrunken war. Zumindest war der Krug vor ihm leer.

«Macht Euch also keine unnützen Gedanken. Ich halte Euch für unschuldig. Und dieser Ekkehart war ein Hundsfott, dem bis auf meinen Bischof keiner eine Träne nachweinen wird. Ich musste Euch einfach helfen, weil ...»

Er brach ab.

«Was weil?»

«Weil ich schon einmal ...» Er sprach so leise, dass sie ihn kaum verstand. «... aus lauter Dummheit das Leben einer Frau und ihres Kindes verwirkt habe. Ihr, Serafina – Ihr erinnert mich übrigens an diese Frau.»

Beinahe zärtlich hatte er ihren Namen ausgesprochen. Er

machte dem Wirt ein Zeichen, und gleich darauf stand ein zweiter Becher und ein wohlgefüllter Krug auf dem Tisch.

«Heut ausnahmsweise mal in liebreizender Gesellschaft, Medicus?», flachste der Wirt und schenkte ihnen ein. «Noch dazu mit der schönen Serafina.»

«Halt deinen Schnabel, Bertschi», fuhr Serafina dazwischen. Sie nahm einen tiefen Schluck. Der schwere, süße Wein tat ihr gut.

«Ich heiße übrigens Achaz.» Er verzog den Mund zu einem Grinsen und wirkte damit schlagartig um etliches jünger. Eigentlich ist er ein ansehnliches Mannsbild, dachte Serafina bei sich. Laut sagte sie:

«Das weiß ich längst.»

«*Adalbert* Achaz.»

«Hört, Adalbert Achaz – ich weiß, wie hoch ich in Eurer Schuld stehe. Es hätte böse ausgehen können für mich.»

Sie ergriff seine Hände. Für seine kräftige Statur waren sie unerwartet feingliedrig. Groß und stark wie ein Bär war dieser Mann und wirkte in diesem Augenblick doch wie ein ratloser kleiner Junge. Plötzlich wusste sie, dass er ihr gefiel.

«Geld hab ich nicht viel», fuhr sie fort, «für Eure Verhältnisse wäre es ein Muckenschiss, was ich Euch geben könnte. Aber ich kann Euch das anbieten, was meines Handwerks ist. Ich biete Euch eine ganze Nacht.»

Augenblicklich war das jungenhafte Grinsen verschwunden. Erschrocken zog er seine Hände zurück.

«Nein, nein», stotterte er, «um Himmels willen.»

«So gefall ich Euch also nicht? Ich bin Euch zu alt! Ist es das? Sagt es nur frei heraus.»

«Nein, nein, ganz und gar nicht.»

«Ich versteh schon – Ihr seid kein Mann für öffentliche

Frauen.» Sie kämpfte dagegen an, sich gedemütigt zu fühlen. «Wahrscheinlich ist es Euch mehr als unangenehm, hier mit mir gesehen zu werden.»

«Was redet Ihr da, Serafina? Ich wollte Euch nicht kränken, wirklich nicht. Es ist nur – wie soll ich's erklären ...»

Er brach ab und schenkte ihr nach.

«Auf Euer Wohl, Serafina. Ihr seid eine ganz ungewöhnliche Frau. Und schön obendrein. Hat Euch schon mal ein Mann gesagt, welche Wirkung Eure tiefblauen Augen zu dem dunklen Haar haben? Dazu die feine Zeichnung Eurer Brauen ... Ein Maler könnte das nicht schöner hervorzaubern.» Er wirkte verwirrt. «Ach, was red ich da für einen Unsinn – andauernd werdet Ihr Euch das anhören.»

Erneut stierte er vor sich hin. Ohne etwas zu erwidern, trank Serafina ihren Becher leer. Ganz plötzlich war ihr zum Heulen zumute.

«Ich muss gehen. Das alles war ein bisschen viel heute.»

«Wartet, ich bring Euch vor die Tür.»

Als sie die Gasse überqueren wollte, hielt er sie am Arm fest und zog sie in die dunkle Toreinfahrt zurück. «Darf ich dich wiedersehen? Morgen oder übermorgen? Zu einer Ausfahrt an den See?»

Entgeistert sah sie ihn an. Dann wehrte sie ab: «Wir werden uns gar nicht wiedersehen. Ich verlasse Konstanz.»

«Vielleicht ist's ja besser so.» Seine Stimme klang heiser. «Wer weiß, ob deine Gefährtin den Mund halten kann.»

Plötzlich wurde sie wütend. «So also denkt Ihr von uns Hübschlerinnen? Wir haben vielleicht mehr Standesehre im Leib als so manches Bürgerweib! Und jetzt gehabt Euch wohl.»

Da zog er sie an sich, beugte sich zu ihr herunter und verschloss ihren Mund mit einem zärtlichen Kuss. Seine Lippen waren weich, weich und verführerisch ...

Mit einem Ruck riss sie sich los und verpasste ihm eine Maulschelle.

«So nicht, Adalbert Achaz, so nicht.»

Dann eilte sie im Laufschritt über die Gasse, ohne sich noch einmal nach ihm umzusehen.

Kapitel 6

Obwohl Serafina nach ihren zwei Nächten mit Kranken- und Totenwache hundemüde war, schlief sie auch in der darauffolgenden Nacht schlecht. Immer wieder schreckte sie auf, und am Ende hatte sie vom Haus Zum Blauen Mond geträumt. Hatte geträumt, dass Oswald von Wolkenstein in ihrem Bett lag und lustige Schwänke von sich gab, bis sich sein Gesicht plötzlich in das von Adalbert Achaz verwandelt hatte. Im nächsten Augenblick schon war ein lärmender Pöbel in ihre Schlafkammer gestürmt und hatte einen blutverschmierten Leichnam mit einem Aschenkreuz auf der Stirn zwischen sie beide ins Bett gelegt. Danach war sie erwacht.

Nachdem Serafina vergeblich versucht hatte, wieder einzuschlafen, stand sie schließlich auf und tappte hinunter in die Küche, um den Herd zu befeuern. Im Haus war noch alles still, und auch von den umliegenden Häusern und Werkstätten war kein Laut zu hören, denn es war Sonntag, der Tag des Herrn.

«Was hantierst du so früh schon herum? Weckst ja das ganze Haus auf.» Heiltrud stand mit verknittertem Gesicht und Nachthaube auf dem schütteren Haar im Türrahmen. Serafina wusste inzwischen, dass diese Frau nur wenige Jahre älter war als sie selbst, doch mit ihrem verhärmten Aussehen und Gebaren wirkte sie alt wie eine mehrfache Großmutter.

«Das tut mir leid.» Serafina hatte nicht bedacht, dass Heiltrud ihre Bettstatt genau über der Küche hatte. Sie legte das letzte Scheit Holz nach und erhob sich.

«Ich hab eine Bitte, Heiltrud. Ich möcht heut gern die Sonntagsmesse im Münster feiern statt bei den Barfüßern. Allein lässt mich die Meisterin wohl kaum gehen – aber wenn du mich begleiten würdest?»

«Im Münster? Warum das denn?»

«Wegen der Pfefferkornin. Ich könnt mir denken, dass es ihr noch immer sehr schlecht geht, erst recht, wenn der Pfarrer heut vor aller Welt ihren Sohn als Todsünder brandmarkt. Walburga Wagnerin soll wissen, dass wir an ihrer Seite sind. Und dass wir für Hannes' Seelenheil beten.»

«Es hat keinen Sinn, für einen Selbstmörder zu beten.»

«Das meinst du doch nicht im Ernst, oder? Außerdem ist das mit dem Selbstmord gar nicht sicher. Hast doch selber gehört, was die Frauen im Haus Zur Leiter über Hannes gesagt haben.»

Der knarrende Dielenboden über ihnen verriet, dass auch die anderen Frauen erwacht waren.

«Also, was ist?»

«Meinetwegen. Aber nur, weil mich die arme Pfefferkornin dauert.»

Wie zu erwarten, drängte sich heute das Kirchenvolk weitaus zahlreicher als sonst vor dem Kreuzaltar. Jeder wollte die Familie des Selbstmörders in Augenschein nehmen, jeder wollte hören, was der Herr Pfarrer hierzu zu sagen hatte. Voll besetzt waren auch die Bankreihen, die auf der Männerseite den Ratsherren, Zunftmeistern und Kaufherren vorbehalten waren, auf der Frauenseite deren Ehegenossinnen und Kindern.

Serafina blickte sich um. Gleich in der ersten Reihe thronte Ratsherr Nidank in seinem besten Sonntagsstaat, in der Bank hinter ihm, mit versteinerter Miene, Magnus Pfefferkorn. Von Diebold war nichts zu sehen. Dafür entdeckte sie Adalbert Achaz, der abseits, ganz für sich, vor einer der Seitenkapellen stand. Er hielt den Kopf gesenkt und hatte die Hände zum Gebet zusammengelegt. Sie musste an den Traum von vergangener Nacht denken und drehte ihm rasch den Rücken zu.

Vor ihr in der Bank kniete die Pfefferkornin. Ihre beiden Töchter rechts und links pressten sich eng an sie, als wollten sie sie gegen die bohrenden Blicke der Kirchgänger schützen. Für die bedauernswerte Frau musste das heute ein wahrer Spießrutenlauf sein, war doch alle Aufmerksamkeit auf sie und ihre Familie gerichtet. Niemand schlenderte wie sonst üblich während der lateinischen Schriftlesung umher, um Freunde oder Handelsgenossen aufzusuchen, kein Gezänk, kein Lachen, ja nicht einmal Hundegebell war im Kirchenschiff zu vernehmen. Stattdessen ein stetes Tuscheln und Raunen, und manch einer entblödete sich nicht, mit dem Finger auf die Mutter des angeblichen Selbstmörders zu deuten.

Dass dem Tod des armen Hannes nicht gedacht wurde, hatte Serafina erwartet. Sein Name wurde nicht erwähnt, als wie jeden Sonntag die Namen der jüngst Verstorbenen verlesen wurden.

«Achtet nicht auf die Leute», hatte sie der Pfefferkornin gleich zu Beginn des Gottesdienstes gesagt. «Schwester Heiltrud und ich sind an Eurer Seite und werden mit Euch beten.»

Nach dem Evangelium machte sich der Pfarrer an seine Predigt, am Ende wie üblich in deutscher Sprache, und nicht nur Serafina hielt den Atem an. Man hätte eine Nadel auf den Kirchenboden fallen hören können, so still wurde es plötzlich.

Was würde man über den schändlichen Frevler zu hören bekommen?

Ohne dass Hannes' Tat auch nur mit einem Wort erwähnt worden war, ging es indessen weiter zum Credo und den anschließenden Fürbitten.

«Jetzt ist der Pöbel bitter enttäuscht», flüsterte Heiltrud ihr fast gehässig zu. «Geschieht ihm grad recht.»

Serafina nickte nur. Sie hatte das untrügliche Gefühl, dass Ratsherr Nidank dem Münsterpfarrer einen Maulkorb auferlegt hatte, aus welchen Gründen auch immer. Jedenfalls begann Walburga Wagnerin vor Erleichterung leise aufzuschluchzen, als nun die Eucharistiefeier einsetzte.

«Wenn Ihr wollt», bot Serafina ihr an, «begleiten wir Euch zur Kommunion.»

«Ja.» Die Frau wischte sich die Tränen aus den Augen. «Ich danke Euch.»

Als sich wenig später nach dem «Ite missa est» das Kirchenschiff leerte, stand die Pfefferkornin noch immer wie festgewurzelt in ihrer Bankreihe.

«Sollen wir Euch nach Hause bringen?», fragte Serafina.

Doch da trat der Kaufherr auf seine Ehegefährtin zu.

«Der Pfarrer möchte uns sprechen. Er wartet bei der Sakristei auf uns.»

«Geh nur schon voraus», erwiderte sie leise. «Ich komme gleich.»

Serafina legte ihr die Hand auf die Schulter.

«Lasst Euch vom Herrn Pfarrer nicht entmutigen. Jede Seele kann erlöst werden. Es gibt keine ewige Verdammnis. Gott ist nicht nur allmächtig, sondern auch gütig.»

«Er hat sich nicht umgebracht», sagte Walburga Wagnerin und ging schleppenden Schrittes in Richtung Sakristei davon.

«Keine Verdammnis – was soll das?», schnaubte Heiltrud, als sie allein waren. «Du redest schon daher wie unsre Adelheid.»

«Du hast es getroffen. Adelheid bringt aus ihren alten Büchern mancherlei Weisheiten zutage. Man muss nämlich nicht alles auf die Goldwaage legen, was die Kirche predigt, auch wenn sie es seit Jahrhunderten noch so oft wiederholen mag.»

Heiltrud schüttelte missbilligend den Kopf.

«Diese Adelheid bringt uns noch mal in Teufels Küche mit ihren ketzerischen Gedanken. – Und du auch!»

Draußen vor dem Münsterportal wären sie fast mit zwei schwarzgrau verhüllten Gestalten zusammengestoßen, die Stab und Klapper in den Händen hielten. Das verriet, dass sie zu den Siechen an dem Felde gehörten, die für immer ausgesondert draußen im Gutleuthaus lebten, an der Landstraße auf Basel zu, nur einen Steinwurf entfernt von der Richtstätte.

«Könnt ihr nicht aufpassen?», schnauzte Heiltrud und bekreuzigte sich. Auch Serafina war erschrocken zur Seite gesprungen, als sie in die Gesichter der beiden blickte: Ob Mann oder Frau, war nicht zu erkennen, ihre Mienen waren zu einer verschwollenen, knotigen Fratze entstellt.

Serafina war solch armen Menschenkindern schon einmal beim Kräutersammeln begegnet, vorgewarnt durch das Schlagen ihrer Klapper, denn eine Berührung mit den Aussätzigen konnte das Ende bedeuten: ein Leben in Gefangenschaft bis zum qualvollen Tod. An jenem Morgen war sie hin- und hergerissen gewesen zwischen Grausen und tiefstem Mitgefühl, als die beiden Frauen mit ihren tief ins Gesicht gezogenen Kapuzen und den Rufen «Unrein! Unrein!» in großem Bogen an ihr vorübergeeilt waren. Von Konstanz kannte sie das nicht, dort war es den Aussätzigen verboten, in der Stadt betteln zu gehen. Stattdessen zog ein Klingler durch die Gassen, um die Almosen zu sammeln. In Freiburg indessen durften sie in Ausnahmefällen ihr Haus verlassen, und je zwei von ihnen war es sonntags erlaubt, bis zum Ende des Hochamts beim Kirchenportal zu sitzen. Die Leute hier sagten, es bringe Unglück, wenn man ihnen kein Almosen gab.

«Hast du etwas dabei für sie?», fragte sie Heiltrud.

«Das Hochamt ist zu Ende, und die hätten längst verschwunden sein müssen», entgegnete ihre Mitschwester. «Los, hinweg mit euch!»

Serafina sah den dunklen Gestalten nach, wie sie mit eingezogenen Schultern davoneilten, und ihre ohnehin niedergeschlagene Stimmung schlug in tiefe Traurigkeit um. Da erblickte sie den Stadtarzt, der am nahen Brunnen lehnte. Er hob die Hand zum Gruß, doch sie tat, als habe sie ihn nicht bemerkt.

Die nächsten Tage verbrachte Serafina viel Zeit mit Gebeten für Hannes' Seelenheil und versuchte ansonsten, sich mit aller Kraft auf ihre alltäglichen Pflichten zu konzentrieren. Wobei sie, ganz entgegen ihren sonstigen Gewohnheiten, jeden unnötigen Gang durch die Gassen der Stadt vermied. Zum Glück befand sich ihr geliebter Garten draußen in der Vorstadt, und bis zum Lehener Tor, durch das es hinausging, waren es nur ein paar Schritte.

Bei ihrer Ankunft im Haus Zum Christoffel war es Serafina arg gewesen, dass sie kein Handwerk vorweisen konnte. Selbst beim Garnspinnen oder Nähen stellte sie sich eher ungeschickt an. Da hatte die Meisterin den Einfall gehabt, das kleine Feldstück in der Lehener Vorstadt, das ihnen kurz zuvor von einem Wohltäter gestiftet worden war, in einen

Gemüsegarten zu verwandeln, und diese Aufgabe Serafina übertragen. Bislang gab es nur ein einziges kümmerliches Beet im Innenhof ihres Anwesens, und dort wollte, weil es zu schattig war, nichts so recht gedeihen. So hatte Serafina hier in Freiburg ihre Liebe zum Gartenbau entdeckt, wobei ihr zupasskam, dass sie als Kind auf dem Land groß geworden war.

Bis auf die Putzdienste, die sie im Wechsel verrichteten, waren auch die anderen Aufgaben genau verteilt. Catharina, als gewählter Meisterin, oblag neben der Hausaufsicht auch die Buchführung und damit die Kontrolle über die Einnahmen und Ausgaben ihrer Gemeinschaft. Heiltrud ging mehrmals die Woche als Wäscherin in Bürgerhaushalte und brachte dafür gutes Geld nach Hause. Die alte Mette hingegen, die sich ihr Leben lang als Magd bei reichen Leuten im wahrsten Sinne des Wortes krumm und bucklig geschuftet hatte, war zu harter Arbeit nicht mehr zu gebrauchen. Ihr Platz war in der kleinen Werkstatt im Hinterhaus, wo sie das Kerzenziehen betrieb. Adelheid stickte und malte, allerdings nur, wenn sie Lust dazu hatte. Wobei durch ihre wohlhabende Familie ohnehin genug Geld in die Haushaltskasse floss. Grethe schließlich, die Jüngste, war fürs Kochen, Backen und den Einkauf zuständig. Dass sie dies mit großer Hingabe tat, war ihrem drallen Leibesumfang deutlich anzusehen. Wirkte Heiltrud auf Serafina immer wie ein ausgemergelter alter Stelzvogel, so hatte Grethe etwas von einem kugelrunden, blondflaumigen Küken.

Es war ein gemütliches Heim, das sich die Schwestern Zum Christoffel geschaffen hatten. Seit mehr als sechs Jahrzehnten hatte die Sammlung hier ihr Domizil, auf halber Höhe des verwinkelten Brunnengässleins, in dem Schneider und Seiler ihrem Handwerk nachgingen und das so eng war, dass sich die überkragenden Häuser in der Höhe fast berührten. Ihr kleiner

Konvent umfasste das dreigeschossige Vorderhaus mit Küche, Gemeinschaftsraum und Schreibstube im Erdgeschoss und je drei Schlafkammern darüber, den schmalen, von hohen Mauern begrenzten Hof und ein einfaches Hinterhaus aus Holz. Dort waren, unter der hohen, spitzgiebeligen Bühne, die sie als Dörre und Holzlager nutzten, der Hühner- und Ziegenstall sowie die Wachszieherei untergebracht, in der es immer so wunderbar nach Bienenwachs duftete. Serafina hatte Mette anfangs gern und oft bei ihrer Arbeit beobachtet. Es hatte etwas sehr Ruhiges und Besonnenes, wenn ihre Mitschwester vor dem Holzkohleöfchen hockte und die Dochtfäden, immer drei nebeneinander an einem Holzstück, durch das zähflüssige Wachs zog, bis die Kerzen die gewünschte Dicke erreicht hatten.

Nichts Überflüssiges, kein Zierrat und kein Schnörkel fanden sich in Haus und Hof, abgesehen vielleicht von dem in verspieltem Muster gefliesten Ziegelboden im Erdgeschoss. Dafür war das Vorderhaus bis unters Dach solide aus Stein gebaut und in freundlichem Hellgrau verputzt, mit einem geräumigen Gewölbekeller, wo sich auch der große Zuber für ihr wöchentliches Bad befand, und einem Dachstuhl für die Vorräte, der mit Schindeln gedeckt war.

Früher hatte es wohl eine Haustür zur Straße hin gegeben. Doch seitdem sich hier die Schwestern eingerichtet hatten, war das Ganze wie ein winziges Kloster mit einer Mauer nach außen abgeschlossen. Durch eine Toreinfahrt, über der ein in Stein gehauenes Kreuz ihre Verbundenheit mit der Vita apostolica bezeugte, einem Leben in Armut, Einfachheit und Demut, gelangte man in den Hof. Von dort führte eine schmucklose Tür ins Haus und eine überdachte Außentreppe in die oberen Stockwerke.

Zur Gründungszeit hatten im Haus Zum Christoffel zwölf Frauen Platz gefunden, je zwei hatten die engen Schlafkammern bewohnt. Zwar stand ihnen nun bedeutend mehr Raum zur Verfügung, doch mit den berühmten Beginenhöfen in Brügge, Gent oder Delft war ihr Haus in nichts zu vergleichen. Nicht einmal mit dem Regelhaus der Schwestern Zum Lämmlein, deren Anwesen neben der Ratsstube der Stadt gleich mehrere Nachbarhäuser umfasste.

Es hatte Serafina keine Mühe gekostet, sich in den Alltag der Schwestern einzufügen. Dabei hatte es sich bald eingespielt, dass sie dienstags, donnerstags und samstags, wenn Markttag war, Grethe beim Einkauf begleitete, auch weil sie am besten wusste, was im Garten reifte und was hinzugekauft werden musste. Seit einigen Tagen jedoch drückte Serafina sich um den Marktgang regelrecht herum. Sie hatte ganz und gar keine Lust, Adalbert Achaz zu begegnen, schützte fadenscheinige Ausreden vor, um nicht in die Stadt zu müssen, oder flüchtete sich in ihre Gartenarbeit. Somit musste Grethe beim Tragen ihrer Einkäufe die Hilfe von Barnabas in Anspruch nehmen, der im Übrigen Grethe fast ebenso sehr verehrte wie Serafina.

«Was ist nur los mit dir?», fragte ihre beste Freundin besorgt. «Du igelst dich im Haus ein oder in deinem Garten, grad als wärst du eine Klosterfrau. Nichts gegen den kleinen Zwerg, aber er kann einem schon gehörig auf die Nerven gehen mit seinem Gebrabbel.»

Serafina war nahe daran, ihr alles zu erzählen, doch dann zuckte sie nur mit den Schultern. Sie hatte sich geschworen, niemandem hier auch nur ein Sterbenswörtchen von ihrer Vergangenheit zu verraten, und da machte auch Grethe keine Ausnahme, leider.

KAPITEL 7

Um Grethe nicht noch mehr zu verstimmen, ließ Serafina sich von ihr überreden, sie zu der kleinen Wallfahrtskapelle oben im Wald zu begleiten. Es war Freitag, genau eine Woche nachdem Hannes tot aufgefunden worden war, als sie sich bei strahlender Morgensonne auf den Weg machten.

«Aber ich sag dir gleich: Ich glaube nichts davon, was dort geschieht.»

«Das hat nichts mit glauben zu tun», lachte Grethe und stopfte sich rasch einen Zipfel Wurst in den Mund. Selbst in ihrer Gürteltasche trug sie immer irgendwelche Vorräte mit sich herum. «Du wirst das Blut mit eigenen Augen sehen. Daran gibt's nichts zu rütteln.»

Der Weg hinauf zum Kappler Tal dauerte knapp eineinhalb Wegstunden, und auch wenn sich Serafina nichts von diesem weit gerühmten Blutwunder versprach, so genoss sie doch mit all ihren Sinnen die herrliche Natur rundum. Mitten hinein in den Schwarzwald führte das Sträßchen, in sanftem Anstieg durch das breite, sonnige Dreisamtal. Hinter Weiden mit schwarzbuntem Vieh und üppig im Korn stehenden Feldern drängten sich kleine Dörfer an die Waldränder, und dort, wo sich steil die Berge erhoben, klebten hie und da einzelne Gehöfte unter ihren ausladenden Walmdächern an den

Hängen. In den Zweigen der Obstbäume gaben die Amseln ihr Morgenkonzert, eine Gänseschar kreuzte mit lautem Geschnatter ihren Weg, Raubvögel zogen hoch über ihnen ihre majestätischen Kreise auf der Suche nach Beute.

Es war erstaunlich, wie viele Menschen an diesem Morgen den weiten Weg auf sich nahmen. Zumal dieser Freitag kein Feiertag war und das Tagwerk viele Stunden lang liegen bleiben würde.

Die Kapelle Sankt Peter und Paul gehörte, mitsamt den umliegenden Höfen und den Hütten der Bergleute, zur geistlichen Herrschaft der Brüder von Sankt Wilhelm. Diese führten zwei Klöster: ein Stadtkloster in der Freiburger Schneckenvorstadt sowie das ursprüngliche Eremitenkloster im abgeschiedenen Oberriet, droben in den Waldbergen. Letzteres allerdings lag nach zwei verheerenden Bränden darnieder, und es war schon das Gerücht umgegangen, ein Fluch liege auf den Mönchen von Oberriet.

Dann aber war es den Brüdern vergönnt, dass am Karfreitag dieses Jahres, zum Kreuzestod des Herrn, einem von ihnen ein Wunder geschehen war. Und zwar eben hier zu Sankt Peter und Paul, wohin sich ihr Mitbruder Cyprian einst als Einsiedler zurückgezogen hatte. Genau zur dritten Tagesstunde, der Stunde, als Jesus Christus gekreuzigt wurde, waren diesem Cyprian an Händen, Füßen und an der Stirn die Wundmale erschienen. Wie ein Lauffeuer hatte sich diese Kunde über die Dörfer bis hinunter in die Stadt verbreitet. In der Klosterkirche der Wilhelmiten, die der Schneckenvorstadt als Pfarrkirche diente, ging eben die Feier vom Leiden und Sterben Christi zu Ende, und so waren die Menschen nicht mehr zu halten gewesen. Halb Freiburg war auf den Beinen, jeder wollte der Erste sein, dieses Wunder zu bestaunen.

Seit jenem denkwürdigen Tag hatte Bruder Cyprian, der bis dahin in seinem Bruderhäuslein bei der Kapelle kläglich von Almosen gelebt hatte, nichts mehr zu sich genommen außer Wasser und geweihten Hostien. Und er blieb weiterhin ein Auserwählter, den der Allmächtige mit Gnade durchgoss: Jeden Freitag während der Morgenmesse, die fortan einer der Wilhelmiten als Kaplan abhielt, war er aufs Neue mit den blutigen Wundmalen des Gekreuzigten gezeichnet. Längst hatte man den Bischof von Konstanz verständigt, der für den Besuch der Wallfahrtskapelle und für ein Almosen zum Wiederaufbau des Waldklosters alsbald einen päpstlichen Ablass verlieh.

Als sie jetzt das schmale Seitental erreichten, das sich entlang eines Baches tief in die steilen, dunklen Waldberge schnitt, wurden die Menschentrauben noch dichter. Vor dem kleinen Gotteshaus schließlich, das oben auf einer Anhöhe in frischem Anstrich erstrahlte, gab es kein Durchkommen mehr. Der ganze Hügel bis hinunter zum Bach war mit neugierigen Kirchgängern bedeckt.

«Da werden wir von dem Blutwunder rein gar nichts zu sehen bekommen, so wie sich die Leute hier drängeln», murrte Serafina und bereute schon, hier zu sein. Wesentlich lieber hätte sie sich irgendwo auf eine der Bergweiden gesetzt und Aussicht und Tag genossen.

«Keine Sorge, Serafina. Als Arme Schwestern dürfen wir hinein, wie die anderen Geistlichen auch.»

«Und was macht der Rest?»

«Die Türflügel bleiben offen, damit die Menschen die Messe mitfeiern können. Und hernach kommt Bruder Cyprian zu ihnen heraus.»

So geschah es. Während des Gottesdienstes, den, wie

Grethe erläuterte, ein gewisser Pater Blasius hielt, Bursar der Wilhelmiten und Kaplan zu Sankt Peter und Paul, starrte Serafina gebannt auf den Einsiedler. Barfuß, in einer zerlumpten Kutte und mit verwildertem Haar und Bart, verharrte Bruder Cyprian reglos hinter dem Altar. Er hielt die ganze Zeit über den Kopf gesenkt, in seinem hageren Körper schien keinerlei Kraft mehr zu stecken. Da war der Kaplan, der die Messe las, schon das ganze Gegenteil. Nicht allzu groß, dabei kräftig und mit männlichem, gut geschnittenem Gesicht, aus dem die flinken Augen ein wenig hervortraten, sang, sprach und betete Pater Blasius mit einer solchen Leidenschaft, dass er Eis zum Schmelzen gebracht hätte. Den drei Nonnen, die neben Serafina knieten, liefen bereits die Tränen über die Wangen.

Grethe stieß ihre Freundin aufgeregt in die Seite, zum Zeichen, dass es bald losgehen würde. Serafina war mehr schlecht als recht des Lateinischen mächtig, es reichte gerade, dass sie ihre Gebete sprechen konnte. Doch immerhin verstand sie so viel, dass Pater Blasius nun aus der Passion zu lesen begann. Und sie musste zugeben, dass dieser Priester mit seinem gestenreichen Ausdruck, mit seiner zugleich volltönenden wie samtweichen Stimme etwas in ihr berührte.

Plötzlich ging ein Ruck durch den Körper des Eremiten. Er fasste sich mit lautem Stöhnen an die Stirn, als habe ihn dort ein stechender Schmerz getroffen, ballte die Hände zur Faust und hob den Kopf. Ein unterdrückter Aufschrei ging durch die Reihen der Anwesenden: Deutlich war ein blutiger Streifen unter seinem zotteligen Haaransatz zu erkennen. Dann trat er hinter dem Altar hervor, in das spärliche Licht, das die beiden schmalen Fenster hereinließen. Aus seinen nackten Fußrücken unter dem Kuttensaum quoll Blut, ebenso wie aus seinen Handflächen, die er nun in die Höhe reckte.

Sein schmales, bleiches Gesicht, das mit den vorspringenden Wangenknochen und der Hakennase mehr einem Toten als einem Lebenden zu gehören schien, war schmerzverzerrt, die blutleeren Lippen öffneten sich zu einem unhörbaren Flehen und Beten.

Derweil breitete sich auf dem Gesicht des Priesters ein beseligtes Lächeln aus. Unter dem mit Inbrunst gesungenen Halleluja der Gläubigen verließ Bruder Cyprian mit der Langsamkeit eines Traumwandlers das Kirchlein, und schon gleich war von draußen lautes Schluchzen und Weinen zu vernehmen.

Serafina wusste nicht recht, was sie von alledem halten sollte. Mochte diesem Cyprian auch wahrhaftig jeden Freitag ein göttliches Wunder widerfahren – so etwas gab es immer wieder, zu allen Zeiten und an allen Orten –, so hinterließ indessen diese Zurschaustellung bei ihr einen unangenehmen Beigeschmack.

Ihr Blick fiel auf den hochgeschossenen jungen Mönch, der zusammen mit einem Messdiener dem Pater bei der Gabenbereitung zur Hand ging. Wo hatte sie den schlaksigen Kerl schon einmal gesehen? Plötzlich war sie sich sicher, dass er es gewesen war, der vor einer Woche mit aufgerissenen Augen zu dem Gehenkten herübergestarrt hatte, ohne zu Hilfe zu kommen. Sie hätte große Lust, ihn nach der Messe darauf anzusprechen, verwarf es dann aber wieder. Schließlich waren seine Mitbrüder auch nicht besser gewesen.

Neugierig beobachtete sie, wie Pater Blasius ihn in diesem Moment zurechtzuweisen schien, um sich dann mit fürsorglicher Miene dem Ministranten zuzuwenden, einem etwas dicklichen, blassgesichtigen Jungen. Dessen Augen waren deutlich gerötet, die Hostienschale in seinen Händen zitterte. Weinte der Junge etwa? Ihr fiel ein, was Catharina ihr erzählt hatte: Dass auch Hannes Pfefferkorn alle Freitage hier ministriert hatte. Mit Sicherheit hatten sich die beiden gut gekannt.

Nach Empfang der heiligen Kommunion gingen der Ministrant und ein älterer Mönch mit dem Klingelbeutel herum, um jedem, der spendete, einen päpstlichen Ablasszettel auszuhändigen. Die ergriffenen Kirchgänger gaben reichlich. Schließlich ging es nicht nur um den Wiederaufbau des Waldklosters, sondern um das eigene Seelenheil.

«Und? Hab ich dir zu viel versprochen?», fragte Grethe, als sie sich auf dem sonnenbeschienenen Vorplatz aufwärmten. Ihr rundes, rosiges Gesicht strahlte.

«Ein gelungenes Spektakel, fürwahr», gab Serafina spöttisch zurück.

«Pfui! Der Herr soll dich strafen für deine Ungläubigkeit.»

Serafina zuckte die Achseln. «Wartest du hier auf mich? Ich möchte noch ein paar Worte mit dem Messdiener sprechen.»

Ohne Grethes Antwort abzuwarten, umrundete sie die Kapelle bis zur Tür der Sakristei. Es dauerte nicht lange, bis der Junge herauskam. Er hatte sich umgezogen, und der Kleidung nach entstammte er eher nicht dem reichen Stadtbürgertum. Er war etwas jünger als Hannes, sein Gesicht hatte noch die glatte Haut eines Kindes. Jetzt sah sie deutlich, dass er geweint hatte.

Leider war er nicht allein. Hinter ihm traten Pater Blasius und die beiden anderen Mönche heraus. Serafina stellte fest, dass sie den Älteren, der etwas krumm gewachsen war und leicht hinkte, flüchtig kannte. Sein Vater gehörte zu den Pfleglingen ihrer Schwesternschaft, ein hochbetagter, schwindsüchtiger Mann, der sich eine Herrenpfründe im Heilig-Geist-Spital nicht leisten konnte und für eine Armenpfründe zu stolz war. Auch Serafina hatte den alten Cunrat

Amman schon zwei-, dreimal gepflegt. «Ich lass mich nicht am Ende meiner Tage mit einer Handvoll verlauster Alter in einen Schweinekoben sperren», pflegte er zu sagen und hatte damit nicht ganz unrecht. Die beiden Armenstuben im Spital, wo sich zwei bis drei Sieche eine Bettstatt teilen mussten, boten fürwahr einen erbärmlichen Anblick.

Sie trat auf die Männer zu. Dabei fiel ihr auf, dass der junge Mönch ihrem Blick auswich.

«Ihr wollt mich sprechen, meine liebe Schwester?», fragte der Priester und strahlte sie an – mit ebenjenem Leuchten in den Augen, das sie anscheinend immer noch bei vielen Mannsbildern hervorzuzaubern vermochte, ob nun geistlich oder nicht.

«Nicht Euch wollte ich sprechen, Pater», gab sie lächelnd zurück, «sondern Euren Ministranten, wenn Ihr erlaubt.»

Pater Blasius nickte und legte dem Jungen die Hand auf die Schulter.

«Nun gut, auf ein Ave-Maria. – Wir erwarten dich dann am Bruderhäuslein, Jodok.»

«Ja, ehrwürdiger Pater.» Der Ministrant beugte das Knie.

Serafina wartete ab, bis die Männer zur Hütte des Einsiedlers verschwunden waren, dann nahm sie den Jungen beim Arm.

«Du heißt also Jodok. Ich bin Schwester Serafina, von der Sammlung zu Sankt Christoffel.»

«Ich weiß. Ihr habt die …» Der Junge schluckte. «… die Totenwache beim Hannes gehalten. Ich wollte auch kommen. Aber Diebold – sein Bruder –, er hat mich nicht zu ihm gelassen.»

Schon stiegen ihm wieder die Tränen in die Augen. Eine Welle von Mitleid erfasste Serafina. Sie strich ihm übers Haar.

«War der Hannes dein Freund?»

Jodok nickte stumm. Dann brach es aus ihm heraus.

«Ich versteh das alles nicht. Hannes war immer so lebensfroh, so lustig gewesen. Er war für jeden Spaß zu haben.»

«Aber Diebold sagt, er sei todunglücklich in seine Braut verliebt gewesen.»

«Was für ein Unsinn! Hannes wollte unbedingt Priester werden, der hatte mit Mädchen nichts im Sinn. Eher umgekehrt wird ein Schuh draus: Dem Diebold seine Braut ist dem Hannes nachgestiegen wie eine läufige Hündin. Das hat den Diebold zuletzt fuchsteufelswild gemacht.»

Kapitel 8

Das Unwetter vor zehn Tagen und der ansonsten viel zu trockene Frühsommer hatten ihre Spuren im Garten hinterlassen, und es gab einiges tun. Die Erbsen und Bohnen, die Serafina im Mai gesteckt hatte, waren zwar recht schnell zu Schösslingen gekeimt, aber was da jetzt an halbwelken Büschen vor ihr im Beet stand, war mehr als kümmerlich. Bei den Kräutern und im Rübenbeet sah es nicht viel besser aus.

Wenigstens die Kirschen kamen gut in diesem Jahr. Die meisten Früchte leuchteten bereits tiefrot im Blattwerk, und nun war es an der Vogelscheuche, ihrer Aufgabe nachzugehen und die räuberischen Vögel zu verjagen. Mit viel Spaß hatten Grethe und sie diesen hölzernen Kerl gebastelt und am Ende Wendelin getauft, auf den Namen des Schutzheiligen für eine gute Ernte. Wendelin trug über dem Lattenkreuz eine ausgemusterte graue Kutte, an die sie bunte Bänder genäht hatten, die jetzt lustig im Wind flatterten. Der Strohkopf war mit Leinen überzogen und einem roten Wollschopf versehen, und die gute Adelheid hatte nach vielem Bitten und Betteln ein äußerst grimmiges Gesicht darauf gemalt.

Serafina nahm die Hacke zur Hand und lockerte verbissen das harte Erdreich. Wie eine dicke, beinharte Kruste umgab es die Pflanzen. Hatte sie den Boden vielleicht nicht genügend vorbereitet?

Für gewöhnlich, wenn sie allein in ihrem Garten werkelte, fühlte sie sich frei von allen Sorgen und Ärgernissen. Heute indessen kam sie nicht heraus aus ihren Grübeleien. Seit dem Gespräch mit Jodok letzten Freitag ließ ihr das Schicksal des jungen Hannes erst recht keine Ruhe mehr. Was der Minist-rant über Hannes' Bruder Diebold gesagt hatte, entsprach genau dem ersten Eindruck, den sie selbst im Hause Pfeffer-korn von ihm gehabt hatte: ein aufbrausender, selbstsüchtiger Bursche, eitel und putzsüchtig obendrein. Und hatte Pfeffer-korns Köchin ihn nicht auch als jähzornig beschrieben?

Ein ganz und gar ungeheuerlicher Gedanke ergriff von ihr Besitz. *Da sprach Kain zu seinem Bruder Abel: Lass uns aufs Feld ge-hen. Und es begab sich, als sie auf dem Felde waren, erhob sich Kain wider seinen Bruder Abel und schlug ihn tot.*

Serafina schüttelte den Kopf. Nein, so etwas durfte sie nicht einmal zu denken wagen. Sie kannte weder Diebold noch seinen Bruder, und schon der bloße Verdacht in diese Richtung war mehr als eine Anmaßung. Und doch kam sie nicht mehr davon los.

Mit einem unterdrückten Ächzen richtete sie ihren steifen Rücken gerade. Ihr war ganz plötzlich ein Einfall gekommen. Wo würde der Kopf eines Menschen sich verletzen, wenn er in heftiges Pendeln geriet? Mit Wendelins Hilfe war es ein Leichtes, dies herauszubekommen.

Entschlossen betrat sie das Halbdunkel des Geräteschup-pens und suchte einen kräftigen Strick und eine ausreichend lange Dachlatte heraus. Damit stellte sie sich unter den alten Apfelbaum, der kaum noch Früchte trug, aber dafür einem Teil des Gartens seinen Schatten spendete. Einer seiner knorrigen Äste ragte fast waagerecht vom Stamm weg. Vor allem aber: Er befand sich in etwa derselben Höhe wie der Querbalken des Scheunentores.

Sie versuchte sich vor Augen zu rufen, wie breit das Tor gewesen war, und lehnte die Latte in vier Schritt Abstand vom Stamm gegen den Ast. Dann holte sie die Holzkiste, auf der sie sich auszuruhen pflegte, und stellte sie hochkant unter den Baum. Als Letztes versuchte sie Wendelin aus dem Erdreich zu zerren, was sie einiges an Kraft kostete.

«Gott zum Gruße, Schwester Serafina!»

Erschrocken drehte sich Serafina um. Am Zaun stand eine der Dominikanerinnen von Sankt Agnes, die in der Lehener Vorstadt ihr Kloster hatten, und winkte ihr freundlich zu.

«Gott zum Gruße, Schwester», gab sie zurück. Anscheinend war sie hier schon bekannt wie ein bunter Hund. Sie selbst kannte die Ordensfrau nicht beim Namen.

«Ihr seid ja wieder schwer am Schaffen, wie ich sehe.» Die Nonne machte keinerlei Anstalten weiterzugehen.

«O ja, zu dieser Jahreszeit gibt es viel zu tun.»

«Wem sagt Ihr das? In unserem Rebstück plagen wir uns grad damit ab, alle Geiztriebe auszuschneiden.»

Über das «wir» musste Serafina beinahe lachen. War doch bekannt, dass die körperliche Arbeit im Kloster von den Laienschwestern verrichtet wurde. Und überhaupt – was strich diese Nonne so allein hier herum? Hatte sie nicht die Klausur zu beachten?

«So wünsch ich Euch noch einen schönen Tag, Gott anempfohlen», rief sie betont freundlich der Klosterfrau zu. Dabei hielt sie Wendelin krampfhaft am Rückgrat fest, da er nach ihren Bemühungen bedrohlich schief im Erdreich steckte und umzukippen drohte. Warum hatte sie nicht bedacht, dass sie jemand bei ihrem seltsamen Tun beobachten könnte?

«Was habt Ihr mit der Vogelscheuche vor?», ertönte es erneut vom Zaun her.

«Ich will sie versetzen, näher an die Kirschen dran.»

«Nun, so will ich nicht weiter bei der Arbeit stören. Gelobt sei Jesus Christus.»

«In Ewigkeit, Amen.»

Erst nachdem die Frau durchs Klostertor verschwunden war und zwei Mägde grußlos an ihrem Garten vorübergegangen waren, wagte es Serafina fortzufahren, nicht ohne sich jedoch unablässig umzublicken. Sie legte Wendelin eine Schlinge um den Hals und lehnte ihn gegen den Baumstamm. Dann bestieg sie die Holzkiste, die gefährlich unter ihr zu wackeln begann, während sie mit drei kräftigen Hammerschlägen die Latte am Ast festnagelte. Nun hatte sie in etwa die Maße des Scheunentores vor sich und konnte mit ihrem Versuch beginnen.

Mit klopfendem Herzen blickte sie sich um. Es war reichlich verrückt, was sie da vorhatte. Die Latte ließe sich ja noch als Stütze eines morschen Astes erklären, aber wenn sie die Vogelscheuche erst aufgezogen hatte … Und was, wenn plötzlich Catharina hier auftauchen würde? Als Meisterin kam sie ein-, zweimal die Woche vorbei, um zu begutachten, welche Fortschritte der Gemüsegarten machte.

Sie eilte zum Zaun, doch auf dem Weg zum Peterstor, der hier entlangführte, war niemand zu sehen. Von den drei anderen Seiten ihres Gartens drohte kaum Gefahr, beobachtet zu werden. Sie grenzten an die Vorstadtmauer, an dichtes Buschwerk und an ein Feldstück, das den Lämmlein-Schwestern gehörte und mehr oder weniger brach darniederlag.

Kurzerhand stellte sie sich mit Wendelin unter den Baum, warf das lose Seilende über den Ast und zog die Vogelscheuche vorsichtig auf, bis der Lattenstumpf ein Fuß breit über der Erde schwebte. Für einen Moment musste Serafina mit einem heftigen Würgereiz kämpfen, so sehr erinnerte sie der Anblick an das schreckliche Geschehen. Schlimmer noch – Wendelin schien sie mit gebleckten Zähnen anzugrinsen, während er sanft hin und her pendelte. Sie gab sich einen Ruck. Ohne das Seil aus der Hand zu lassen, gab sie der Vogelscheuche einen Schubs, noch einen und noch einen, bis die Drehbewegungen stärker wurden. Dabei schlug der Körper mehrfach gegen Latte und Baumstamm.

Es gab keinen Zweifel: Wie sich die Figur auch drehte, in welche Richtung sie auch pendelte – niemals hätte der Kopf gegen das Holz schlagen können! Und wenn, dann allenfalls die Stirn und nicht der Hinterkopf, da der Tote das Kinn gegen die Brust gesenkt hatte. Nun gut, der Junge hatte vielleicht im Todeskampf heftig gezappelt. Aber selbst dann vermochte er sich nur Hände, Füße oder Schultern zu zerschrammen.

Um alle Zweifel auszuschalten, beschloss sie, Wendelin aus der Höhe herabstürzen zu lassen. Sie stellte die Holzkiste wieder hochkant, kletterte hinauf, hob sich die Vogelscheuche bis über ihre Schultern und ließ los. Im selben Augenblick verlor sie das Gleichgewicht auf ihrem wackligen Untergrund, schrammte mit der linken Wade an der Kiste entlang und stürzte seitlich zu Boden.

Serafina stöhnte laut auf. Ihre Wade blutete, Hüfte und Schulter schmerzten sie. Mühsam, mit einem unterdrückten Fluch auf den Lippen, kam sie wieder auf die Beine, blickte sich nach allen Seiten um, ob auch niemand Zeuge ihrer Torheit geworden war. Dann erst entdeckte sie die Bescherung:

Wendelin lag kopflos und mit zerbrochenem Unterteil im Gras.

«Das tut mir leid», murmelte sie unwillkürlich in Richtung der Vogelscheuche. Vorsichtig sammelte sie das, was davon übrig war, auf und humpelte damit zum Geräteschuppen.

Den armen Wendelin würde sie, ehe Catharina es bemerkte, wieder zusammenflicken müssen, denn eine vernünftige Erklärung für dessen Zustand hätte sie nicht gehabt. Weitaus mehr aber machte ihr zu schaffen, was sie soeben herausgefunden hatte. Irgendein Erzbösewicht musste den jungen Hannes erst hinterrücks erschlagen und hernach aufgeknüpft haben, und der Einzige, der ihr hierzu einfiel, war dessen Bruder Diebold.

KAPITEL 9

✤

«Nur vier Eier heute.» Serafina stellte das Körbchen auf den Tisch. «Sie legen schlecht derzeit.»

Sie war die Erste, die zum Morgenessen in der Gemeinschaftsstube erschien. Der schlichte, helle Raum im Erdgeschoss diente den Schwestern zugleich als Refektorium, als Versammlungsraum und mit seinem kleinen Marienaltar zur Andacht. Serafina knurrte hörbar der Magen. Sie und die anderen Frauen hatten bereits, wie üblich, die Frühmesse besucht und anschließend verschiedene Putz- und Hausarbeiten verrichtet. Ihr selbst oblag die Aufgabe, jeden Morgen im Hof die beiden Ziegen und die Hühner zu versorgen.

«Das ist, weil das Wetter umschlägt.»

Grethe drückte ihrer Freundin einen Stapel Löffel und Trinkbecher in die Hand, die Serafina auf dem Tisch verteilte, und verschwand mit den Eiern nach nebenan in die Küche.

«Heute ist doch Markttag», rief Serafina ihr hinterher. «Hast du viel einzukaufen?»

«Jetzt sag bloß! Willst mich also begleiten? Grad hab ich mich an den Barnabas gewöhnt.»

Serafina grinste. «Wie du siehst, kann ich wieder richtig laufen.»

Nachdem sie zwei Tage zuvor nach ihrem Sturz im Garten

nach Hause gehumpelt kam, hatte sie den anderen erzählt, sie sei bei dem Versuch, die ersten Kirschen zu kosten, von der Kiste gestürzt und hatte damit ein fröhliches bis schadenfrohes Gelächter geerntet.

«Außerdem muss ich mal wieder unter die Leute.»

«Da bin ich aber froh!» Augenzwinkernd zog Grethe sie in ihre Arme.

Wenig später saßen die sechs Frauen um den Tisch versammelt und ließen sich nach einem gemeinsamen Gebet die Brotsuppe schmecken. Es war ein einfaches Gericht, aber es duftete herrlich nach Zwiebeln, Lauch und frischem Liebstöckel. Grethe verstand wahrhaftig ihre Kunst, und Serafina dachte einmal mehr an die nachlässig zubereitete Kost, die ihnen im Konstanzer Frauenhaus immer vorgesetzt worden war. Sie liebte dieses Morgenmahl, bei dem sich die Schwestern, anders als beim schweigenden Abendessen, zwanglos unterhielten, lachten und tratschten. Nach dem Dankgebet dann pflegte sich die Meisterin zu erheben und zu fragen: «Was steht an für den heutigen Tag?»

So auch an diesem Morgen. Als Catharina erfuhr, dass Serafina ihre Freundin beim Einkaufen begleiten wollte, runzelte sie die hohe Stirn. Vielleicht war die Meisterin nicht gerade bildschön zu nennen mit ihren breiten Wangenknochen, aber sie hatte etwas in ihrem sanften, offenen Blick, das jedermann sofort Vertrauen einflößte. Vor allem wenn sie lächelte oder lachte – und das tat sie gerne und oft. Dann zeichneten sich zwei tiefe Grübchen in ihren Wangen ab.

«Eigentlich wollte ich mit dir eine Runde durch den Garten machen und vielleicht schon mal einen Korb Kirschen ernten», sagte sie nun, und in ihrer Stimme schwang fast so etwas wie Enttäuschung mit. Wie ein Befehl klang es jedenfalls nicht, denn dann wären laut ihrer Hausregel keine Widerworte erlaubt.

Serafina warf Grethe einen flehenden Blick zu, woraufhin diese die Augen verdrehte. Sie hatte der Freundin als Einziger von ihrem Versuch mit Wendelin berichtet, auch davon, dass sie nun endgültig überzeugt war, Hannes sei ermordet worden. Was bei Grethe nichts weniger als blankes Entsetzen hervorgerufen hatte. Zum Richten der Vogelscheuche waren sie indessen noch nicht gekommen.

«Was habt ihr beiden nur?», setzte die Meisterin nach.

«Nun ja», erwiderte Serafina lahm. «Können wir das nicht auf morgen verschieben? Ich wollte noch bei Gisla vorbei, wegen der Heilkräuterpflanzen. Sie hat doch donnerstags immer ihren Stand auf dem Markt.»

Sie war froh, dass ihr das gerade noch eingefallen war.

Nach einem kurzen Zögern nickte Catharina. «Gut, verschieben wir es auf morgen.»

Erleichtert machte sich Serafina daran, den Tisch abzuräumen und Grethe beim Abwasch zu helfen. Jetzt war es an Grethe, die Stirn zu runzeln.

«Das bedeutet, dass wir gleich nach dem Markt in den Garten müssen. Viel Zeit bleibt uns nicht mit Wendelin, ich muss heute noch einen Krankenbesuch machen.»

«Ich weiß, Grethe. Aber allein schaffe ich es nicht, den Schaden zu beheben.»

«Sag mal ehrlich.» Grethe hielt mit dem Topfschrubben inne. «Dir geht es doch nicht allein ums Einkaufen und um die Vogelscheuche, oder?»

«Nein, du hast recht.» Sie senkte die Stimme. «Ich will noch Achaz aufsuchen, den neuen Stadtarzt. Er muss wissen, dass es bei Hannes' Tod nicht mit rechten Dingen zugegangen ist. Versprich mir eins, Grethe. Du darfst mit niemandem über diese Dinge reden.»

Grethe sah sie sorgenvoll an. «Du reitest dich da in was rein. Gib bloß acht, dass dir das nicht über den Kopf wächst.»

Als sie hinaus auf das Brunnengässlein traten, wehte ihnen ein kühler und feuchter Wind ins Gesicht. Das Wetter schien tatsächlich umschlagen zu wollen, und so beeilten sie sich, mit ihren beiden Körben unterm Arm, in die Große Gass zu kommen.

Serafina hatte lange mit sich gerungen, Adalbert Achaz aufzusuchen. Doch zu viele Fragen, zu viele Unklarheiten hatten sich inzwischen aufgetan, und wenn ihr jemand weiterhelfen konnte, dann er. So glaubte sie sich beispielsweise zu erinnern, dass Wendelin schon vor dem Aufprall auf dem Boden der Kopf abgerissen war. Und das bedeutete doch nichts anderes, als dass dem armen Hannes, wenn er sich aus großer Höhe herabgestürzt hatte, das Genick gebrochen sein müsste.

«Weißt du, wo der Stadtarzt wohnt?»

Grethe schüttelte den Kopf. «Nein. Übrigens ist da noch was, was du wissen solltest. Heiltrud glaubt, du würdest diesen Achaz recht gut kennen. Von früher.»

Wie vom Donner gerührt blieb Serafina stehen. «Wie kommt sie bloß darauf?»

«Die Art und Weise, wie ihr euch angesehen hättet. Und wie ihr miteinander geredet hättet, an dem Tag der Totenwache bei Pfefferkorns.»

«Diese elende Schwatzbase. Wem hat sie das noch erzählt?»

«Ich weiß nicht. Aber Adelheid war mit dabei. – Kennst du ihn also?»

«Ich hab ihn ein Mal im Leben gesehen», erwiderte sie bestimmt und mit viel zu lauter Stimme. «Das ist alles.»

Und das war nicht einmal gelogen.

Als sie den Platz Bei den Barfüßern erreichten, kam ihnen auch schon Barnabas entgegengewackelt.

«Der hat uns bestimmt hier abgepasst», knurrte Grethe. «Kannst *ihn* ja fragen, wo dein Achaz wohnt.»

Obwohl der Bettelzwerg draußen vor den Mauern in einer einfachen Hütte am Waldrand hauste, kannte er in Freiburg Hinz und Kunz und dazu jeden noch so verborgenen Winkel der Stadt. Manchmal fragte sich Serafina, wie er es anstellte, immer und überall zur Stelle zu sein. Gerade so, als ob es ihn in mehrfacher Ausfertigung gäbe. Jetzt ging ein Leuchten über sein viel zu großes Gesicht.

«O gülden Tag, o holde Sonn – euch hier zu sehen, ist eine Wonn!»

Er verbeugte sich so tief, dass sein widerborstiges gelbes Haar den Boden berührte. Wie immer, wenn Barnabas guter Dinge war, sprach er in Reimen.

Grethe zog ihn wieder in die Höhe. «Alter Spaßvogel. Siehst du heut irgendwo die Sonne?»

Wirklich hatte sich der Himmel grau in grau zugezogen.

«Hör mal, Barnabas», fragte Serafina, während sie weitergingen in Richtung Markt. «Weißt du, wo der neue Stadtarzt wohnt?»

Der Zwerg legte den Kopf schief.

«Adalbert Achaz, der einsame Wolf?»

«Was redest du nur manchmal für einen Unsinn. Also, weißt du nun, wo Achaz wohnt oder nicht?»

Statt einer Antwort nahm er ihre Hand und zerrte sie zurück in Richtung Barfüßer.

«So warte doch. Nicht so schnell.» Serafina riss sich los. «Treffen wir uns nachher am Fischbrunnen wieder?», wandte sie sich an Grethe. «Es wird nicht lange dauern.»

«Meinetwegen. Tu, was du nicht lassen kannst. Aber meinen Segen hast du nicht.»

Barnabas musste für jeden von Serafinas Schritten zwei machen, als sie jetzt das Kloster der Barfüßer umrundeten. Sie hoffte inständig, auf keinen der Mönche zu treffen. Die Schwestern zu Sankt Christoffel unterstanden nämlich wie die meisten Freiburger Beginen und Terziarinnen der geistlichen wie auch der rechtlichen Betreuung durch die Franziskaner, und so kannte Serafina jeden Einzelnen der Klosterbrüder.

Hinter dem Portal von Sankt Martin bogen sie in die Barfüßergasse ein, die von recht ansehnlichen Häusern gesäumt war. Doch auch hier gab es Gebäude, die seit der Großen Pest leer standen und deren hübsche Fassaden dem Verfall preisgegeben waren.

Als Barnabas vor dem Haus Zum Pilger stehen blieb, zögerte sie. Vielleicht sollte sie die ganze Sache besser vergessen. Alles in ihr sträubte sich, Achaz zu begegnen. Plötzlich schämte sie sich für ihre Vergangenheit und vor allem dafür, dass sie sich ihm damals in Konstanz so unverhohlen angeboten hatte. Und dann auch noch abgewiesen worden war!

Als sie daran zurückdachte, stieg unwillkürlich Zorn in ihr auf. Kurz entschlossen ließ sie den Türklopfer gegen das Holz krachen.

«Kannst mich jetzt allein lassen, Barnabas. Vielleicht findest du Grethe auf der Marktgasse. Sie wollte zuerst zur Brotlaube. Von ihr bekommst du dann auch deinen Lohn.»

Der Zwerg gehörte zwar zu den Freiburger Hausarmen und war somit Besitzer eines städtischen Bettelbriefes, doch zum Betteln war er zu stolz. Lieber bot er rundum seine Handlangerdienste an, bevorzugt den guten Schwestern der Freiburger Regelhäuser und Sammlungen, und an Sonn- und Feiertagen war er so manches Mal als Kostgänger bei ihnen zu Gast. Mönchen und Weltgeistlichen hingegen konnte er recht respektlos begegnen, so wie er überhaupt darauf beharrte, nicht nur den gemeinen Mann, sondern auch Ratsherren und Amtspersonen zu duzen.

«Nur ungern lass ich dich gehen – ein Fremder ist der Stadtarzt noch, und ich weiß nicht, wer in seinen Kleidern steckt.» Der Blick aus seinen kleinen dunklen Äuglein funkelte fast böse.

Serafina gab ihm einen Klaps auf die Schulter. «Darum brauchst du dich nicht zu kümmern. Jetzt geh schon.»

Von drinnen hörte sie schlurfende Schritte, und eine ältliche Magd öffnete ihr.

«Gott zum Gruße, gute Frau. Ist der Stadtarzt zu Hause?»

«Wer seid Ihr?», fragte die Magd ohne Gegengruß und auch nicht allzu freundlich.

«Schwester Serafina von Sankt Christoffel.»

«Wartet hier. Ich geh ihn holen.»

Barhäuptig und nur mit einem leichten Hausrock bekleidet erschien kurz darauf Adalbert Achaz. Seine ernste Miene hellte sich auf, als er Serafina erkannte.

«Schwester Serafina! Das ist ja eine freudige Überraschung.»

«Wartet erst ab, was ich Euch zu sagen habe.»

Sie blickte sich nach rechts und links um, ob auch niemand in der Nähe war, dann trat sie ohne zu zögern in die kleine Diele und verschloss die Tür hinter sich.

«Sind wir hier ungestört?»

«Ihr seid doch wohl nicht zu einem Stelldichein mit mir gekommen?», fragte er belustigt zurück.

«Spart Euch Eure Scherze, Achaz. Es geht um Hannes Pfefferkorn.»

«Die Magd ist oben in der Küche, ansonsten lebe ich allein hier.» Er deutete auf eine offen stehende Tür. «Gehen wir in die Stube.»

Der Raum, in den er sie führte, nahm fast das gesamte untere Stockwerk ein und wirkte wie eine Mischung aus Wohnstube und ärztlichem Laboratorium. Neben Tisch und Bank fand sich eine große Reisetruhe, auf einem breiten Bord an der Wandseite waren allerlei medizinische Gerätschaften und Feinwaagen abgestellt. Gleich neben der Tür stand ein dicht bestücktes Bücherregal, das fast bis unter die Decke reichte. Nie zuvor hatte Serafina so viel Gelehrtheit auf einem Fleck gesehen.

Die beiden weitgeöffneten Fenster wiesen zum Hof hinaus, der über und über mit Grünpflanzen überwuchert war. Hier müsste mal ein kräftiger Schnitt vorgenommen werden, dachte Serafina. Ansonsten war sie mehr als erstaunt, wie penibel alles aufgeräumt war. Die Phiolen, Uringläser und irdenen Tiegel waren alle im genau gleichen Abstand aufgereiht, nirgends war ein Staubkörnchen zu finden, und auch sonst stand oder lag nichts herum, was woanders hingehört hätte. Wie ungewöhnlich für eine Männerwirtschaft. Unwillkürlich fragte sie sich, warum Adalbert Achaz in Ehelosigkeit lebte. Schließlich war er, wie sie immer noch fand, als Mannsbild eine durchaus beeindruckende Erscheinung.

Sie ertappte sich dabei, wie sie Achaz von oben bis unten musterte, und er wirkte plötzlich mehr als verlegen, als er jetzt die Tür hinter ihnen schloss.

«Setzt Euch doch.» Er wies auf die Bank und rückte ein Sitzkissen zurecht.

Serafina winkte ab.

«Ich habe etwas herausgefunden», begann sie ohne Umschweife und berichtete von ihrem Versuch im Garten.

Achaz unterdrückte ein Schmunzeln, nachdem sie geendet hatte. «Euer armer Wendelin.»

«Ihr verkennt den Ernst der Sache», gab sie scharf zurück. «Alles weist darauf hin, dass jemand den Jungen gemeuchelt hat. Jetzt frage ich Euch: Wäre Hannes aus großer Höhe herabgesprungen, wie es Nidank und der Wundarzt annehmen, hätte er sich dann nicht das Genick gebrochen?»

«In aller Regel schon. Dennoch: nicht in jedem Fall.»

«Gut.» Sie begann vor dem Tisch auf und ab zu gehen. «So lang, wie der Strick war, hätte er sich selbst beim größten Gezappel nicht einmal die Stirn stoßen können, geschweige denn den Hinterkopf. Die Hände und Füße vielleicht, aber seltsamerweise waren seine Fäuste unverletzt. Also war er bereits bewusstlos oder tot, als er am Strick hing. Und auch aus großer Höhe kann er nicht gesprungen sein, dann hätte er sich nämlich das Genick gebrochen oder sich selbst erdrosselt. Woher also die tiefe Wunde?»

«Serafina!» Er hielt sie am Arm fest, um sie zum Stillstehen zu bringen. «Warum hängt Ihr Euch so in diese Sache hinein?»

«Glaubt Ihr an die ewige Hölle?»

«Nun, ich bin eher ein Mann der Wissenschaft.»

«Dann seid Ihr gut dran. Die Eltern und Schwestern von Hannes jedenfalls sehen den Jungen auf immer zu Höllenqualen verdammt. Das allein rechtfertigt schon jede Bemühung, den Mord nachzuweisen. Selbst wenn der Mörder nie seine gerechte Strafe erfährt.»

Sie schüttelte seine Hand ab und ging zur Tür. «Da ist noch etwas. Alle, die ich befragt habe, haben Hannes als fröhlichen, unbeschwerten Burschen in Erinnerung. Und von seinem Ministrantenfreund weiß ich nun, dass Diebolds Braut dem Jungen nachgestiegen ist, sehr zu Diebolds Ärger.»

Achaz konnte sein Erstaunen nicht verbergen. «Das alles habt Ihr herausgefunden?»

«Mehr noch: Diebold ist als jähzornig bekannt.»

«Ihr wollt doch nicht allen Ernstes behaupten, dass Diebold …»

«Ich weiß es nicht. Aber ich werde zumindest Augen und Ohren offen halten, das schwör ich Euch.»

Kopfschüttelnd lehnte sich Achaz gegen die Tischkante. Er wirkte nachdenklich.

«Was ist, Medicus? Habt Ihr jetzt auch Eure Zweifel?»

«Ich – ich müsste mir den Leichnam nochmals ansehen. Aber jetzt ist er unter der Erde und …»

«Lasst ihn wieder ausgraben. Ihr seid hier der Stadtarzt, Eure Stimme hat Gewicht bei den Ratsherren. Und ich möchte, dass Ihr mir Bescheid gebt, wenn es so weit ist.»

«Wisst Ihr, was Ihr seid, Sera … Schwester Serafina? Ein furchtbarer Sturkopf seid Ihr! Aber sei's drum – ich will sehen, was sich machen lässt.» Er trat auf sie zu. «Und jetzt tut mir den Gefallen und teilt ein Krüglein Wein mit mir.»

«So seht Ihr aus, Adalbert Achaz. Ich bin schon viel zu lange in Eurem Haus. Eine Regelschwester sollte nicht mit einem Mann allein sein. Behüt Euch Gott.»

Damit war sie auch schon zur Tür hinaus, durcheilte die Diele, riss die Haustür auf und fand sich auf der Straße wieder, wo sie erst einmal tief Luft holte. Sie hatte es hinter sich gebracht und war heilfroh drum, aus seinem Haus zu sein.

Kapitel 10

Am selben Tag beschloss Serafina, noch etwas anderes hinter sich zu bringen: Sie musste ihre Mitschwester zur Rede stellen. Nach der Abendandacht suchte sie Heiltrud in deren Schlafkammer auf.

«Was fällt dir eigentlich ein, solche Ammenmärchen über mich zu erzählen?» Herausfordernd ließ sie sich auf Heiltruds Bett sinken, zum Zeichen, dass sie das Zimmer nicht so bald verlassen würde.

«Was meinst du damit?»

«Das weißt du ganz genau. Tratschst hier herum, ich wäre mit dem Achaz gut bekannt. Und davor schon dein ständiges Nachbohren, wo überall ich in der Schweiz gedient hätte, dein ständiger Argwohn mir gegenüber – was soll das alles? Geht's dich etwa was an?»

Hatte Heiltrud sie zunächst reichlich verdutzt angesehen, so wurde ihr Ausdruck jetzt bockig.

«Und ob mich das was angeht. Ich will nämlich wissen, mit wem ich zusammenlebe. Wir alle wohnen schon seit Jahren hier auf engstem Raum. Bis auf Grethe, aber auch die kannte ich bereits vorher, weil sie nämlich eine Hiesige ist. Bloß du kommst von irgendwo hier hereingeschneit, keiner weiß was über dich, und wenn man dich nach früher fragt, weichst du aus. Dabei tust du grad so, als seist du eine von uns, machst dich mit jedem gut Freund und …»

«Dann bin ich also keine von euch?», unterbrach Serafina ihren Redefluss. Sie war fassungslos über dieses geballte Misstrauen, das ihr entgegenschlug.

«Noch lange nicht! Und was diesen Stadtarzt betrifft, brauchst du mir nichts weiter vormachen. Ich hab heut zufällig gesehen, wie du in seinem Haus verschwunden bist.»

Jetzt blieb Serafina der Mund offen stehen. «Du schnüffelst mir nach? Geh doch gleich zur Meisterin und erzähl ihr das brühwarm. Aber wahrscheinlich hast du das längst getan.»

Wütend funkelte sie ihr Gegenüber an. Dann sprang sie vom Bett auf.

«Weißt du, wie man bei uns auf dem Dorf immer gesagt hat: Wer hinter meinem Rücken redet …» Sie machte auf dem Absatz kehrt und drehte ihr den Hintern zu. «… der redet mit meinem Arsch!»

Wie stets, wenn der Ärger mit ihr durchgegangen war, tat es Serafina am nächsten Tag schon wieder leid. Sie war ein geselliger Mensch, verstand es eigentlich, noch mit den schrulligsten Leuten umzugehen. Andrerseits hatte Heiltrud ihre Schelte verdient. Warum nur war sie manchmal so gehässig? Sie selbst war von Anfang an freundlich gegen diese Frau gewesen, auch wenn ihr deren verhärmtes, jammervolles Getue oftmals gehörig gegen den Strich ging.

«Wollen wir nicht wieder Frieden schließen?», fragte sie sie, als sie gemeinsam auf dem Heimweg von der Frühmesse waren. Doch Heiltrud schwieg. Offenkundig gehörte sie zum nachtragenden Teil der Menschheit. Dann eben nicht, dachte

Serafina und beschloss, ihre Mitbewohnerin fortan in Ruhe zu lassen.

Dann aber, wenige Tage nach ihrem Streit, geschah etwas, was dem Fass den Boden ausschlug. Heiltrud schien tatsächlich in ihren Sachen herumzuschnüffeln! Jede von ihnen hatte in ihrer kleinen Schlafkammer eine Truhe für den persönlichen Besitz stehen. Bei Serafina befand sich, neben Wäsche und Kleidung, nicht allzu viel darin, da man ihr ja auf der Reise hierher bis auf das Täschchen mit den Wertsachen alles gestohlen hatte. So waren es nur drei Briefe, die sie aufbewahrte, ein Glücksstein aus ihrer Kindheit und ein Paar große goldene Ohrringe, die sie hin und wieder im Haus Zum Blauen Mond getragen hatte. Dazu einige Kleinigkeiten, die sie hier in Freiburg erworben oder gefunden hatte.

Zweimal schon hatte sie den Eindruck gehabt, dass sich jemand an ihrer Truhe zu schaffen machte. Einmal lag die Wäsche anders zusammengefaltet als zuvor, einmal fand sich das Andachtsbildchen ihrer Lieblingsheiligen Barbara um ein Stückchen verrückt an anderer Stelle. Sie fragte sich, ob sie sich das alles nur einbildete, doch dann waren plötzlich die goldenen Ohrringe verschwunden!

«Warst du an meinen Sachen?»

Heiltrud, die mit einem Korb frischgewaschener Leintücher auf dem Weg in die Stadt war, hielt auf der Türschwelle inne. Ohne sich umzudrehen, fragte sie zurück: «Bist du von Sinnen?»

«Sieh mich an. Warst du an meinen Sachen? Es fehlt nämlich was.»

«Das wirst du wohl selbst verlegt haben, schusselig, wie du manchmal bist. Ich muss los, die Villingers warten auf ihre Wäsche.»

Ohne ein weiteres Wort eilte sie davon.

Am selben Tag noch wurde Serafina zur Meisterin gerufen. Sie hatte gleich ein ungutes Gefühl, als sie deren winzige Schreibstube betrat. Für gewöhnlich wurden alle Dinge offen beim Morgenmahl besprochen.

«Schließ bitte die Tür hinter dir, Serafina.»

Serafina gehorchte und blickte die Meisterin fragend an. «Was gibt es?»

«Ich weiß, dass du und Heiltrud euch nicht besonders grün seid.»

«Das liegt nicht an mir, Mutter Catharina.»

«Darüber mag ich nicht entscheiden. Jedenfalls war Heiltrud heute bei mir. Sie war ziemlich aufgelöst.»

Serafina spürte, wie ihr abwechselnd heiß und kalt wurde.

«Nun, sie traut dir nicht und hat aus diesem Grund etwas getan, was ich als Meisterin zutiefst missbillige. Da sie sich mir aber gleich anvertraut hatte, will ich von einer Strafe absehen. Das hier …» Sie zog Serafinas Ohrringe aus der Rocktasche. «… hat sie in deiner Truhe gefunden und mir überbracht. Kannst du mir vielleicht eine Erklärung geben, wie du als einfache Dienstmagd zu solchem Schmuck gekommen bist?»

Entgeistert starrte Serafina auf die Ohrringe. War jetzt alles aus? Nicht nur, dass sie hierfür keine einer anständigen Frau gemäße Erklärung hatte – nein, es war auch ein grober Verstoß gegen die Regel, dass alle Schwestern, ob arm oder reich, unter denselben Bedingungen leben sollten. Was nichts anderes hieß, als dass man sein persönliches Vermögen, sofern es nicht beim Eintritt als Mitgift in die Gemeinschaft floss, der Meisterin in Obhut zu übergeben hatte. Sollte man eines Tages das Haus verlassen, erhielt man es bis auf einen geringen Anteil zurück, beim Tod indessen ging es in den Besitz der Schwesternsammlung über. Darüber hinaus verlor man sein Anrecht darauf, falls man wegen schwerer Vergehen wie Ungehorsam gegen die Meisterin, Unkeuschheit oder auch Glücksspiel aus der Sammlung ausgeschlossen wurde.

Das alles schwirrte Serafina im Kopf herum, als sie mit heiserer Stimme erwiderte: «Glaub mir, Mutter Catharina, ich wollte unserer Schwesternschaft mit diesen Ohrringen nichts unterschlagen. Sie sind mir ein Andenken an frühere Zeiten, nichts weiter. Ich glaube nicht einmal, dass das Gold sehr viel wert ist …»

«Darum geht es mir nicht, auch wenn es ein Verstoß gegen die Regel darstellt. Ich möchte vielmehr wissen, ob du uns etwas verschweigst.»

Serafina begann zu stottern. «Ach, Mutter Catharina – gewiss ist in meinem Leben einiges … einiges nicht in geregelten Bahnen verlaufen … Anders als bei euch allen vielleicht …»

Dann riss sie sich zusammen. Mit festem Blick sah sie der Meisterin in die Augen.

«Aber ich habe niemals gestohlen oder betrogen. Und hier bei euch fühle ich mich erstmals wirklich zu Hause, bin bereit, alles zu tun, mich in die Gemeinschaft einzufügen und unserer Bestimmung zu dienen. Ich bitte dich, Mutter Catharina: Nimm mich an, so wie ich hier vor dir stehe, und vertrau auf meinen Willen, als Arme Schwester mit euch zu leben.»

«Damit bittest du um einiges Vertrauen.»

«Ich weiß.»

Catharina nahm die Ringe und legte sie in eine verschließbare Schatulle. Ihr strenger Ausdruck wurde wieder milder. «Der Schmuck bleibt, wie es unsere Ordnung vorsieht, in meiner Obhut als Meisterin. Falls du noch etwas Wertvolles in deinem Besitz haben solltest, so sag es mir jetzt.»

«Nein, Meisterin, da ist sonst nichts mehr. – Heißt das, ich darf bleiben?»

«Zumindest für die Zeit der Probe von drei Monaten. Wie alle Neuen hier.»

«Danke.»

«Ich erwarte allerdings, dass du dich mit Heiltrud zusammenraufst. In unserem Hause leben wir in Frieden miteinander. Ich weiß, Heiltrud ist mitunter schwierig im Umgang, dazu Fremden gegenüber zutiefst misstrauisch. Aber ihr ist im Leben, bevor sie zu uns kam, nicht viel Gutes widerfahren. Schon als junges Ding hat sie bei einer Feuersbrunst ihre Mutter und ihren älteren Bruder verloren, musste dann die jüngeren Geschwister ganz allein aufziehen. Auch später hatte sie nicht allzu viel Glück gehabt. Sei also nachsichtig mit ihr und versuche, dein Herz für sie zu öffnen. Im Übrigen habe ich auch Heiltrud ernstlich ermahnt wegen ihrer Eigenmächtigkeiten. Und ihr untersagt, hinter deinem Rücken weiterhin irgendwelche Gerüchte in die Welt zu setzen.»

Serafina wollte sich schon zur Tür wenden, als die Meisterin sie zurückhielt.

«Da ist allerdings noch etwas, von dem ich annehme, dass es *kein* Gerücht ist. Du warst ohne Begleitung im Hause des Stadtmedicus, den du ja offenkundig von früher kennst.»

Serafina biss sich auf die Lippen. Dieses Miststück! Heiltrud hatte also wahrhaftig alles umgehend der Meisterin zugetragen.

«Das ist richtig», antwortete sie leise. «Ich wollte mit ihm noch einmal über die arme Familie Pfefferkorn sprechen.»

«Auch wenn dem so sei – für uns Schwestern ist es ganz und gar ungebührlich, sich allein mit Männern zu treffen. Die nächste Zeit wirst du nur noch in Begleitung ausgehen.» Eindringlich sah die Meisterin sie an. «Dir ist es doch ernst mit dem gottgefälligen Leben als Schwester?»

Serafina fühlte sich mehr als unbehaglich unter diesem Blick. «Es ist mir ernst.»

Zu ihrer Erleichterung war die Unterredung damit beendet. Was indessen Heiltrud betraf, würde es ihr schwerfallen, ein offenes Herz für diese Verräterin zu finden.

Kapitel 11

Die nächsten Tage fragte sie sich oft, warum ihr Leben hier in Freiburg plötzlich so durcheinandergeraten war. Dabei war doch alles so trefflich angelaufen – bis zu jenem Morgen, als Barnabas sie zu Hannes' Leichnam geführt und dieser Medicus ihren Weg gekreuzt hatte. Hätte das Schicksal nicht ein Einsehen haben können und sie unbehelligt ihrer neuen Aufgaben als Begine gerecht werden lassen? Auf einmal sah sie sich in eine Sache verwickelt, die sie eigentlich nichts angehen durfte, und doch wartete sie Stunde um Stunde ungeduldig auf Nachricht von Adalbert Achaz, die indessen nicht eintraf.

Dabei ließ ihr der Gedanke, Hannes könnte von seinem eigenen Bruder erschlagen worden sein, keine Ruhe mehr. Was für ein Mensch war Diebold Pfefferkorn? Wäre er tatsächlich in der Lage, im Zorn eine solch abscheuliche Tat zu begehen? Vielleicht aber hatte er das auch alles gar nicht gewollt und, genau wie sie selbst damals in Konstanz, unglückseligerweise zu fest zugeschlagen? Und hatte aus ebendiesem Grund hernach alles als Selbstmord getarnt?

Dann erreichte sie die Nachricht, dass Barnabas erkrankt sei, und ihre Grübeleien traten vor der Sorge um den Bettelzwerg in den Hintergrund.

«Der Bannwart von Adelhausen hat ihn in seiner Hütte aufgefunden, halbtot vor Schmerzen und inmitten von Erbrochenem», berichtete die Meisterin und bat Serafina und Grethe, auf die Frühmesse zu verzichten, um alsbald nach dem Kranken zu sehen. Rasch packten sie einen Korb mit dem Nötigsten zusammen und machten sich auf den Weg vor die Stadt.

«Heilige Mutter Maria, bitte steh dem armen Kerl bei», murmelte Serafina, als sie das Schneckentor hinter sich gelassen hatten und die holzgedeckte Brücke über der Dreisam betraten. Der Fluss führte kaum noch Wasser, an seinen Ufern faulten die ersten verendeten Fische vor sich hin.

«Ich hab mal gehört, dass Zwerge und Narren nicht lang zu leben haben», hörte sie Grethe sagen.

«Sei still! So was darfst du gar nicht erst denken.»

«Weißt du denn überhaupt, wie alt Barnabas ist?»

Nein, das wusste sie nicht. Sie wusste überhaupt nur wenig über das Leben dieses seltsamen kleinen Mannes, der manchmal sanft wie ein Kind sein konnte, dann wieder unbändig wie eine Wildkatze. Bisweilen glaubte sie auch, Angst in seinen Augen zu erkennen, und von Grethe hatte sie erfahren, dass er als junger Mensch von den Burschen der Stadt oft genug gefoppt und gequält worden war. Einmal hatte wohl eine Horde Besoffener ihn bäuchlings auf eine Handkarre gebunden und durch die Dreisam geschleift, wobei Barnabas ums Haar ertrunken wäre. Daraufhin hatte die Stadt, unter deren Schutz alle Unsinnigen standen, die Rädelsführer streng bestraft, hatte sie in die Schupfe beim Fischbrunnen gesteckt und getaucht und hernach der Stadt verwiesen. Seither ließ man den Bettelzwerg wohl mehr oder weniger in Ruhe.

Unwillkürlich beschleunigte Serafina ihren Schritt in

Richtung der ersten Häuser von Adelhausen. Das Dorf gleich südlich der Stadt war eine lockere Ansiedlung von kleinen Gehöften und niedrigen Häuschen zwischen Rebstücken, Baumgärten, Wiesen und Ackerland. Auch das vornehme Kloster Adelhausen lag hier draußen. Wie immer, wenn eine von ihnen in dieser Gegend war, machten sie einen Umweg zur Pfarrkirche Sankt Einbethen. Dort nämlich lebten in einem an die Kirche angebauten Raum zwei Klausnerinnen, denen sie einen halben Laib Brot und eine Kerze bringen sollten. Serafina lief jedes Mal ein Schauer über den Rücken, wenn sie an diese Frauen dachte, die auf ewig geschworen hatten, ihre winzige Kammer nie mehr zu verlassen und niemals Besuche zu empfangen. Nur aus Gebet und Bibellesung, aus Fasten und Geißeln bestand ihr Alltag. Durch ein Fenster zum Kircheninneren nahmen sie am Gottesdienst teil, durch eine winzige Luke nach außen empfingen sie ihre Almosen. Was für ein Dasein! Nahe ihres Gärtchens, an der Kirche Sankt Peter, gab es sogar eine Schwester, die seit Jahren ganz allein in ihrem Kämmerchen hauste!

Eilig durchquerten sie den Kirchhof von Sankt Einbethen, klopften dreimal gegen die angelehnte Luke des Anbaus und legten ihre Spende auf das Gesims.

«Gelobt sei Jesus Christus!»

«In Ewigkeit. Amen», kam es dumpf von innen zurück. Gleich darauf hörten sie das Klatschen von Lederriemen auf nackte Haut.

«Schnell weiter.» Serafina zog Grethe am Arm mit sich fort. Als sie wieder auf der Straße standen, stieß sie hervor: «Kann so etwas Gottes Wille sein? Das ist doch kein Menschenleben.»

Grethe zuckte die Achseln. «Mir tät's auch nicht gefallen.»

Sprach's und klaubte sich einen Brocken Brotkrume aus der anderen Hälfte des Laibs, den sie gierig in den Mund steckte.

Missbilligend klopfte Serafina ihr auf die Finger. «Das ist für Barnabas.»

Vorbei an den letzten Häusern schritten sie geradewegs auf den Saum des Waldgebirges zu. Das Gelände wurde zusehends buschiger und sumpfiger, der aufgeschüttete Kiesweg war nur noch handwagenbreit. Serafina war erschüttert über die windschiefe, armselige Hütte, die kurz darauf hinter einer Biegung vor ihnen lag. Sie war noch nie bei Barnabas draußen gewesen.

«Du wirst dich wundern», sagte Grethe, als hätte sie ihre Gedanken gelesen, und stellte den Korb an der Schwelle ab.

Nachdem sie die knarrende Tür aufgestoßen hatten, blieb ihnen fast die Luft weg, so ekelhaft stank es nach Erbrochenem.

«Barnabas?», rief Serafina ängstlich in das Halbdunkel hinein.

«Ooh», ertönte ein leises Stöhnen gleich hinter der Tür. Dort lag auf einem schmalen, schief zusammengenagelten Holzgestell, das kaum Bett genannt werden konnte, der Bettelzwerg in sich verkrümmt wie ein Wurm. Dem Herrgott sei Dank: So ganz sterbenskrank sah er nicht aus.

«Dieser Bannwart hätte hier wenigstens das Gröbste wegputzen können», schimpfte Grethe, während sie mit zwei großen Schritten die winzige Hütte durchmaß und das einzige Fensterchen weit aufstieß. Mit dem Durchzug zwischen Fenster und Tür wurde der Gestank augenblicklich erträglicher.

Serafina war ans Bett getreten, an dessen Fußende verdreckte Kleidungsstücke auf dem Boden lagen.

«Was machst du nur für Sachen?»

Als Barnabas seine Besucherinnen erkannte, zog er sich verschämt die löchrige Decke bis über den Kopf.

«So hoher Besuch und so viel Schmutz in meinem Reich», jammerte er durch den Wollstoff hindurch.

«Jetzt lass die Kirche mal im Dorf, Barnabas, und sag uns, was mit dir ist.»

Sanft wie bei einem Kind zog Serafina ihm die Decke vom Kopf. Immerhin war sein Bettzeug sauber geblieben.

«Hab mich bei den ersten Pilzen im Wald wohl vertan in meiner Auswahl. Meine Stunde ist gekommen.»

«Papperlapapp!» Grethe stand mit einem Ledereimer in der Hand neben dem Bett. «So schnell stirbt man nicht. Wie oft hast du dich erbrochen?»

Barnabas hob vier Finger in die Höhe.

«Na also. Dann ist das meiste draußen. Ich jedenfalls hol jetzt Wasser vom Bach und mach den Fußboden sauber. Serafina gibt dir die Arznei, und dann wird's bald besser mit deinem Bauch.»

Mit der Fußspitze schob sie den Kleiderhaufen zur Tür hinaus.

«Das hier schmeiß ich gleich mit in den Bach.»

Keine halbe Stunde später waren Dreck und Gestank aus der Hütte verschwunden, und Barnabas lag in einem sauberen kurzen Leinenhemd, das sie ihm wohlweislich mitgebracht hatten, auf dem Bett. Brav hatte er den bitteren Aufguss aus Brennnessel, Beifuß und Schöllkraut bis zum letzten Tropfen ausgetrunken.

«Bin gesund», verkündete er und schielte begierig auf das Brot im Korb. Doch seine noch immer leichenblasse Gesichtsfarbe und die rotgeränderten Augen straften seine Worte Lügen.

«Nichts da.» Serafina hob warnend den Zeigefinger. «Bis zum Abend solltest du warten mit dem ersten Bissen. Solange nimmst du nur von dem verdünnten Wein zu dir.»

Jetzt erst fand sie die Ruhe, sich genauer umzusehen. Der Fußboden war aus festgestampftem Lehm, die Ritzen in den Bretterwänden waren mit Moos ausgestopft. Das niedrige, strohgedeckte Dach erlaubte einem erwachsenen Menschen gerade mal unter dem First aufrecht zu stehen und machte nicht den Anschein, als würde es einem starken Regenguss standhalten. An der Rückwand war auf halber Höhe ein Bretterboden eingezogen, auf dem Barnabas allerlei Gerätschaften aufbewahrte. Dort hatte Grethe auch Ledereimer und Strohbesen gefunden. Außer dem Bett fand sich als Einrichtung nur noch eine Holzbank rechts der Tür. Diese Bank indessen war über und über mit seltsamen Dingen bedeckt: mit Bruchstücken von Glas und bunten Plättchen, mit Knöchelchen, die so blank poliert waren, dass sie wie Elfenbein glänzten, mit glitzernden Messingknöpfen, absonderlich geformten Wurzeln, hübschen Vogelfedern, farbigen Stoff- und Garnresten und vielem mehr an Dingen, an denen die meisten Menschen achtlos vorübergehen würden. Ein Zwerg wie Barnabas aber hatte die Augen näher am Boden.

Wie eine diebische Elster, dachte Serafina, die alles sammelt, was glänzt und funkelt.

«Da wunderst dich, was?» Barnabas hatte ihre Blicke bemerkt. «Das sind die Schätze von König Barnabas.»

Grethe schob einen Teil seiner Kostbarkeiten vorsichtig zur Seite und stellte Brotlaib und Weinschlauch dazu.

«Jetzt sollte König Barnabas nur einmal herzhaft scheißen können, dann wär er auch wieder ganz gesund.» Sie lachte. «Sollen wir heut noch mal nach dir sehen?»

«In meiner Burg zu jeder Zeit, sind schöne Frau'n mir eine Freud.»

Serafina zog ihn an seinem strohgelben Haar. «Ich denk, das braucht's nicht mehr. Du bist schon wieder obenauf. Aber bleib für heut noch im Bett liegen.»

«Halt, wartet, ihr beiden.» Er wälzte sich aus dem Bett und tippelte zur Bank. «Ich will euch was schenken von meinem Schatz. Etwas, das zu euch passt.»

Sein Zeigefinger kreiste über den Schmuckstücken, bis er ein herzförmiges, ausnehmend schön gemasertes Holzstück herausfischte. «Das Herzstück meiner Sammlung ist für die schöne Serafina. – Und dies hier …» Er zog eine blaugrün schimmernde Feder hervor. «… für die nicht minder schöne Grethe.»

Sie bedankten sich ehrlich gerührt und wollten schon zur Tür hinaus, als Barnabas Serafina zurückhielt.

«Halt Augen und Ohren auf, aber hüte dich vor jenen, die große Worte im Mund führen.»

Mehr als erleichtert über Barnabas' schnelle Genesung machten sie sich auf den Rückweg. Doch dessen rätselhafte Bemerkung zum Abschied hatte Serafina ins Grübeln gebracht. Was konnte er damit nur gemeint haben?

«Sag mal, Grethe – könntest du mir einen Gefallen tun, wenn wir das nächste Mal zum Einkaufen ausgehen?», fragte sie ihre Freundin kurz vor dem Stadttor.

«Dich heimlich zu deinem Arzt bringen?» Grethe zwinkerte ihr verschwörerisch zu. «Der Kerl gefällt dir wohl? Vergiss nur nicht, dass du Keuschheit gelobt hast.»

«Du spinnst ja gehörig! Nein, es geht mir um diesen Diebold, Hannes' Bruder. Ich will mehr über ihn herausfinden.

Das sollte ganz einfach sein, wenn wir zusammen unter die Leute gehen. Mal hier beim Fischhändler, mal dort beim Karrenbeck nachfragen – wenn du verstehst, was ich meine.»

«Ehrlich gesagt, versteh ich überhaupt nichts. Was hast du jetzt mit diesem Heißsporn zu schaffen?»

«Du kennst ihn?»

«Hast du vergessen, dass ich hier aufgewachsen bin? Jeder in Freiburg kennt ihn. Unter uns Kindern hieß er nur ‹Diebold, der Kampfhahn›, weil er Streit gesucht hat wie das Huhn seine Körnchen. Aber seit er diese Josefa als Braut hat, ist es um einiges besser geworden mit ihm.» Sie runzelte die Stirn. «Was also willst du von ihm?»

«Na ja …», druckste Serafina herum. Eigentlich hatte sie gegenüber Grethe ihren ungeheuerlichen Verdacht für sich behalten wollen. Trotzdem beugte sie sich nach kurzem Zögern dicht an deren Ohr.

«Ich hatte dir doch erzählt, dass ich nicht an das Märchen von Hannes' Selbstmord glaube. Könnte es nicht vielmehr sein, dass dieser Diebold in einem Anfall von Wut oder Eifersucht auf Hannes losgegangen ist?»

«Bist du von allen guten Geistern verlassen?» Grethe legte ihr beschwörend die Hand auf den Arm. «Selbst wenn dem so wäre – was meinst du, was geschieht, wenn Diebold das mitbekommt? Dass du ihn aushorchst, meine ich. Womöglich bringst du dich dabei selbst in höchste Gefahr.»

Kapitel 12

Schließlich hatte Grethe, als gute Freundin, Serafinas Ansinnen doch noch nachgegeben, wenn auch widerwillig. Und so begannen sie, auf dem Markt und in den Gassen Erkundigungen über Diebold Pfefferkorn einzuziehen. Dabei waren sie solcherart vorgegangen, dass sie sich in ihrer Eigenschaft als freundliche Arme Schwestern um das Wohl der Familie Pfefferkorn sorgten. Was Serafina nach und nach aus den Auskünften heraushörte, war, dass Diebold sein aufbrausendes, ungezügeltes Wesen keinesfalls verloren hatte. Von einem der Fleischergesellen der Niederen Metzig hatten sie sogar erfahren, dass er bei einer ausgiebigen Zecherei in die Runde gegrölt habe, eines Tages werde er diesem Erzschelm von kleinem Bruder noch den Hals umdrehen.

Das war an einem Donnerstag gewesen, und so beschloss Serafina, am nächsten Tag zur Blutwunderkapelle zu wandern, um über den Ministranten Jodok mehr über das Verhältnis zwischen Diebold und seinem Bruder herauszufinden. Nach wie vor strömten die Gläubigen in Massen nach Sankt Peter und Paul, von weit her inzwischen, und mit ihnen floss eine Menge Geld herein für den Orden der Wilhelmiten.

Serafina bat Heiltrud, sie zu begleiten. Sie wollte, getreu dem Wunsch der Meisterin, einen ersten Schritt auf ihre Mitschwester zugehen. Noch immer nämlich wich Heiltrud ihr aus, und wenn es einmal nicht zu vermeiden war, dass sie miteinander sprachen, so tat Heiltrud dies mit einem mehr als sauertöpfischen Gesichtsausdruck.

Zu Serafinas großer Überraschung stimmte sie zu.

«Von mir aus. Ich hatte ohnehin vor, mal wieder zur Kapelle zu gehen.»

Es war ein schwülwarmer Morgen Anfang Juli, und schon auf halbem Wege durch das lichte Tal der Dreisam stand ihnen der Schweiß auf der Stirn. Wenigstens waren sie für einige Zeit dem Gestank der engen Gassen entkommen.

«Auf dem Heimweg geht es dann wieder bergab», versuchte Serafina ihre Weggefährtin aufzuheitern, die alle paar Schritte mit einem Schnaufen innehielt. Da Heiltrud auch dieser freundlichen Bemerkung nur mit einem verbissenen Schweigen begegnete, fuhr Serafina fort: «Lass uns diesen kindischen Streit beiseitelegen. Ich war grob zu dir, ich weiß.»

Sie blickte sich um, ob niemand sie hörte, doch die Kirchgänger, die in dichten Trauben den Weg entlangschritten, hielten wie immer ehrerbietig Abstand zu ihnen als Regelschwestern.

«Andrerseits hast du kein Recht, in meinen Sachen zu wühlen und hinter meinem Rücken irgendwelche Dinge über mich zu erzählen. Ich könnte also erst recht beleidigt sein. Zumal du ja sogar zur Meisterin gerannt bist, um von meinem Besuch beim Stadtarzt zu petzen. Das war wirklich nicht schön von dir.»

Heiltrud riss erschrocken die Augen auf. «Aber das war ich nicht! Ja, ich habe ihr die Ohrringe gebracht, weil – weil es mich geärgert hat, dass du solch kostbaren Schmuck heimlich bei dir aufbewahrst. Weil es sich überhaupt schon gar nicht gehört, als ehrbare Frau solche goldenen Ohrringe zu besitzen. Aber den Achaz hab ich mit keinem Wort erwähnt.»

Jetzt war es an Serafina, überrascht zu sein. «Wer dann? Nur Grethe war bei mir, und Barnabas. Und dem Zwerg ist es doch vollkommen wurscht, mit wem ich mich treffe.»

Doch sie hatte den letzten Satz noch nicht ausgesprochen, als ihr einfiel, wie unwillig Barnabas sie allein gelassen hatte. Ein Fremder sei der Stadtarzt, und er wisse nicht, wer dahinterstecke. So oder so ähnlich waren seine Worte gewesen.

«War Barnabas in letzter Zeit bei uns im Haus gewesen?»

«Nicht dass ich wüsste. Vielleicht am Sonntag, da kommt er ja manchmal, um den Lohn für seine kleinen Gefälligkeiten abzuholen. Halt …» Sie schlug sich gegen die Stirn. «… jetzt fällt's mir ein. Als ich dich in Achaz' Haus verschwinden sah, standen da auch dieser Nidank und Pater Blasius vor dem Kirchenportal der Barfüßer. Und einen Tag später war er bei Mutter Catharina zu Besuch.»

«Wer? Pater Blasius?»

«Nein, der Nidank.»

Serafina runzelte ärgerlich die Stirn. «Was hat sich dieser aufgeblasene Ratsherr in unsere Angelegenheiten einzumischen? Wenn das jemandem zusteht, dann einzig den Barfüßern, als unseren Pflegern und Beichtigern. Die Freiburger Obrigkeit hat uns gar nichts zu sagen. Dieser Nidank soll mir bloß über den Weg laufen.»

«Du wirst einem Ratsherren doch wohl keine Vorhaltungen machen wollen?»

«Warum nicht? Wie sagt unser Barnabas immer? *Ob König, Bischof oder Bettelmann – wir alle sind aus Lehm geformt, aus Staub ist der Mensch gemacht.*»

«Der Zwerg ist wohl nicht gerade als leuchtendes Beispiel zu nehmen. Seine Abneigung gegenüber allem, was Kutte oder Amtstracht trägt, ist ja allgemein bekannt.»

Wider Willen musste Serafina lachen. «Es ist schön, dass wir wieder miteinander reden.»

Heiltrud nickte nur, doch um ihre Augen deutete sich immerhin so etwas wie ein Lächeln an.

Sie hatten den Hügel unterhalb der Kapelle erreicht. Mehr noch als beim letzten Mal war hier kein Durchkommen vor lauter Menschen. Serafina zog Heiltrud zu einem Trampelpfad, der weitläufig um das Kirchlein den Berg hinaufführte.

«Vielleicht dürfen wir ja durch das Türchen bei der Sakristei hinein.»

Auf der Chorseite trafen sie auf eine Gruppe von Männern, die ins Gespräch vertieft waren und sie zunächst nicht beachteten, nämlich Ratsherr Nidank, Pater Blasius und die beiden anderen Mönche, die auch beim letzten Mal mit dabei gewesen waren. Ein wenig abgerückt von ihnen standen Jodok und zwei weitere Ministranten, die sich fast wie Zwillinge glichen. Die beiden mit ihrem blondgelockten Engelshaar überaus hübschen Burschen tuschelten und kicherten miteinander, während Jodok stumm vor sich hinstarrte. Nach wie vor wirkte er sehr unglücklich.

«Da hab ich ja alle beieinander», murmelte Serafina vor sich hin. Entschlossen ging sie auf die Männer zu, Nidank fest im Blick.

«Gott zum Gruße, Ihr Herren.»

«Ach – seid Ihr nicht Schwester Serafina von Sankt Christoffel?» Der Ratsherr tat überrascht, während Pater Blasius sie anlachte und sichtlich erfreut schien, sie hier bei der Blutwundermesse wiederzusehen.

«Ihr kennt mich sehr wohl, Ratsherr Nidank. Zumal Ihr mich namentlich bei unserer Meisterin angeschwärzt habt!»

«Angeschwärzt? Ihr vergreift Euch gehörig in der Wortwahl.» Missmutig zog Nidank die Augenbrauen zusammen. «Solange Ihr Euch noch immer keinem Orden angeschlossen habt, sind wir Ratsherren dazu verpflichtet, ein Auge auf Euch zu halten. Bedenkt, dass andernorts Beginen und freie Schwesternsammlungen als ketzerisch verboten sind.»

«Noch aber dürfen wir uns frei bewegen.» Serafina konnte den Ärger in ihrer Stimme kaum verbergen. Dieser Mann wurde ihr immer unangenehmer. «Und daher glaube ich, dass es nur unsere Meisterin angeht, wen ich wo aufsuche.»

«Warum so aufgebracht, Schwester Serafina?» Pater Blasius sah sie aus seinen dunklen Augen freundlich an. «Sicher hattet Ihr Eure guten Gründe, den Stadtarzt aufzusuchen, da habe ich keinerlei Zweifel. Indessen solltet Ihr nicht verkennen, dass ein alleinstehender Mann durchaus schwach werden könnte im Beisein eines Weibes. Auch als freundliche Arme Schwester seid Ihr eine Frau, und zwar in der Blüte ihrer Jahre und sehr hübsch obendrein.»

Er machte eine Pause und zwinkerte ihr lachend zu. «Glaubt nicht, dass ich, nur weil ich Geistlicher bin, keine Augen für so etwas habe. Und wie heißt es doch bei Markus? *Wachet und betet, dass ihr nicht in Versuchung fallet! Denn der Geist ist willig; aber das Fleisch ist schwach.*» Er wurde wieder ernst. «Seht diese Art von Aufsicht doch lieber als väterliche Sorge im Namen unseres Herrn.»

Der junge Mönch neben ihm trat unruhig von einem Bein aufs andere. «Ich müsste nach Bruder Cyprian sehen, ob er bei Kräften ist. Schließlich kommen heute wieder schwere Stunden auf ihn zu, so unser Herrgott will.»

«Lass gut sein, Bruder Immanuel, ich war bereits bei ihm. Es geht ihm gut. Und nun wollen wir mit der Messe beginnen.»

Enttäuscht erkannte Serafina, dass für ihre Unterredung mit Jodok keine Zeit mehr blieb. Nun gut, so würde sie ihn nach dem Gottesdienst abpassen müssen.

«Wärt Ihr so freundlich und würdet uns durch die Seitenpforte hineinlassen? Vor dem Portal ist kein Durchkommen mehr.»

«Aber gern, Schwester Serafina.» Pater Blasius nickte. «Nur müsst Ihr Euch einen Augenblick gedulden, bis wir den Altar gerichtet haben. Ich werde Euch holen kommen.»

«Danke, Pater. Und nach der Messe würde ich gern noch ein paar Worte mit Jodok reden.»

«Der Junge hat zu tun», gab Nidank an Blasius' Stelle schroff zurück. «Vielleicht ein andermal.»

Damit verschwanden die Männer in der Sakristei, Ratsherr Nidank nicht, ohne Serafina noch einmal einen ärgerlichen Blick zuzuwerfen.

Heiltrud, die das Gespräch aus nächster Nähe verfolgt hatte, schüttelte den Kopf. «Ich fürchte, mit dem Ratsherrn hast du es dir gehörig verdorben.»

Für diesmal langweilte Serafina des Einsiedlers Heimsuchung mit den Wundmalen Christi fast. Es geschah alles haargenau wie beim letzten Mal, als sie dabei gewesen war. Der in Lumpen gehüllte Cyprian verharrte zunächst an derselben Stelle hinter dem Altar, im Schatten der halbdunklen Kapelle, in ebenderselben Haltung. Als Pater Blasius an die entsprechende Stelle seiner Lesung kam, glaubte Serafina zu erkennen, wie er Cyprian mit der Hand ein Zeichen gab, und musste fast auflachen. Wahrscheinlich verstand der arme Mann so wenig Latein, dass er sonst seinen Einsatz verpasst hätte. Zugleich bückte sich dieser Bruder Immanuel, als sei ihm etwas heruntergefallen.

Ihr Blick schweifte zu Ratsherr Nidank, der schräg vor ihr in der einzigen Bankreihe kniete. Mit strengem Blick verfolgte er das Geschehen, wobei Serafina den Eindruck hatte, dass er seine Aufmerksamkeit weniger auf den Einsiedler als auf Jodok und die beiden neuen Ministranten richtete. Alle drei wirkten denn auch sichtlich angespannt.

Als Bruder Cyprian sich anschickte, mit erhobenen Händen durch den Mittelgang zu wandeln, ging ein Aufschrei durch die Menge, und Heiltrud bekreuzigte sich ein ums andre Mal. Für diesmal hatte es den Gemarterten wahrhaftig hart getroffen. Das dunkelrote Blut rann ihm aus der Handfläche bis zum Ellbogen hinunter! Das war schon fast zu viel des Guten, und Serafina beschloss, dass sie sich dieses Spektakel kein drittes Mal mehr ansehen würde. Zumal sich ihr der Verdacht aufdrängte, dass dieser Einsiedler womöglich ein ausgemachter Scharlatan war und alle Welt zum Narren hielt.

Nach dem Empfang der heiligen Kommunion machten sie sich auf den Heimweg. Vergeblich hatten sie noch eine Weile auf Jodok gewartet, doch auf Heiltruds Drängen hin waren sie schließlich aufgebrochen. Obwohl der Tag noch jung war, flirrte die Luft bereits vor Hitze.

«Jetzt renn doch nicht so», maulte Heiltrud und blieb stehen. Dabei hatten sie noch nicht einmal das Dörfchen Ebnot erreicht.

Serafina seufzte. Ihre Mitschwester war wirklich schlecht zu Fuß. «Ist schon recht. Lass uns dort unter dem Baum ein bisschen ausruhen.»

Gerade als sie ihren Weg fortsetzen wollten, hörte Serafina jemanden ihren Namen rufen. Es war Jodok, der trotz seines dicklichen, ungelenken Körpers erstaunlich flink auf sie zugerannt kam.

«Ihr wolltet mich sprechen, Schwester Serafina?», keuchte er.

«Ja. Aber jetzt hol erst mal Luft.»

Mit einem beschwörenden Lächeln bat sie Heiltrud, schon einmal vorauszugehen.

«Ich komme gleich nach», versprach sie ihr.

Nachdem sich Heiltrud zögerlich entfernt hatte, legte sie dem Jungen die Hand auf die Schulter.

«Wie geht es dir?»

«Gut, Schwester.» Jodok blickte sich beklommen um.

«Ich hab den Eindruck, dass du unglücklich bist. Ist es noch immer wegen deines Freundes Hannes?»

«Ja ... Nein ... Das ist es nicht allein.» Jodok stockte.

«Sprich nur weiter», ermunterte sie ihn. «Du kannst mir vertrauen.»

Der Junge gab sich einen Ruck. «Ratsherr Nidank und der Priester haben mir heut gesagt, dass ich nicht mehr in Sankt Peter und Paul ministrieren soll. Ich weiß nicht, ob Ihr's wisst, aber für uns Freiburger Ministranten gilt es als hohe Auszeichnung, den Messdienst beim Blutwunder zu verrichten.» Er schluckte. «Und damit ist's jetzt vorbei. Jetzt sollen's die beiden Neuen übernehmen.»

«Warum das denn?»

«Sie glauben, dass mich das alles zu sehr mitnimmt, dass ich mich deshalb nicht mehr ausreichend in den Altardienst vertiefen würde. Wegen Hannes und dem, was er sich angetan hat.»

«Und? Ist es so?»

«Ich weiß nicht.» Er schniefte verstohlen. «Glaubt mir, ich bete Tag und Nacht für sein Seelenheil, aber der Kaplan sagt mir, dass das nur vergeudete Zeit wäre. Ich solle lieber für seine Angehörigen beten.»

«Ist es nicht. Hör mal, Jodok.» Sie nahm seine Hand. Für einen kurzen Moment zögerte sie, ob sie diese Frage dem Jungen zumuten konnte. «Ich weiß, das kommt jetzt sehr plötzlich. Aber du kennst doch die Geschichte von Kain und Abel. Könnte es sein, dass Diebold seinen Bruder getötet hat? Du hattest doch selbst gesagt, dass Diebold fuchsteufelswild vor Eifersucht war.»

Entsetzt starrte Jodok sie an.

«Diebold? Seinen eigenen Bruder?» Er schüttelte heftig den Kopf. «Nein, so was würde Diebold nie tun, nicht mal im größten Zorn. Da ist ihm höchstens mal die Hand ausgerutscht. Der Diebold hat doch ganz genau gewusst, wie sehr Hannes ihn verehrte, und hat das genossen. Ich hab das nie verstanden, weil ich selber – ich hatte immer Angst vor Diebold. Aber Hannes hat ihn verteidigt. Sein Bruder sei nicht böse, halt nur ein arger Hitzkopf. Vor seinem Vater hatte sich Hannes viel mehr gefürchtet. Und vor Nidank irgendwie auch, glaube ich.»

«Vor dem Ratsherrn Nidank?»

Jodoks Gesicht lief puterrot an. «Bitte vergesst es. Ich wollte nichts gesagt haben.»

«Du kannst mir wirklich vertrauen. Sag mir, was du sagen wolltest. Warum hatte Hannes Angst vor dem Ratsherrn?»

«Weil ... Weil ... Ich weiß nicht, wie ich das sagen soll. Ihr seid doch so etwas wie eine Nonne, oder?»

«Da hast du recht. Aber erstens war ich nicht immer bei den Schwestern, und zweitens ist mir nichts Menschliches fremd. Das kannst du mir glauben.»

Der Junge suchte krampfhaft nach Worten. «Unter uns

Jungen geht das Gerücht, dass – dass der Ratsherr … Dass er sich für …»

Er brach ab.

«Dass er eine Vorliebe für euch Jungen hat?»

Erleichtert nickte Jodok.

Nun war Serafina doch mehr als erstaunt. Sie wusste inzwischen, dass Nidank, ein adliger Müßiggänger, der von Renten und Zinsen lebte, mit einer ältlich aussehenden Ritterstochter verheiratet war und mit ihr vier Kinder hatte. Doch was musste das schon heißen? In ihrem ersten Hurenhaus hatten sie einen Freier gehabt, einen steinreichen Familienvater, für den sich das jüngste der Mädchen stets als Knabe zu verkleiden hatte. Das war eigentlich verboten, doch allemal besser, als dem sodomitischen Laster nachzugeben. Auf die «stumme Sünde» nämlich, der Liebe unter Männern, stand der Tod auf dem Scheiterhaufen. Plötzlich dachte sie an die beiden bildhübschen blonden Jünglinge, die nun künftig den Altardienst verrichten sollten.

«Und der Hannes gefiel ihm also?», hakte sie leise nach.

Jodoks glattes, pausbäckiges Kindergesicht zog sich in Falten. «Nun, wie soll ich sagen – er hat Hannes regelrecht nachgestellt, wenn Ihr wisst, was ich meine. Mit kleinen Freundlichkeiten und Geschenken und so. Aber der Hannes hatte sich dagegen gewehrt, und dann, vor nicht langer Zeit, hat es deswegen einen heftigen Streit gegeben.»

«Ach herrje!»

«Da ist noch etwas. Der Hannes wollte mir was Wichtiges zeigen, er war plötzlich ganz aufgeregt. Er meinte, er habe etwas ganz Ungeheuerliches entdeckt.»

«Hatte es mit dem Ratsherrn zu tun?»

«Ich weiß es nicht. Am nächsten Tag nämlich war er tot.»

In diesem Augenblick sah Serafina den Priester mit den beiden anderen Mönchen gemächlich den Weg herunterschreiten. Gleich darauf blieben sie stehen. Sie schienen miteinander zu streiten.

Auch Jodok hatte die Männer entdeckt und begann zu zittern.

«Bleib hier im Schatten des Baumes, bis sie vorbei sind. Sie brauchen uns nicht zusammen sehen. – Hast du Angst vor den Brüdern?»

«Ich weiß nicht – Bruder Immanuel ist so seltsam zu mir, seitdem Hannes tot ist. Er lässt mich nicht aus den Augen, klebt an mir wie eine Klette, wenn ich in der Kapelle bin.»

«Und die anderen?»

«Pater Blasius ist manchmal ganz niedergeschlagen, von einem Moment auf den andern. Dabei war er früher immer so lustig mit uns Ministranten. Aber Bruder Rochus, der Sankt Peter und Paul als Küster betreut, der ist in Ordnung.»

Serafina nickte. «Den kenne ich flüchtig. Sein Vater ist sehr krank.»

Die Männer setzten sich wieder in Bewegung.

«Am besten versteckst du dich hinter dem Baumstamm. Ich geh jetzt besser. Behüt dich Gott, mein Junge.»

«Euch auch, Schwester Serafina. Versprecht Ihr mir, dass Ihr niemandem erzählt, was ich Euch anvertraut habe? Ich käme in Teufels Küche.»

«Ich versprech's dir.»

Eilig setzte sie ihren Weg fort, um Heiltrud einzuholen. Mit einem unguten Gefühl allerdings, denn sie wusste nicht, ob sie ihr Versprechen würde einhalten können. Was indessen Diebold betraf, war sie mit ihren Schlüssen wohl doch etwas zu voreilig gewesen.

Kapitel 13

Am nächsten Morgen beendete die Meisterin wie üblich ihre gemeinsame Mahlzeit mit der Frage: «Was steht an für heute?»

«Jemand muss für die Beutlerwitwe aus der Schneckenvorstadt einkaufen und das Essen zubereiten», meldete sich Mette zu Wort. «Ihr Fuß schmerzt wieder stärker. Ich kann's nicht machen, weil ich bis heute Nachmittag die Kerzen für Sankt Peter fertig haben muss.»

«Wie lang brauchst du eigentlich für ein paar Kerzen?», stichelte Heiltrud. «Hättest die nicht schon letzte Woche hinbringen sollen?»

«Da hatte ich den Gliederschwamm in den Händen», entgegnete Mette. Ihr faltiges Gesicht wirkte verlegen.

«Es steht dir nicht zu, Mettes Arbeit zu beurteilen», wies die Meisterin Heiltrud zurecht. «Sie gibt ihr Bestes, wie jede von uns. Das mit der Beutlerwitwe sollen Adelheid und Grethe übernehmen.»

Adelheid verzog ihr hübsches Gesicht. «Aber ich hatte den Snewlins versprochen, bis Sonntag das Bildchen mit der Schutzmantelmadonna zu malen. Außerdem: Warum kümmern sich eigentlich nicht endlich mal ihre Enkel um sie? Die beiden Engelsköpfchen lungern den ganzen Tag herum, und freitags, bei der Blutwundermesse, kehren sie neuerdings den frommen Max heraus.»

Serafina hatte aufgehorcht. «Die Ministrantenzwillinge sind die Enkel der Beutlerin?»

«Aber ja. Verwöhnte Muttersöhnchen sind das.»

Bevor Serafina weiter nachhaken konnte, hatte die Meisterin wieder das Wort ergriffen.

«Das hat uns alles nichts anzugehen. An deinem Andachtsbild kannst du morgen weitermalen, Adelheid. Heute gehst du mit Grethe der Beutlerin zur Hand.»

«Sollte heut nicht jemand nach dem alten Amman sehen?», fragte Heiltrud.

«Das wird nicht mehr nötig sein.» Catharina lächelte. «Er hat jetzt einen Platz im Heilig-Geist-Spital. Sogar als Herrenpfründner.»

«Woher hat der denn so plötzlich das viele Geld für den Einkauf ins Spital?», entfuhr es Serafina.

«Sein Sohn hat es wohl aufgetrieben.»

«Bruder Rochus?»

Die Meisterin nickte. «Ja, der Wilhelmit.»

Serafina wunderte sich hierüber nicht wenig. Dann fiel ihr ein, was sie bei ihren Erkundigungen über Diebold herausgehört hatte.

«Der Pfefferkornin soll es sehr schlecht gehen. Sie ist wohl der Melancholie verfallen. Ich finde, wir sollten sie nicht allein lassen in ihrem Kummer.»

«Das haben bereits die Lämmlein-Schwestern übernommen. Warum auch immer.»

Heiltrud und Serafina sahen sich überrascht an. Die Frauen vom Regelhaus Zum Lämmlein waren nicht gerade dafür bekannt, ihren Tag mit Seelsorge zu verbringen. Vielmehr setzten sie ihren Arbeitsfleiß zum Broterwerb mit Weben ein und hatten in ihrem Konvent inzwischen eine regelrechte Manufaktur errichtet. Serafina konnte sich nur denken, dass der alte Pfefferkorn sie, Serafina, nicht mehr im Haus haben wollte, nachdem sie so forsch ihre Meinung über Hannes' Tod kundgetan hatte.

«Aber für Heiltrud und dich hätte ich heute eine andere Aufgabe», fuhr Catharina fort. «Im Hühnerstall müssen dringend die schadhaften Latten ausgebessert werden.»

«Können wir, wenn wir damit fertig sind, noch zum Gießen in den Garten hinaus? Es hat ja leider immer noch nicht geregnet.»

«Mach das, aber geh allein. Auf Heiltrud wartet noch ein Berg Hauswäsche.»

Dagegen hatte Serafina rein gar nichts einzuwenden. Seit einer Woche nämlich hatte sie keinen Fuß mehr vor die Tür gesetzt, ohne dass Catharina oder eine ihrer Mitschwestern sie begleitet hatten. Nicht dass sie das allzu sehr gestört hätte, aber in ihrem Gärtchen werkelte sie am liebsten ungestört vor sich hin.

Als sie sich eine gute Stunde vor der Vesper, die sie sonnabends immer mit den Barfüßermönchen feierten, auf den Weg in die Vorstadt machte, lastete der Himmel immer noch bleischwer über der Stadt. Es konnte gut sein, dass es in der Nacht gewittern würde, aber darauf mochte sie sich nicht verlassen.

Hinter dem Lehener Tor wäre sie fast mit dem Stadtarzt zusammengeprallt. Wegen der Hitze trug er statt seines langen Mantels nur einen leichten, offenen Umhang über Wams und Beinkleid. Darin wirkte er wesentlich schlanker als in seinem Gelehrtengewand. Und jünger zudem.

«Mal wieder auf dem Weg zu einem Kranken, Schwester Serafina?»

«Ich wüsste nicht, was Euch das angeht.»

Er hob belustigt die Brauen. «Nun, da ich meines Zeichens Stadtarzt bin, könnte mich das schon etwas angehen. So hab ich läuten hören, dass ihr Frauen die Beutlerwitwe mit ihrem schlimmen Fuß behandelt. Eigenmächtig sozusagen.»

«Sie hat kein Geld für den Bader.»

«Und da denkt ihr, als freundliche Arme Schwestern vermögt ihr das ebenso gut.»

«Ganz recht. Mit einem kühlen Kräuterumschlag lässt sich nichts falsch machen.»

«Dazu noch ein Segenssprüchlein unters Kopfkissen – und schon erweist ihr euch als heilkundige Frauen.»

«Hört auf zu spotten, Achaz. Ihr Buchgelehrten könnt doch nichts als Puls messen und Urin beschauen. Damit mögt ihr vielleicht die Gesunden beeindrucken, aber bei Verletzungen ist euch jeder einfache Wundarzt haushoch überlegen.»

«So also denkt Ihr von mir als Medicus.»

Serafina merkte, wie die Stadtwächter neugierig zu ihnen herüberglotzten.

«Es tut nichts zur Sache, was ich von Euch denke. Aber vielleicht könntet Ihr mich ein kleines Stück Wegs begleiten. Es muss uns ja nicht jeder zuhören.»

Die Überraschung stand Adalbert Achaz ins Gesicht geschrieben. «Begleiten? Sorgt Ihr Euch gar nicht um Euren Ruf?»

Doch Serafina war schon das staubtrockene Sträßchen weitergeeilt, das zu ihrem Garten führte. Er schloss neben ihr auf.

«Was gibt es denn so Wichtiges, dass ich an Eurer Seite sein darf, Schwester Serafina?»

«Könnt Ihr's Euch nicht denken?»

«Leider ja.»

«Also, was ist? Habt Ihr nun endlich die Erlaubnis, den Toten wieder auszugraben?»

«Eine Exhumierung durchzusetzen, ist alles andere als einfach.»

Sie blieb so abrupt stehen, dass sie ins Stolpern geriet. Ritterlich fing Achaz sie am Arm ab.

«Lasst das! – Ihr habt es also gar nicht erst versucht!»

«Ja und nein. Ich habe mich noch einmal mit Nidank und Pfefferkorn besprochen. Aber sie haben mir mehr als deutlich zu verstehen gegeben …» Der sonst so selbstsichere Stadtarzt sah verunsichert zu Boden. «… dass ich zu kurz im Amt sei, als dass ich aufgrund der Aussage einer Begine einen Toten ausgrabe und mich und den ganzen Stadtrat am Ende lächerlich mache.»

Für einen kurzen Moment war sie versucht, ihm ihre neuesten Erkenntnisse über diesen sauberen Ratsherrn Nidank mitzuteilen, aber dann schluckte sie ihre Worte hinunter. Diese hohen Herren, zu denen sie letztlich auch den Stadtarzt zählen musste, steckten doch alle unter einer Decke. Da hackte doch keine Krähe der andern ein Auge aus.

«Wisst Ihr was, Achaz? Ihr habt als geschworener Stadtarzt vollauf versagt mit Eurem falschen Befund. Und nun seid Ihr zu feige, den Fehler auszubügeln, nur weil Ihr auf Euer Ansehen bedacht seid!» Sie zog verächtlich die Mundwinkel nach unten. «Ja, das seid Ihr: feige!»

Achaz erbleichte.

«Das muss ich mir von dir nicht sagen lassen, Serafina», entgegnete er mit tonloser Stimme. «Einmal schon habe ich nicht nur meinen Leumund, sondern sogar meinen Hals für dich riskiert. Aber das hast du offensichtlich vergessen, so wie du alles vergessen hast, was *vor* Freiburg war. – Lebe wohl.»

Mehr als verdutzt blickte sie ihm nach. Ihr Ärger darüber, dass er sich von all diesen aufgeblasenen Ratsherren so klein machte, wurde noch übertroffen von der Empörung, dass er sie geduzt hatte. Ganz offensichtlich wollte er noch immer die Hure in ihr sehen.

Kapitel 14

⁘

Am Sonntag und Montag hatten mehrere Gewitter doch noch den ersehnten Regen gebracht und die Gassen der Stadt in Schlammbahnen verwandelt. Am Dienstag zeigte sich der Himmel bereits wieder klar und wolkenlos, und so hatte Serafina sich zur frühen Morgenstunde des nächsten Tages mit Gisla zum Kräutersammeln verabredet.

Seit einiger Zeit schon hatte sie sich mit dem Gedanken getragen, eine kleine Hausapotheke einzurichten, mit Wildkräutern und im Garten gezogenen Pflanzen, für den Eigenbedarf wie auch für die Krankenbesuche. Von Gisla wollte sie sich hierin unterweisen lassen. Vor dem gestrigen Abendessen nun hatte sie ihren Plan zur Sprache gebracht und war damit rundum auf Begeisterung gestoßen.

«Allerdings sollten wir das nicht an die große Glocke hängen», hatte die Meisterin eingewendet. «Nicht dass wir Ärger mit unseren Apothekern bekommen.»

Als Serafina jetzt im Morgengrauen das Schneckentor erreichte, sah sie die kleine, behände Gestalt der alten Kräuterfrau auch schon dort warten. Wie immer, wenn sie zum Sammeln hinausging, trug sie einen Korb auf dem Rücken, der größer wirkte als sie selbst.

Die beiden Frauen begrüßten einander herzlich.

«Nun, Serafina, hast du deine Mitschwestern von deinem Einfall überzeugen können?»

«Und ob. Selbst Heiltrud, die in jeder Suppe ein Härchen findet, ist davon angetan.»

Ein verschlafener Torwärter ließ sie durch die Fußgänger-pforte hinaus.

«Gehen wir zuerst die Dreisam hinauf», bestimmte Gisla. «Die Zeit des Besenkrauts hat nämlich begonnen, auch Bei-fuß genannt. Wogegen hilft es uns?»

«Bei Bauchkrämpfen», antwortete Serafina ohne zu zö-gern und dachte dabei an Barnabas in seiner Hütte und wie rasch sich sein Magen mit dem Kräutersud erholt hatte. Und daran, dass sie künftig solcherlei Kräutermischungen selbst herstellen würde, statt sie teuer in der Apotheke zu erstehen.

«Gut.» Sie stiegen die Stufen zum Ufer hinunter, wo zu dieser frühen Stunde weit und breit keine Menschenseele zu sehen war. «Wogegen noch?»

Serafina dachte nach. «Gegen Melancholie?»

«Das ist das Johanniskraut. – Nein, gegen den Veitstanz und auch gegen Schadenszauber. Bindet man ihn mit den Spitzen nach unten auf den Dachfirst, wehrt er Blitze ab.»

Am Rande des Ufergesträuchs fanden sie die hüfthohe Pflanze in Mengen. Gisla zeigte ihr, wie man die oberen Trieb-spitzen abschnitt, solange die Blütenkörbchen noch geschlos-sen waren. «Sobald sich diese öffnen, werden die Blätter bitter. Zum Würzen eignen sie sich dann nicht mehr.»

So arbeiteten sie sich gemächlich vorwärts, und bis sie die obere Dreisambrücke erreicht hatten, war ihre Rückentrage schon zu einem Drittel gefüllt.

«Gehen wir weiter in Richtung Thurnseeschloss. Dort kenne ich eine Wiese mit Schafgarbe. Kamille werden wir wohl auch noch finden, an den Wegrändern zwischen den Feldern. Und am Waldrand wächst der Rainfarn. Das sollte dann auch genügen für heute.»

Ginge es nach Serafina, würde sie den ganzen Tag an Gislas Seite durch die Landschaft wandern. Doch sie wusste inzwischen, dass Heilkräuter nur in der Kühle des Morgens geerntet werden durften, weil sie sonst an Wirkung verloren.

«Der Rainfarn ist übrigens das beste Mittel gegen Würmer. Nun ja, er wird auch noch anderweitig eingesetzt …» Die Alte grinste. «… aber das werde ich einer keuschen Schwester wie dir nicht auf die Nase binden.»

Serafina biss sich auf die Lippen. Sehr wohl wusste sie aus ihrer Konstanzer Zeit um die austreibende Wirkung des Rainfarnöls bei ungewollten Schwangerschaften. Sie selbst war zum Glück nie in eine solche Lage geraten – bis auf jenes schreckliche Mal in ihrer Zeit als Dienstmädchen, doch damals war sie jung und dumm gewesen und hatte von gar nichts gewusst.

Sie überquerten die Brücke und die Fahrstraße nach Kirchzarten, um auf den Feldweg einzubiegen, der zu dem halb verfallenen Fronhof des einst mächtigen Geschlechts der Thurner führte. Von dort war es nicht weit zum Waldrand, wo Barnabas' Hütte stand.

Wütende Männerstimmen ließen sie nach wenigen Schritten innehalten. Sie kamen von einer Baumgruppe nahe der Fahrstraße.

«Was ist das denn?» Serafina kniff die Augen zusammen. Da sie im ersten Licht der Morgensonne standen, während sich die Bäume noch im Schatten befanden, vermochte sie bis auf undeutliche Bewegungen nichts zu erkennen.

Dann aber war ein jämmerliches Wimmern zu vernehmen. «Lasst mich, verschont mich! Hab nichts getan!»

«Das ist doch Barnabas!»

Ohne nachzudenken schürzte Serafina ihren Rock und rannte los.

«Bleib hier», hörte sie Gisla rufen. «Was, wenn das Wegelagerer sind?»

Aber es war keine Bande von Straßenräubern, die dort im hohen Gras den Bettelzwerg in die Mangel nahmen, sondern zwei Männer in den weiß-roten Wappenröcken der städtischen Zöllner, die nicht weit von hier ihr Wachhäuschen hatten. Der eine hielt den zappelnden Barnabas an den Handgelenken fest, der andere schlug ihm ins Gesicht. Der arme Zwerg sah furchtbar aus: Aus seiner Nase rann Blut, und die linke Augenbraue war aufgeplatzt.

Serafina blieb stehen. «Lasst den Barnabas los! Sofort!»

Verdutzt sahen die Männer auf.

«Der Herrgott soll Euch strafen. Einen wehrlosen Menschen so zuzurichten!»

Barnabas spuckte einen Schwall Blut aus. «D-d-dich schickt der Himmel.»

«Verschwindet von hier, ehrwürdige Schwester!», rief ihr der ältere der beiden Männer alles andere als freundlich zu. «Das hier ist kein Anblick für Frauen.»

Zunächst begriff sie rein gar nichts.

«Da-das war ich nicht, Serafina», keuchte Barnabas und verzerrte das geschundene Gesicht zu einer Grimasse. «De-der Teufel selbst war's.»

Ein schrilles Heulen entfuhr seinem aufgerissenen Mund, und er begann erneut, wie ein Veitstänzer um sich zu schlagen. Serafina war fassungslos. Noch nie hatte sie den Bettelzwerg so außer sich erlebt. Zum ersten Mal verstand sie, dass manch einer Angst vor ihm hatte.

«So beruhige dich doch!»

Dann aber folgte ihr Auge seinen verzweifelten Blicken – und erstarrte.

Im Schatten der Bäume saß mit gespreizten Beinen ein Mann gegen einen mächtigen Baumstamm gelehnt, das Kinn zur Brust gesenkt, das aufgerissene helle Mönchsgewand über und über mit Blut bespritzt. Das Entsetzlichste aber war: Sein Leib war aufgeschlitzt vom Nabel bis zum Brustbein, war nur mehr eine einzige, riesige, klaffende Wunde, aus der das Gedärm quoll.

Sie bekreuzigte sich und kämpfte gegen den Brechreiz an, der ihr vom Magen in die Kehle stieg. Nie zuvor hatte sie so etwas Abscheuliches gesehen. Dennoch wandte sie den Blick nicht ab. Der Tote nämlich war niemand anderes als Bruder Rochus von den Wilhelmiten, und seine Stirn war, genau wie bei Hannes, mit einem Aschenkreuz gezeichnet!

«Kennt Ihr den Weißbruder etwa?», fragte der alte Zöllner. Er hatte es geschafft, Barnabas beide Arme auf den Rücken zu drehen und ihn zu Boden zu zwingen.

«Ja. Das ist Bruder Rochus von Sankt Wilhelm, Sohn von Cunrat Amman.» Ihr wurde abwechselnd heiß und kalt, ihre eigene Stimme kam ihr fremd vor. «Küster der Wallfahrtskapelle oben am Wald.»

Der Jüngere nickte eifrig. «Sie hat recht, ich hab ihn dort bei der Blutwundermesse gesehen.»

Sie drehte dem so grauenhaft zugerichteten Leichnam den Rücken zu. Jede Einzelheit hatte sich ihr ins Gedächtnis gebrannt: Dass dem Toten ein abgeschnittener Henkersstrick um den Hals gebunden war, dass in seiner Faust ein blutiger Dolch stak, dass er an der Schläfe verwundet war.

«Habt Ihr schon den Prior der Wilhelmiten verständigt?»

«Wie denn? Wir haben die Gräueltat ja eben erst entdeckt. Und diesen Zwerg hier sozusagen auf frischer Tat ertappt.»

«Ihr glaubt doch nicht etwa, Barnabas hätte …» Fassungslos erkannte sie, dass die Zöllner den Bettelzwerg, der jetzt leblos wie ein Toter bäuchlings im Gras lag, für den Mörder hielten. «Niemals! Wie kommt Ihr auf solchen Unsinn?»

«Ganz einfach», entgegnete der Ältere. Er band Barnabas die Hände auf dem Rücken zusammen.

«Dies hier …» Er deutete mit der Stiefelspitze auf einen großen, silbern glänzenden Schlüsselbund zu seinen Füßen. «… haben wir ihm aus der Hand gerissen. Ich verwette meinen Hals, dass er ihn dem Mönch geklaut hat. Der wird es gemerkt haben, und daraufhin ist's zum Streit gekommen.»

«Das könnte der Schlüssel zur Kapelle sein», murmelte Serafina. Barnabas hob den Kopf, um etwas zu sagen, doch es kam nichts heraus. Es sah aus wie ein Fisch auf dem Trockenen, der nach Luft schnappte. Aus seinen Augen rannen Tränen, sein ganzer Körper begann zu zittern und zu beben.

Sie beugte sich zu ihm und strich ihm über den Kopf.

«Hab keine Angst, Barnabas, bitte, hab keine Angst. Ich weiß, dass du unschuldig bist. Die Wahrheit wird ans Licht kommen.» Sie wandte sich an die Männer. «Jetzt lasst ihn los. Ich verbürge mich dafür, dass er nicht wegläuft.»

«Da käme er auch nicht weit, auf seinen kurzen Stumpen», grinste der Jüngere. Plötzlich hob er den Arm und winkte in Richtung Straße. «He, guter Mann, halt ein! Wir brauchen deinen Karren. Hierher, aber stracks!»

Unwillig führte der Bauersmann sein Maultier, das vor einen mit Reisig beladenen Karren gespannt war, zu ihnen her. Als er den aufgeschnittenen Leichnam unter den Bäumen ausmachte, stieß er einen Schreckensschrei aus.

«Allmächtiger – der Bruder Rochus!»

«Hör auf zu glotzen und komm her. Der Leichnam muss in die Stadt.»

«Aber doch nicht auf meinem Karren.»

«Wenn du nicht mit dem Zwerg hier im Gefängnisturm landen willst, schmeißt du jetzt sofort diesen Plunder von deiner Mistkarre und hilfst mit aufladen.»

Serafina zwang sich, nicht zu den Bäumen zu schauen, wo sich die beiden Männer gleich darauf an der Leiche zu schaffen machten. Währenddessen hatte Barnabas zu zittern aufgehört. Sein Bewacher lockerte den Griff.

Serafina sah den Zöllner durchdringend an. «Und Ihr glaubt allen Ernstes, dass Barnabas den armen Mann dort gemeuchelt hat?»

«Wer sonst? Außer ihm war weit und breit keiner zu sehen. Außerdem: Die Kraft dazu hätte er. Wie eine Wildkatze ist er vorher gegen uns gegangen. Hier …» Er zeigte ihr sein blutunterlaufenes Handgelenk. «… da hat er mich sogar gebissen, dieser Erzschelm.»

«Und warum hätte er so etwas tun sollen? Wegen eines Schlüsselbundes etwa? Das ist lächerlich.»

«Weiß ich, was im Schädel eines Unsinnigen vor sich geht? Vielleicht ist ja der Teufel in ihn gefahren.»

«Und der hat dann dem Toten auch den Dolch in die Faust gesteckt, was?», hörte sie plötzlich Gisla hinter sich sagen. Serafina hatte die Kräuterfrau ganz vergessen. «Lass ihn frei, Ignaz. Der Barnabas hat keinem was getan.»

«Was hast du hier zu suchen, Gisla?»

«Dasselbe wie immer: Grünzeug. Im Übrigen könntst grad so gut uns beide festnehmen. Wir waren nämlich auch hier in der Nähe. Oder die Knechte und Mägde …» Sie wies zur Straße. «… die jetzt überall auf dem Weg zu ihrem Tagwerk sind.»

Tatsächlich hatten sich derweil etliche Neugierige am Wegesrand gesammelt, die voller Entsetzen auf die Baumgruppe starrten. Das Gesicht des alten Zöllners lief rot an. «Potzsackerment – muss ich mir jetzt von Weibervolk sagen lassen, wie ich meine Arbeit zu verrichten hab?»

«Wäre vielleicht nicht falsch. So frag ich dich zum Beispiel: Hast du schon mal ein Schwein geschlachtet?»

«Was soll jetzt *das* Geschwätz?»

«Hast du, oder hast du nicht?»

«Ja, hab ich. Bei meinem Bruder auf dem Hof.»

«Und dein schöner fescher Rock …» Sie strich ihm über den Stoff seines weiß-roten Gewands. «… hätt der dann hernach immer noch so sauber ausgesehen?»

«Natürlich nicht», entgegnete der Mann unsicher. «Ich hätt mir ja auch einen Lederschurz übergezogen.»

«Siehst? Und jetzt zeig mir einen einzigen Blutsspritzer auf dem Barnabas seinem Kittel.»

«Das muss noch gar nichts heißen. Ich schaff ihn jetzt jedenfalls in die Stadt. – Seid ihr endlich fertig dahinten?», rief er seinem Genossen zu.

«Ja, wir können.»

«Wartet.» Serafina hielt ihn am Arm fest. «Habt Ihr den armen Kerl, den Ihr so vorschnell für einen blutrünstigen Mörder haltet, überhaupt ein einziges Mal zu Wort kommen lassen? Vielleicht hat er ja den wahren Missetäter sogar gesehen.»

Der Zöllner stierte sie verständnislos an.

«Hör zu, Barnabas», beschwor Serafina den Bettelzwerg. «Du musst jetzt alles erzählen, was du getan und was du gesehen hast. Alles genau der Reihe nach.»

«Barnabas ist traurig», flüsterte er heiser. «Das ist kein guter Tag heut, um der schönen Serafina zu begegnen.»

«Bitte, Barnabas!»

Der kleine Mann holte tief Luft. «Der Zwerg hat nichts getan, ich schwör's dir! Das Ding lag im Gras, dort, wo du stehst. Hat so schön geglitzert und gefunkelt im Morgentau, da hat der Barnabas es haben wollen für seine Schatzkammer. Und hat dann erst den Mann ohne Bauch entdeckt. Und ganz laut den heiligen Martin um Beistand gerufen, damit das Böse hinter den dunklen Bäumen nicht auch noch den Barnabas holt. Aber es kam kein himmlischer Schutz, nur diese zwei Männer, und die haben mich, den Barnabas, geschlagen.»

Er unterdrückte ein Schluchzen.

«Wo warst du zuvor? Bevor du den Schlüsselbund gesehen hast?»

«Dort.» Er streckte sein kurzes Ärmchen in Richtung Waldrand.

«In deiner Hütte?»

«Ja, in meinem kleinen Haus.»

«Wann bist du von dort fort?»

«Mit den Lerchen, wie jeden Morgen.»

«Und wo wolltest du hin?»

«In die Stadt, wie jeden Morgen.»

Der Zöllner haute ihn gegen die Schulter. «Da haben wir's. Ich kenn deine armselige Hütte. Der gerade Weg von dort in die Stadt führt gar nicht hier vorbei.»

«Der gerade Weg bringt Unglück», stieß Barnabas hervor. «Wisst Ihr das denn nicht? Nur wer …»

«Jetzt hab ich aber genug! Die Befragung eines Verdächtigen ist Sache der Ratsherren. Auf geht's, Narrenzwerg, ab in den Turm mit dir.»

Kapitel 15

*L*asst mich sofort zu ihm. Es ist schließlich unsere Aufgabe, einem Menschen in Not beizustehen.»

Langsam, aber sicher wurde Serafina wütend. Noch nie war einer der freundlichen Armen Schwestern der Zutritt zu einem Gefangenen verwehrt worden.

«Außerdem ist er verletzt», fügte sie hinzu.

Der Turmwächter des Christoffelstores, der ihr breitbeinig und mit seinem Stock in der Faust den Eingang zum Turm versperrte, grinste breit. Er war um einiges älter als sie, sein Gesicht mit Pockennarben überzogen.

«Es ist mir herzlich wurscht, was Eure Aufgabe ist, gute Schwester. Meine ist es jedenfalls, niemanden außer die Herren Untersuchungsrichter hereinzulassen.»

«Gut, dann warte ich eben auf die hohen Herren.»

Sie trat zurück und stellte sich zu der alten Kräuterfrau in den Schatten der Stadtmauer.

«Soll ich deiner Meisterin Bescheid geben, wo du bist?», fragte Gisla.

Serafina nickte dankbar. Eben gerade hatte sie beschlossen, sich nicht vom Fleck zu rühren, bis man sie zu Barnabas lassen würde. Und wenn sie sich den ganzen Tag die Beine in den Bauch stehen musste. Auf dem Weg hierher hatte sie nämlich vergebens versucht, mit Barnabas zu sprechen. Ignaz, der Zöllner, hatte sie angewiesen, Abstand zu seinem Gefangenen zu halten, hatte hierbei sogar sein Kurzschwert gezückt, und so waren sie und Gisla mutlos hinterhergetrottet bis zum Obertor. Dort hatte sich ein bewaffneter Büttel zu ihnen gesellt, während der Leichenkarren in Richtung Wilhelmitenkloster verschwand, wo er beschaut werden sollte.

Sie hatte es sich schon gedacht, dass man Barnabas nicht erst zur Anhörung in die Ratsstube, sondern gleich in einen der Tortürme bringen würde. Als sie schließlich beim Christoffelstor angelangt waren, hatte er sich noch einmal nach ihr umgedreht und ihr einen verzweifelten Blick zugeworfen.

«Verlier nicht den Mut, Barnabas, alles wird sich richten.»

Ihren Worten zum Hohn hatte der Stockwart ihn im Aufgang zum Turm mit drei kräftigen Stockschlägen in Empfang genommen, dann war die eisenbeschlagene Tür hinter den beiden ins Schloss gefallen.

Niedergeschlagen blickte sie Gisla hinterher, wie sie die Große Gass hinuntereilte, die sich jetzt mit Marktleuten und deren Kundschaft füllte. Für Serafina stand außer Zweifel, dass der Bettelzwerg mit dieser Gräueltat nichts zu tun hatte. Doch da war noch etwas, und das musste jedem, der mit Augen und Verstand gesegnet war, stutzig machen: Beide Toten waren mit einem Aschenkreuz gezeichnet gewesen, und da Bruder Rochus eindeutig dahingemetzelt worden war, konnte auch der erste Todesfall nichts anderes als ein Mord gewesen sein. Ganz gleich, wer da also seine teuflische Hand im Spiel hatte – dem armen Hannes stand ein christliches Begräbnis zu!

Dem Stand der Sonne und der zunehmenden Hitze nach ging es bereits gegen Mittag, als sich endlich zwei Herren in dunklem Tappert und Birett dem Christoffelsturm näherten.

Der eine war ausgerechnet Ratsherr Nidank, den kleinen, schmerbauchigen Mann an seiner Seite kannte Serafina ebenfalls, wenn auch nur flüchtig. Sie seufzte erleichtert auf: Ratsherr Laurenz Wetzstein, Zunftmeister der Bäcker, galt als besonnen und gradlinig. Im Schlepptau hatten sie denselben Schreiber, der schon im Hause Pfefferkorn die Feder geführt hatte.

Entschlossen stellte sie sich den Männern in den Weg.

«Gott zum Gruße, Ihr Herren.»

Wetzstein und der Schreiber nickten ihr freundlich zu, während Nidank ärgerlich die Stirn runzelte.

«Ihr schon wieder, Schwester?»

«Ganz recht. Für diesmal geht es mir um einen Menschen, der völlig unschuldig hier eingekerkert ist.»

«Ihr meint ja wohl nicht diesen Schandbuben, der um eines Schlüssels willen den Wilhelmiten abgestochen hat?»

«Ein Schandbube ist der, der die Tat begangen hat, allemal. Aber warum sollte Barnabas nur wegen eines Schlüsselbundes so etwas tun? Könnt Ihr mir das verraten?»

Nidank betrachtete sie herablassend. «Ihr seid neu hier, das merkt man. Die ganze Stadt weiß, dass dieser Narr alles sammelt, was funkelt und glänzt. Und davon gibt's in der Sakristei der Wallfahrtskapelle mehr als genug. Da ergibt das mit dem Schlüssel durchaus einen Sinn.»

«Barnabas ist dennoch unschuldig.»

«Was macht Euch da so sicher?», mischte sich Laurenz Wetzstein ein.

«Weil ich Barnabas kenne und meine Hand für ihn ins Feuer lege. Und weil ich bei seiner Festnahme dabei war. Er hatte nicht mal die Gelegenheit, sich zu erklären.»

«Wie? Ihr wart heute Morgen draußen vor der Stadt?»

«So ist es. Zusammen mit Gisla, der Kräuterfrau. Und wir waren ganz sicherlich nicht die Einzigen, die zu so früher Stunde unterwegs waren. Dabei stellt sich mir die erste Frage.» Sie wandte sich nun ganz Wetzstein zu. «Ihr habt doch den Leichnam gewiss schon besichtigt.»

«O ja.» Der Zunftmeister wischte sich den Schweiß von der Stirn. «Fürwahr kein schöner Anblick.»

«Ist er bereits ärztlich untersucht worden?»

«Was geht Euch das an?», fuhr Nidank dazwischen.

Wetzstein winkte ab. «So lass sie doch, Sigmund. – Ja, Schwester, Meister Henslin hat ihn mit aller Sorgfalt untersucht.»

Ausgerechnet Henslin, dachte Serafina. «Warum nicht der Stadtarzt?», setzte sie nach.

«Adalbert Achaz weilt zu dieser Stunde noch in Basel. Bis auf seine Rückkehr zu warten, wäre bei dieser Hitze, wie Ihr Euch denken könnt, ein Ding der Unmöglichkeit gewesen.»

«Sei's drum – hat Euch Meister Henslin sagen können, wie lange der Leichnam schon unter den Bäumen lag?»

Die beiden Ratsherren sahen sie verblüfft an. «Nein, davon hatte der Wundarzt nicht gesprochen», entgegnete Wetzstein schließlich.

«Seht Ihr?» Serafina konnte den Triumph in ihrem Tonfall nicht unterdrücken. «So mag der Mord also auch in der Nacht oder am Vorabend geschehen sein. Und dass Barnabas bei der Leiche gefunden wurde, wäre dann reiner Zufall. Ebenso hätte man Gisla und mich dort vorfinden können.»

Nidank wurde sichtlich ungeduldig. «Jetzt geht uns aus dem Weg, Schwester. Ihr stehlt uns unsere kostbare Zeit.»

«Ich möchte mit Euch kommen. Lasst mich mit Barnabas reden. Vielleicht hat er den wahren Mörder sogar gesehen.»

«Das schlagt Euch nur aus dem Kopf. Ihr habt bei unserer Befragung nichts zu suchen.»

«Ist das auch Eure Meinung?», fragte sie Laurenz Wetzstein, der ihren Worten aufmerksam zugehört hatte.

«Mein werter Ratskollege hat recht. Bei dieser ersten Anhörung darf selbstredend kein Außenstehender zugegen sein. Aber ich schätze Eure Fürsprache zugunsten des Verdächtigen, der bis zum Abfassen des Geständnisses durchaus als nicht schuldig gelten kann. Und ich werde Eure Einwände überdenken. Ansonsten müsst Ihr die Rechts- und Urteilsfindung schon dem Heimlichen Rat und seinen Beisitzern überlassen.»

Serafina spürte, dass sie hier nicht weiterkam. Ganz umsonst indessen wollte sie nicht auf die Ratsherren gewartet haben.

«Nur noch eines, werte Herren. Um noch einmal auf Hannes Pfefferkorn zurückzukommen: Beide Tote haben etwas gemeinsam, nämlich einen Strick um den Hals und ein Kreuz aus Asche auf der Stirn.» Sie sah Nidank durchdringend an. «Wollt Ihr noch immer verkennen, dass auch Hannes ermordet wurde? Dass er völlig zu Unrecht auf dem Schindacker verscharrt worden ist?»

Nidank schnappte nach Luft. «Jetzt ist's endgültig genug. Im Übrigen warne ich Euch ein für alle Mal: Hört endlich auf, in den Angelegenheiten des Rats herumzuschnüffeln.»

Noch vor dem Abendessen versammelten sich die Schwestern im Refektorium, um über das Geschehene zu sprechen. Nachdem Serafina Gelegenheit gehabt hatte, alles, was sie erfahren und erlebt hatte, zu berichten, ergriff Catharina das Wort.

«Unser Freund Barnabas steckt in ernsthafter Not, und wir

sollten uns beratschlagen, wie wir ihm in diesen schrecklichen Stunden beistehen oder gar aus seiner Lage heraushelfen können.»

«Heraushelfen?» Heiltruds ohnehin mürrische Miene verfinsterte sich noch mehr. «Als ob die hohen Herren bei Gericht uns Frauen überhaupt anhören würden. Zumal wir bei der Obrigkeit keinen guten Stand haben, um's gelinde auszudrücken.»

Darin musste Serafina ihr recht geben. Die Schwestern Zum Christoffel gehörten zu den wenigen Sammlungen, die sich weder einem der hiesigen Klöster unterworfen hatten, noch einen städtischen Pfleger über sich dulden mochten. Im ersteren Falle nämlich hätten sie durch ein Leben in Klausur ihren Dienst am Nächsten aufgeben müssen; im zweiten Falle hätten die Stadtherren über Neuaufnahmen ebenso wie über die Wahl der Meisterin entscheiden dürfen und jederzeit Zutritt zu ihrem kleinen Konvent gehabt, um über die Einhaltung der Hausordnung zu wachen. So lebten sie, gegen erhebliche Widerstände, noch immer ganz im Geiste der Beginen, wobei heutigentags allein dieser Begriff schon Argwohn, ja Feindseligkeit bei Kirche wie Obrigkeit nährte. Fast war es zu einer Schmähung geworden, Begine genannt zu werden – auch wenn sie und die anderen Freiburger Schwesternsammlungen dieses Wort für sich mit einem gewissen Stolz und Trotz selbst benutzten.

Catharina lächelte. «Dein Einwand, Heiltrud, ist gerechtfertigt. Wenngleich uns das nicht daran hindert, in der Stadt und im Umland ausreichend Fürsprecher für Barnabas zu finden. Das hat beim Blutgericht schon manches Mal über Leben und Tod entschieden, indem es die Richter dazu gebracht hat, nach Barmherzigkeit zu richten. So möchte ich jede von uns dazu aufrufen, in diese Richtung tätig zu werden, und zwar rasch. Ich fürchte, sehr viel Zeit bleibt uns nicht.»

Grethe, die eben erst aus der Stadt zurückgekehrt war, warf ein: «Übrigens hat das Volk in den Gassen schon seine eigene Erklärung gefunden. Das Ganze wäre ein Fluch, der umgeht. Der Teufel selbst würde sich alle Todsünder holen und ihnen zum Hohn das Aschenkreuz auf die Stirn schmieren. Es wird schon darauf gewettet, wer als Nächstes an der Reihe ist.»

Missbilligend schüttelte Catharina den Kopf. Dann ging ihr Blick zu Adelheid. «Die Stimmen aus deiner Familie hätten besonders viel Gewicht.»

«Das weiß ich wohl, Mutter Catharina.» Sie zögerte. «Wer aber sagt uns, dass Barnabas unschuldig ist? Was wissen wir schon über ihn? Er haust in diesem elenden Loch am Waldrand, streunt durch die Gegend wie ein herrenloser Köter, und wenn er nicht gerade Unsinn daherbrabbelt, wettert er über die Geistlichkeit. Ich hab ihn mehr als ein Mal sagen hören, dass Pfaffen und Mönche das überflüssigste Geschmeiß unter der Sonne seien. Für solcherlei Respektlosigkeiten wäre er längst im Gefängnisturm gelandet, wenn ihn die Freiburger Bürgerschaft nicht bislang für harmlos und blöde gehalten hätte. Jetzt aber, wo ausgerechnet ein Mönch bestialisch ermordet worden ist ...»

«Hör auf», herrschte Serafina sie an. Dann stutzte sie. Was hatte Adelheid da gesagt? Sie hielt inne. Nicht nur war Bruder Rochus ein Mönch, auch Hannes konnte, als Ministrant und künftiger Priester, im weitesten Sinne der Welt der Geistlichkeit zugerechnet werden. Und beide Male war Barnabas am Tatort gewesen, völlig außer sich! Auch bei Hannes, denn dass er sie dort hingeführt hatte, schloss nicht aus, dass er nicht schon zuvor in der Abtsgasse gewesen war. Was also, wenn er aus irgendeinem Grunde, einem Veitstänzer gleich, die Beherrschung verloren hatte?

«Wenn ich ehrlich bin», ließ sich nun Mette vernehmen, «mir hat er schon immer ein bisschen Angst gemacht, dieser Bettelzwerg. Allein, wie er einen manchmal anschaut. Als ob ein Dämon in ihm steckt.»

«Jetzt ist aber endgültig Schluss mit diesem unseligen Geschwätz.» Catharina, die sonst stets die Ruhe selbst war, schlug aufgebracht die Hand auf den Tisch. «Barnabas würde keiner Fliege etwas zuleide tun. Nur weil der Herrgott ihn anders geschaffen hat als unsereins, gibt uns das nicht das Recht, ihn für einen Unhold oder gar Mörder zu halten. Wir haben uns gelobt, den Ärmsten und Schwächsten zu helfen, und ebendies erwarte ich jetzt von euch. Alles andere wäre eine Schande für unsere Gemeinschaft.»

Eine Welle von Erleichterung durchfuhr Serafina. Ihre Zweifel verschwanden so plötzlich, wie sie gekommen waren. Wie hatte sie so etwas überhaupt nur denken können? Wo Barnabas doch fast schon verehrungsvoll von Hannes gesprochen hatte. Wie hatte er ihn genannt? Den feinen Hans mit dem weichen Herzen?

Sie musste unbedingt zu Barnabas in den Turm und herausfinden, ob er nicht doch etwas Wichtiges gesehen hatte.

Kapitel 16

Die nächsten beiden Tage waren die Frauen, soweit es ihr Tagwerk erlaubte, damit beschäftigt, für Barnabas nach Gnadenbittern vor Gericht zu suchen. Catharina mit der ängstlichen Mette an ihrer Seite klapperte die Klöster ab, an Adelheid und Grethe lag es, einzelne Bürger anzusprechen, und Heiltrud und Serafina suchten die Schwesternsammlungen und Regelhäuser auf. Acht Häuser dieser Art gab es in Freiburg, und die lagen kreuz und quer über die Stadt verstreut.

Wäre da nicht ihre große Sorge um Barnabas, hätte Serafina diese Streifzüge durch die Stadt ganz und gar genossen. Zumal der Himmel hoch und in blitzblankem Blau stand und der Höllentäler, ein erfrischender Wind aus den Bergen, die Sommerhitze erträglicher machte. Die Menschen zog es aus dem Dunkel ihrer Häuser und Werkstätten nach draußen, sie verrichteten ihre Arbeit auf der Gasse, vor den weit geöffneten Läden und Toren, um miteinander zu schwatzen, zu scherzen oder lautstark zu streiten. Wie Serafina schnell heraushören konnte, drehten sich ihre Gespräche fast alle um dieselbe Frage: Wie und warum waren der junge Pfefferkorn und Bruder Rochus zu Tode gekommen? Nicht wenige wollten von einem Fluch nichts mehr wissen, sondern hielten vielmehr den einge-

sperrten Bettelzwerg für einen zweifachen Mörder, der besser
heut als morgen aufs Rad geflochten gehöre!

Wie immer stakste Heiltrud einsilbig neben ihr her, in
ihrem eigentümlich abgehackten Gang, wenn sie nicht gerade innehielt, um ein stilles Gebet zu sprechen. Für diesmal
war das Serafina gerade recht. So konnte sie ungestört ihren
Gedanken nachhängen. Seit jenem Morgen vor der Stadt grü-
belte sie nämlich unablässig darüber nach, an was sie der Anblick der verstümmelten Leiche erinnerte. Sie hatte ein Bild im
Kopf, brachte aber keine Erklärung dafür zustande. Auch der
aufgeknüpfte Hannes passte in dieses Bild. Wo aber hatte sie
so etwas Ähnliches schon einmal gesehen?

Allzu viel kam bei ihren Bittgängen leider nicht heraus.
Lediglich bei den Schwestern im Regelhaus der Kötzin und
der Thurnerin stießen Serafina und Heiltrud auf offene Ohren. Blieb nur zu hoffen, dass ihre Gefährtinnen mehr Erfolg
hatten. Ein Lichtblick war indessen, dass sich die weitere
Untersuchung des Falles verzögerte, da die Bluttat auf der
Gemarkung der Oberen Würi geschehen war. Zwar gehörte
die kleine Ansiedlung am Dreisamufer ebenso wie die Untere
Würi und Adelhausen zu Freiburg, doch hatten die Dörfer
ihr eigenes Gericht. Kaum hatte man Barnabas gefänglich
eingelegt, war denn auch der Vogt der Würi in der Freiburger
Kanzlei vorstellig geworden, um mit allem Nachdruck die
Herausgabe des Gefangenen zu fordern: Man wolle mit den
eigenen Leuten über den Frevler Gericht halten und dies keinesfalls der Stadt überlassen. Schließlich sei das ohne Zweifel
ihr Mord und der vermeintliche Täter auf *ihrer* Gemarkung
wohnhaft. So eilten nun die jeweiligen Gerichtsboten mehrmals am Tag hin und her, und eine Einigung war nicht in Sicht.

Als sie am Nachmittag des zweiten Tages als Letztes das Haus der Willigen Armen Brüder in der ärmlichen Neuburgvorstadt besuchten, versprach ihnen der dortige Meister, in dieser Angelegenheit noch am selben Tag in der Ratskanzlei vorzusprechen.

«Glaubt mir, der Schreck über die Nachricht von Barnabas' Verhaftung ist mir gehörig in die Knochen gefahren.» Bruder Eberli blickte sie bekümmert an. «Ich kenne den kleinen Kerl schon, da ist er auf Kinderfüßen durch die Gegend getappt. Damals hat er noch alle zum Lachen gebracht. Seiner armen Mutter – Gott habe sie selig – habe ich auf dem Sterbebett versprochen, immer ein Auge auf ihn zu halten.»

Um zu den Brüdern in die Neuburg zu gelangen, musste man das Christoffelstor mit seinem vorgelagerten Zwinger passieren, und Serafina hatte es schier das Herz zerrissen, als sie an den Buckelquadersteinen des klotzigen Turms aufgesehen hatte. Irgendwo dort oben, hinter einer der winzigen Luken, lag Barnabas im Stroh. War da nicht sogar ein unterdrücktes Wimmern zu hören? Sie hatte sich zwingen müssen, den Turmwart, eben jenen pockennarbigen Mann von vor zwei Tagen, freundlich zu grüßen. Zusammen mit dem Torwächter hatte er am Mauerwerk gelehnt und sie beide hämisch angegrinst. Auf dem Rückweg dann stellte er sich ihnen in den Weg.

«Euer Zwerg hat großen Spaß mit seinen neuen Freunden, den Ratten und Flöhen.»

Heiltrud warf ihm einen bitterbösen Blick zu.

«Halt bloß dein herzloses Maul, Endres!»

Eines musste man Heiltrud lassen, dachte Serafina. So mürrisch und unfreundlich sie meist war, so ließ sie sich andererseits auch von keinem so schnell ins Bockshorn jagen.

«Du kennst den Kerl?», fragte sie, während sie sich durch das Feierabendgewühl der Marktstraße zwängten.

«Nur allzu gut.»

Ein ganz klein wenig versetzte Serafina diese Antwort einen Stich. Wann immer sie mit ihren Gefährtinnen unterwegs war, hieß es: Den kenne ich von hier, die kenne ich von dort. Alle im Haus Zum Christoffel waren in der Stadt oder in der näheren Umgebung aufgewachsen, hatten hier ihre Familien und kannten die halbe Einwohnerschaft. Nur sie nicht. Ihr waren die allermeisten Menschen fremd.

Sie knuffte Heiltrud in die Seite. «Nun red schon. Was ist dieser Endres für einer?»

«Er war mit meiner Schwester verheiratet.»

«Ach nein! Und wieso *war*?»

«Sie starb im Kindbett, mit ihrem vierten.»

«Das tut mir leid. Und Endres?»

Heiltrud schnaubte verächtlich. «Ihr Leichnam war noch nicht kalt, da hatte der Kerl schon ein neues Weib angeschleppt, eine Witwe, deren Erbe er ruck, zuck verprasst hat. Inzwischen kümmert er sich um gar nichts mehr. Die Kinder verwahrlosen, das Haus ist verlottert, weil er jeden Pfennig seines mageren Lohnes versäuft und verspielt.»

Serafina hatte ihr aufmerksam zugehört. Ein Gedanke reifte in ihr heran, wie sie diesen garstigen Turmwart für ihre Absichten einspannen konnte.

«Glaubst du eigentlich an Barnabas' Unschuld?», fragte sie nach einem Moment des Schweigens.

«Würd ich sonst mit dir hier durch die Gegend tappen? Ich hätt wahrlich genug andres zu tun.»

«Wie wir alle, ich weiß», seufzte Serafina und blieb stehen. Sie waren an der Laube zur Unteren Metzig angelangt. Von hier führte die Rossgasse zu den Barfüßermönchen und weiter zu ihrem kleinen Konvent.

«Kommst du nicht mit nach Hause?», fragte Heiltrud.

«Nein, ich will noch nach der Beutlerwitwe sehen. Der Bader hat ihr gesagt, sie soll jeden Tag ein wenig laufen mit ihrem kranken Fuß, und das geht nur, wenn jemand sie stützt. Willst du mich nicht begleiten?»

Heiltrud schüttelte den Kopf. «Ich muss noch einen Berg Wäsche waschen. Von der Betreuung kranker und armer Seelen allein können wir schließlich nicht leben.»

«Bis später also. Gib bitte Mutter Catharina Bescheid, wo ich bin.»

Als Heiltrud zögerte weiterzugehen, fragte Serafina: «Ist noch etwas?»

«Nein – oder doch. Sag mal, warst du wirklich nie verheiratet?»

Wahrheitsgemäß verneinte Serafina diese Frage.

«Und einen Mann – eine Liebe – gab es das in deinem Leben?»

Erstaunt sah sie Heiltrud an. Fing sie schon wieder an mit diesem elenden Bohren in ihrer Vergangenheit? Doch ihre Miene wirkte nicht lauernd, wie sonst bei ihrer Fragerei, sondern irgendwie traurig. Das ließ sie noch älter und verknitterter wirken.

«Es war halt nie der Richtige dabei», erwiderte Serafina ausweichend.

«Das versteh ich nicht. Du bist eine so schöne Frau, selbst in deiner grauen Beginentracht. Immer wieder glotzen dir die Mannsbilder hinterher, und wenn sie einen Blick, ein Lächeln von dir bekommen, schmelzen sie fast dahin.»

Standen da nicht Tränen in ihren Augen?

«Aber Heiltrud, was ist auf einmal mit dir?»

«Nichts», gab sie barsch zurück. «Vergiss, was ich gesagt habe.»

Dann stapfte sie davon, mit gebeugtem Rücken, als habe sie eine schwere Last zu tragen. Serafina spürte plötzlich Mitleid mit der verhärmten Frau, die sich selbst im Weg zu stehen schien. Würde sie nur hie und da auch einmal herzhaft lachen, beim Morgenessen mit den anderen tratschen und scherzen – um wie viel leichter könnte ihr Leben sein.

Nachdenklich ging sie die Große Gass hinunter in Richtung Schneckenvorstadt. Plötzlich hielt sie inne. Aus dem ehrwürdigen Wirtshaus Zum Elephanten trat eine ihr wohlbekannte Gestalt und hielt direkt auf sie zu. Adalbert Achaz! So war er also zurück aus Basel.

Nun gut, das war *die* Gelegenheit, ihn zu fragen, was er über den Mordfall und den Leichnam von Bruder Rochus wusste. Sie straffte die Schultern und beschleunigte ihren Schritt. Als sie sich ihm auf zwei Pferdelängen genähert hatte, trafen sich ihre Blicke. Da wechselte Achaz unvermittelt die Straßenseite und wäre in seiner Eile ums Haar vor die Räder eines schweren Fuhrwerks gelaufen!

Empört sah sie ihm nach. Was für ein feiges Mannsbild! Jetzt wollte er noch nicht einmal mit ihr zusammen gesehen werden.

Sie ballte die Fäuste. Na warte, Adalbert Achaz. Ich habe auch meinen Stolz, und den wirst du mir nicht nehmen.

Als Serafina an diesem Abend nach den Vigilien, die sie gemeinsam für ihre Stifter und Wohltäter gelesen hatten, zu Bett ging, konnte sie lange kein Auge zutun. Es schien ihr immer unwahrscheinlicher, dass Diebold Pfefferkorn mit Hannes'

Tod etwas zu tun hatte. Beide Opfer waren jeden Freitag in der Kapelle vor der Stadt gewesen, wo sie an der Blutwundermesse teilnahmen. Dort, in Sankt Peter und Paul, liefen die Fäden zusammen, nicht im Hause Pfefferkorn. Aber auch dann blieb die entscheidende Frage, was der Grund dafür sein konnte, dass jemand zu einer solch grausamen Tat fähig war.

Unwillkürlich kam ihr Ratsherr Nidank, dieser große Förderer der Wilhelmiten mit seiner Schwäche für hübsche Jünglinge, in den Sinn. Wenn man dem Ministranten Jodok Glauben schenken konnte, hatte er sich an Hannes herangemacht, und vielleicht war ja Bruder Rochus Zeuge dieser Schandtat geworden. Und hatte daher ebenfalls verschwinden müssen. Wenn Nidank seine Finger im Spiel hatte, wäre das zumindest eine einleuchtende Erklärung dafür, dass er sich seinerzeit so vehement für Selbstmord ausgesprochen hatte und ebenso vehement gegen eine Exhumierung des Leichnams. Hatte er ihr nicht sogar, vorgestern am Christoffelsturm, offen gedroht?

Andererseits – warum hatte Nidank dann nicht auch den Tod des Mönches als Selbstmord getarnt? Oder hatte ihm schlichtweg die Zeit hierfür gefehlt, weil er von Barnabas überrascht worden war? Plötzlich hatte sie wieder vor Augen, wie Nidank mit den Wilhelmiten und den Ministranten vor der Sakristei der Blutwunderkapelle stand und sich zu beraten schien. Was hatte Nidank mit Sankt Peter und Paul zu schaffen? War er es gar, der die Jungen für den Altardienst auswählte, was ja offenbar einer großen Auszeichnung gleichkam? Warum nur hatte sie vergessen, Jodok danach zu fragen? Womöglich waren die beiden neuen Ministranten jetzt ebenfalls in Gefahr – zumindest in Gefahr, ein Opfer von Nidanks Vorliebe für junge Kerle zu werden.

Ihre Gedanken verwoben sich auf der Schwelle zum Schlaf

zu einem Knäuel. Dies alles konnte sein oder auch nicht sein. Wurde zu Hirngespinsten, die sich mit den grellen Bildern grausam zugerichteter Leichname vermischten. Eines indessen war kein Hirngespinst: Sie hatte nun einen Einfall, wie sie zu Barnabas in den Turm kommen würde. Blieb nur zu hoffen, dass die Meisterin mitspielte.

Kapitel 17

«Du wirst immer schusseliger, Serafina.» Grethe hielt ihr den Gartenkorb unter die Nase. «Wenn das verrottete Zeugs da Gemüse sein soll, dann bin ich eine Geborene von und zu Habsburg.»

Serafina wurde rot. Was sie vor sich im Korb liegen sah, war in der Tat nichts als ein welker Haufen Unkraut, von ihrer Hand ausgerissen mitsamt Wurzeln und Erdklümpchen.

«Ojemine», stieß sie hervor. «Hoffentlich sind die Rüben und Rettiche dann nicht auf der Miste gelandet!»

Grethe starrte sie mit offenem Mund an. Dann begann sie lauthals loszuprusten, und Serafina fiel wider Willen in ihr Lachen ein. Wie gut das tat, nach all den angespannten Tagen.

«Na, ihr habt es aber lustig miteinander.» Die alte Mette war zu ihnen in die Küche getreten. «Darf man wissen, warum?»

«Schau nur …» Grethe schnappte nach Luft. «… was für eine erlesene Suppe ich euch heute zubereiten werde. Holdes Wildkraut auf Wurzelschnitt in Erdbollentunke. Köstlich.»

Mette schüttelte den Kopf. «Jetzt sag bloß, dass du das hier heut Morgen aus dem Garten mitgebracht hast.»

«Ich versteh auch nicht, wie mir das passieren konnte.»

«Kindchen, Kindchen, wo bist du bloß mit deinen Gedanken? Gestern erst bist du bei der Beutlerin aufgetaucht und hast mich mit großen Augen angeglotzt, obwohl ich dir doch laut und deutlich gesagt hatte, dass ich das übernehme mit dem Spazierenführen. Und dann hast du die gute Frau auch noch mit Kandlerin angesprochen.»

«Ist das wahr?», fragte Grethe und brach erneut in Gelächter aus. Da begann auch Mette zu lachen, bis ihr die mageren Schultern zitterten. Schließlich gab sie sich einen Ruck.

«Was ich euch sagen wollte: Die Meisterin lässt ausrichten, dass wir heute eine halbe Stunde später zu Morgen essen. Sie will zuvor noch den Stadtrat aufsuchen.»

Augenblicklich wurde Serafina wieder ernst. «Wegen Barnabas?»

«Ich denke schon.»

«Wie dem auch sei …» Grethe drückte ihr den Korb in die Hand und schob sie zur Küche hinaus. «… damit bleibt Zeit genug, den Schaden zu beheben. Und ich werd dich in den Garten begleiten und dir auf die Finger schauen. Sonst reißt du womöglich noch sonst was aus der Erde.»

«Es steht nicht gut um unseren Freund Barnabas», ergriff Catharina nach dem Dankgebet das Wort. Sie hatten das Morgenmahl, anders als sonst, mehr oder minder schweigsam hinter sich gebracht und warteten nun ungeduldig auf den Bericht ihrer Meisterin, die kurz zuvor aus der Ratskanzlei zurückgekehrt war.

«Es sieht ganz so aus, als würden sich nun der Vogt aus der Würi und unser Rat darauf einigen, dass die Freiburger über ihn zu Gericht sitzen. Man will nur noch die Rückkehr von Ratsherr Laurenz Wetzstein abwarten, der bis Montag auf Reisen ist.»

«Dann wird er also bald verurteilt?», fragte Grethe erschrocken. Sie nahm das Schicksal des Bettelzwergs fast ebenso mit wie Serafina.

«Nun – zunächst wird der Fall, ganz wie es unser Freiburger Stadtrecht fordert, sorgfältig geprüft. Es werden also noch Hinweise gesammelt und ausgewertet, Kundschaft über den Angeklagten eingeholt, mögliche Unschuldsbeweise geprüft und was noch alles mehr. Leider hat Barnabas bei seiner ersten gütlichen Befragung wohl hartnäckig geschwiegen, und Zeugen für seine Unschuld waren bislang auch keine aufzutreiben. Gegen ihn spricht natürlich …» Sie seufzte besorgt. «… dass er auf handhafter Tat ertappt worden ist, mit dem Schlüsselbund für die Sakristei der Kapelle in der Hand.»

«Das ist nicht wahr!», fiel Serafina ihr ins Wort, wohl wissend, dass dies ungehörig war. «Von wegen auf handhafter Tat. Barnabas hatte keinerlei Blutspuren an sich, und die Schlüssel hatte er im Gras gefunden.»

Catharina zuckte die Schultern. «Mehr konnte ich leider nicht in Erfahrung bringen, da das Untersuchungsverfahren üblicherweise im Geheimen und hinter verschlossenen Türen stattfindet.»

«Und wer ermittelt da?», fragte Serafina, wobei sie die Antwort bereits ahnte.

«Als Heimliche Räte sind das die beiden Edlen Sigmund Nidank und Cunrat von Kippenhein, sowie Zunftmeister Laurenz Wetzstein und Metzgermeister Erhard Häsli als deren Beisitzer.»

Serafina verzog das Gesicht. Mit der Erwähnung von Nidanks Namen sah sie alle Hoffnung schwinden. Hatte man da doch den Bock zum Gärtner gemacht.

«Seid versichert», beeilte sich die Meisterin fortzufahren, «dass alle vier ehrbare Männer sind und ihrer Pflicht, nach der

Wahrheit zu forschen, ihrem Eid gemäß nachkommen werden.»

Ehrbare Männer! Serafina musste an sich halten, nicht damit herauszuplatzen, was sie über Nidank wusste.

«Was aber geschieht, wenn Barnabas weiterhin schweigt?», fragte sie mit dünner Stimme. Sie glaubte den Bettelzwerg gut genug zu kennen, als dass sie ihm genau das zutraute.

«Nun …» Catharina zögerte. «Schweigt ein Angeklagter auch noch im zweiten Verhör und finden sich nicht mindestens zwei Zeugen zur Entlastung, so darf ihm die Tortur angedroht werden.»

«Die hernach dann ausgeführt wird», vollendete Serafina den Gedankengang. «Zumal Barnabas' Leumund unter den Geistlichen nicht der beste ist.»

Die Meisterin dachte über ihre Worte nach, dann schüttelte sie den Kopf. «Unser Stadtrecht schließt sehr junge Menschen ebenso wie Sieche, Schwangere und Unsinnige von der peinlichen Befragung aus. Du solltest nicht so schwarzsehen, Serafina. Dass Barnabas nicht ganz richtig im Kopf ist, wird gewiss berücksichtigt.»

«Fragt sich nur …» Dabei dachte Serafina wiederum voller Ingrimm an Nidank. «… ob die Heimlichen Räte einen Unsinnigen nicht plötzlich für geistig gesund erklären. Und dann steht der Marter durch Daumenschrauben und Streckbank nichts mehr entgegen.»

Die anderen Frauen hatten während der ganzen Unterredung betreten geschwiegen. Jetzt aber meldete sich Heiltrud zu Wort: «Was geschieht mit einem, der das alles übersteht und dennoch seine Unschuld beteuert? Weil er nämlich ohne Schuld ist und im Glauben an den Allmächtigen auch noch die qualvollste Pein erträgt?»

«Ja, das soll es schon gegeben haben», gab Catharina zur Antwort, doch es klang nicht sehr überzeugt. «Dann erhält man nach dem Schwur der Urfehde die Freiheit zurück und wird aus der Stadt verwiesen. Allerdings gehört man fortan zu den Unehrlichen.»

«Eine schöne Freiheit ist das», entfuhr es Grethe, während Serafina gegen die Tränen ankämpfen musste. Sie blickte reihum in die Gesichter ihre Gefährtinnen.

«Wir alle hier», sprach sie mit belegter Stimme, «sind im Glauben bestimmt um einiges gefestigter als Barnabas. Und trotzdem: Wer unter uns würde standhalten, wenn uns beim Aufspannen auf die Streckleiter die Knochen aus den Gelenken springen, wenn uns in den Schrauben Finger und Beine zerquetscht werden? Ich jedenfalls nicht. Ich würde am Ende alles zugeben, nur damit die Tortur ein Ende hat. Auch einen Mord.»

«Hör auf, so zu reden», bat Mette mit kreidebleichem Gesicht.

Serafina starrte zu Boden. Sie musste daran denken, wie sie in Konstanz einmal einen endlichen Rechtstag miterlebt hatte, bei dem der Stab über einem angeblichen Mordbrenner gebrochen wurde. Öffentlich, vor aller Augen auf dem Münsterplatz, hatten sich unter dem Vorsitz des Schultheißen zwei Dutzend Gerichtsherren versammelt, um in einem schier endlosen Palaver über Leben und Tod zu verhandeln. Zu Serafinas Verblüffung hatten jede Rede und Gegenrede, jede Gebärde, jeder Platzwechsel der Teilnehmer genau einstudiert gewirkt, gerade so, als hätten die hohen Herren ihre Rolle auswendig gelernt. Dabei wurden so unsinnige Fragen gestellt, ob man über diesen Fall nun ganz nach altem Brauch und Herkommen kaiserliches Recht ergehen lassen solle oder ob man zur richtigen Tageszeit zusammengekommen sei. Dreimal hatte der Schreiber das nach erfolgter Tortur abgelegte Geständnis verlesen, damit der Wortlaut auch dem dümmlichsten der zahllosen Zuhörer im Gedächtnis haften blieb. Am Ende erfragte der Richter von den Anwesenden das Urteil, das alsbald feststand: Tod durch Rädern von unten nach oben.

In diesem Augenblick hatte der Malefikant laut schreiend und am ganzen Leib zitternd sein Geständnis widerrufen und einen Unschuldsbeweis gefordert. Daraufhin hatten die beiden Schöffen, die in der Fragstatt Zeuge der Tortur gewesen waren, einfach ein weiteres Mal den Wahrheitsgehalt des erfolterten Geständnisses bestätigt, und damit war der arme Mann überführt. Er wurde sogleich, in der Obhut eines Priesters, dem Scharfrichter übergeben. Das Weitere, nämlich den Disput, ob man sein Vermögen einziehen, zu welcher Stunde man die Strafe vollstrecken und wer in welcher Reihenfolge hinaus zur Richtstätte mitreiten solle – all das hatte Serafina sich erspart und war mit mühsam unterdrücktem Schluchzen davongelaufen.

«Was für einen Sinn hat ein solcher Rechtstag überhaupt», brach es jetzt aus ihr heraus, «wenn ohnehin alles längst feststeht? Wenn eine Handvoll Ratsherren im Geheimen den Fall ganz unter sich entscheiden dürfen? Und dabei denjenigen, den sie für schuldig halten, nach Willkür und Belieben quälen, bis er gesteht? Da geht es doch gar nicht um Wahrheitsfindung und Gerechtigkeit, sondern einzig darum, möglichst schnell zu einem Geständnis zu kommen.» Sie holte tief Luft. «Kein Mensch stellt sich dabei die Frage, wie sich ein womöglich Unschuldiger vor der Todesstrafe bewahren lässt.»

Eine Zeitlang blieb es so still im Refektorium, dass man hätte eine Nadel auf den Boden fallen hören können. Dann ergriff die Meisterin das Wort, und es fiel ihr sichtlich schwer, besonnen zu bleiben.

«So ist es nun mal Brauch seit Urzeiten, in Freiburg wie anderswo. Doch selbst am endlichen Rechtstag, wenn der Vierundzwanziger vor dem Münster sein Urteil fällt, ist noch nicht alles verloren. Das Gericht kann dann immer noch nach Gnade und Barmherzigkeit richten und das Urteil in Milde umwandeln, wenn genügend Gnadenbitten eingereicht wurden. Und so ganz erfolglos war unser Gang durch die Stadt ja nicht. Immerhin haben wir einige einflussreiche Bürger zum Nachdenken gebracht, wie etwa den Kaufherrn Pfefferkorn.»

«Was, den Pfefferkorn?», entfuhr es Heiltrud und Serafina gleichzeitig.

Jetzt lächelte Catharina wieder. «Ja, ebenso wie den Guardian der Barfüßermönche und den Medicus Adalbert Achaz. Sogar unseren städtischen Bettelvogt haben wir erweichen können. Damit möchte ich unsere morgendliche Versammlung beenden.»

Heiltrud erhob sich: «So lasst uns denn, bevor wir an die Arbeit gehen, für Barnabas eine Andacht halten und die Heilige Mutter Maria voll der Gnaden um Fürbitte anrufen.»

Keine halbe Stunde nach der Andacht klopfte Serafina an Catharinas Tür.

«Herein!»

Als sie eintrat, stand ihre Meisterin am Lesepult, tief über die Rechnungsbücher gebeugt.

«Ich wollte mich zunächst entschuldigen, Meisterin. Für meine heftigen Worte und dass ich dich in der Rede unterbrochen habe.»

Catharina winkte ab. «Lass gut sein. Was also hast du auf dem Herzen?»

«Wir müssen der peinlichen Befragung von Barnabas unbedingt zuvorkommen. Sobald Barnabas gesteht, weil er die Tortur nicht mehr erträgt, ist doch sein Urteil gefällt. Dann gibt es kein Zurück mehr.»

«Ach Serafina, wir können den Lauf der Dinge nicht durchbrechen. Außerdem vergisst du die Möglichkeit des Losbittens.»

«Darauf sollten wir uns nicht verlassen.»

«Nun gut. So, wie ich dich kenne, hast du bereits einen Einfall.»

Serafina nickte heftig.

«Es gibt da noch eine winzige Möglichkeit. Ich möchte zu Barnabas in den Turm, um mit ihm zu reden. Und zwar noch bevor Ratsherr Wetzstein zurück in Freiburg ist und das Verfahren seinen Lauf nimmt. Ich werde den Eindruck nicht los, dass er mehr weiß, als wir oder die Ratsherren ahnen. Nur wenn wir die Wahrheit herausfinden, erlangt Barnabas seine Freiheit zurück.»

«Du weißt, dass niemand zu ihm darf.»

«Ja, aber der Turmwart ist bestechlich. Von Heiltrud hab ich erfahren, dass er seinen kargen Lohn versäuft. Und so hatte ich mir gedacht … Wir könnten doch …»

«Was?»

Serafina holte tief Luft. «Meine vergoldeten Ohrringe. Ich biete sie ihm an, wenn er mich zu Barnabas lässt.»

«Niemals!» Das sonst so gutmütige Gesicht der Meisterin legte sich in strenge Falten. «Das verstößt nicht nur gegen unsere Regeln, sondern auch gegen das Gesetz.»

«Bitte, Mutter Catharina! Was ist so ein kleiner Rechtsverstoß gegen die himmelschreiende Ungerechtigkeit, wenn ein Unschuldiger zum Tode verurteilt wird? Außerdem – haben wir nicht erst gestern über die sieben leiblichen Werke der Barmherzigkeit geredet? Darüber, dass wir den Hungrigen speisen wollen, den Durstigen laben, den Nackten bekleiden, den Fremden beherbergen, den Kranken besuchen, den Sterbenden begleiten – und den Gefangenen befreien?»

Eine schier unendliche Zeit schwieg die Meisterin. Dann zog sie mit einem hörbaren Seufzer die Schatulle mit den Wertsachen aus ihrer Kiste und öffnete sie.

«Vielleicht hast du recht. Aber niemand darf davon erfahren. Und du gehst nicht allein, wie du dir denken kannst. Heiltrud wird dich in den Turm begleiten.»

«Heiltrud? Nein, verzeih, Meisterin. Aber das wäre unklug. Du weißt selbst, wie schwatzhaft sie manchmal sein kann. Außerdem sind sie und der Turmwart sich alles andere als grün, denn sie kennen sich gut. Endres war nämlich einst mit ihrer Schwester verheiratet.»

«Wen schlägst du also vor?»

«Ich denke da an Grethe. Barnabas mag sie, zu ihr hat er Vertrauen.»

Catharina drückte ihr die Ohrringe in die Hand. «Du bringst mich noch in Teufels Küche. Gebt bloß acht, dass niemand von der Sache Wind bekommt.»

Hastig steckte Serafina die Ringe in ihre Rocktasche und umarmte ihre Meisterin. «Ich danke dir. Von mir und Grethe wird niemand etwas erfahren. Und dieser Endres wird in jedem Fall den Mund halten. Der wäre sein Amt nämlich los, wenn das herauskäme.»

«Hoffen wir, dass du recht behältst.»

«Da ist noch etwas», begann Serafina und versuchte, möglichst beiläufig zu klingen. «Was denkst du eigentlich über die Blutwundermesse?»

«Um ehrlich zu sein, halte ich diese Art von öffentlichen Glaubenskundgebungen eher für zweifelhaft. Ein Gotteshaus ist kein Jahrmarkt. Doch offenbar braucht der Mensch solcherlei Spektakel, um die Gegenwart Gottes zu spüren, gerade jetzt, angesichts der Kämpfe um das wahre Oberhaupt unserer Kirche.» Sie unterbrach ihre Ausführungen. «Aber du wolltest etwas über das Blutwunder wissen.»

«Ja», antwortete Serafina. «Ich war bislang zweimal bei der Messe dabei, und sie geht mir nicht aus dem Kopf. Wer hat alles damit zu schaffen?»

«Ich war nur einmal Zeuge gewesen, gleich beim ersten Mal, zum Karfreitag dieses Jahres», sagte Catharina. «Bis dahin war ich dem Eremiten, diesem Bruder Cyprian, ein paar Mal begegnet, beim Überreichen von Almosen, und er erschien mir von eher einfältigem Gemüt, ohne Bildung, des Lesens und Schreibens unkundig. Aber weißt du was? Am besten begleitest du mich nachher zu Bruder Matthäus, dem Prior der Wilhelmiten. Ich bin gut mit ihm bekannt und wollte ohnehin heute bei ihm vorbeischauen, um auch ihn von Barnabas' Unschuld zu überzeugen. Dort wirst du alles erfahren, was du wissen möchtest.»

Kapitel 18

Auf dem Weg in die Schneckenvorstadt, wo fast ausnahmslos Gerber, Färber und Fischer ihr Handwerk betrieben und es daher für empfindliche Nasen nicht gerade angenehm roch, erfuhr Serafina noch einige bedeutsame Dinge über die hiesigen Wilhelmiten.

Einstmals war ihr Konvent sehr reich und angesehen gewesen. Draußen in Oberriet hatten die Brüder über viele Jahrzehnte hinweg eine ansehnliche Grundherrschaft mit reichlich Waldbesitz aufbauen können, hier in der Freiburger Niederlassung flossen ihnen seitens der Bürger großzügige Spenden und Jahrzeitstiftungen zu. All das hatte ihren Reichtum stetig gemehrt, bis das Schicksal sie vor gut zwanzig Jahren böse heimgesucht hatte. Ein verheerendes Feuer hatte in ihrem Waldkloster Bibliothek und Klosterarchiv vernichtet und auch sonst großen Schaden angerichtet. Kaum wiederaufgebaut, war es vor drei Jahren ein zweites Mal fast bis auf die Grundmauern abgebrannt. Damit hatte die wirtschaftliche Blüte der Wilhelmiten ein jähes Ende gefunden, und es galt fortan, jeden Pfennig in den Neuaufbau des Waldklosters zu stecken.

So stand es denn sehr schlecht um die Brüder zu Sankt Wilhelm – bis zu jenem denkwürdigen Tag jedenfalls, als der

Einsiedler die Wundmale Christi empfangen hatte und die unbedeutende kleine Kapelle zum Wallfahrtsort wurde, wo sich die Gläubigen angesichts dieses himmlischen Gnadenerweises mit großzügigen Spenden von ihren Sünden loskauften.

Sie hatten das Kloster, das sich im hintersten Winkel der Vorstadt an die Stadtmauern drückte, erreicht.

«Ist Bruder Rochus schon bestattet?», fragte Serafina, nachdem Catharina die Glocke der Klosterpforte geläutet hatte. Es war die Zeit zwischen Sext und Non, gemeinhin die Ruhezeit im klösterlichen Alltag, und so würden sie niemanden bei Gottesdienst oder Arbeit stören.

Die Meisterin nickte. «Gestern kam er unter die Erde. Der Herr sei seiner Seele gnädig.»

Sie bekreuzigte sich, und Serafina tat es ihr nach.

Kurz darauf wurde ihnen geöffnet. Serafina hatte nie zuvor ein Kloster von innen gesehen, auch nicht das der Barfüßer, deren Kirche sie regelmäßig zur Messe besuchten. So vermochte sie auch nicht zu sagen, ob der Konvent der Wilhelmiten besonders wohlhabend war – viel weitläufiger und besser ausgestattet als ihr kleines Anwesen im Brunnengässlein war er allemal. Da gab es eine eigene Schmiede und Bäckerei, kleine Werkstätten und Stallungen, und hinter einer halbhohen Bruchsteinmauer lugte das Grün eines Obstgartens hervor.

Der Portarius führte sie in die Klausur, wo sie einen Mönch allein und gesenkten Hauptes im Kreuzgang wandeln sahen.

«Bruder Matthäus!», rief Catharina leise und winkte ihm zu.

Als der Prior sie erkannte, hellte sich seine sorgenvolle Miene auf. Die Ereignisse um seinen Mitbruder Rochus hatten den hageren, entsagungsvoll wirkenden Mönch sichtlich mitgenommen. Nachdem die Meisterin ihm Serafina vorgestellt hatte, beteten sie zunächst gemeinsam das «De Profundis» für den Verstorbenen.

«Was also führt Euch zu mir, liebe Schwestern?», fragte Bruder Matthäus schließlich freundlich.

«Um es kurz zu machen: Es geht um Barnabas, den vermeintlichen Mörder von Bruder Rochus», erwiderte Catharina im Flüsterton, obwohl der Kreuzgang menschenleer war. «Haltet Ihr ihn für fähig, eine solche Freveltat begangen zu haben?»

«Nun, ich bin noch nicht allzu lange hier in Freiburg und kenne ihn kaum. Nach allem, was ich weiß, mag er uns Kuttenträger nicht besonders, gelinde gesagt, und …»

«Er plappert vielleicht vorschnell heraus, was ihm in den Kopf kommt, aber er ist ein durch und durch friedliebender Geselle», sprudelte es aus Serafina heraus. Als sie Catharinas missbilligenden Blick wahrnahm, setzte sie hinzu: «Verzeiht, Bruder Matthäus. Ich hätte Euch nicht unterbrechen dürfen.»

«Es sei Euch verziehen, Schwester.» Der Prior unterdrückte ein Lachen. «Ich sehe schon: Ihr beide haltet den Bettelzwerg für unschuldig.»

«In der Tat.» Catharina sah ihn beschwörend an. «Ich kenne ihn nun schon, seit ich unserer Sammlung beigetreten bin. Barnabas ist ein hilfsbereiter kleiner Kerl, der sich für keine Mühe zu schade ist, der sich noch nie etwas zuschulden hat kommen lassen. Auch wenn er das Gemüt eines Kindes hat und dafür oft verlacht wird, so hat er auch die Unschuld eines Kindes.»

«Das mag sein. Und trotzdem weiß niemand, was im Kopf eines Unsinnigen wirklich vor sich geht. Vielleicht hat er sich ja bedroht gesehen? Vielleicht hat ja auch Satan seine Spießgesellen in ihn fahren lassen? Wer von uns weiß das schon. Für das Gericht ist er allein deshalb schon verdächtig, weil er beide Male am Ort des Grauens war. Unter den Ratsherren ist man sich inzwischen so gut wie sicher, dass er nicht nur unseren Mitbruder, sondern auch diesen armen Ministranten gemeuchelt hat.»

Also doch. Serafina biss sich auf die Lippen. Jetzt plötzlich galt Hannes' Tod nicht mehr als Selbstmord. Und sie selbst hatte womöglich den Anstoß dazu gegeben, als sie die beiden Ratsherren auf die Gemeinsamkeiten zwischen den Leichnamen hingewiesen hatte. Dass dadurch Barnabas noch schlimmer in Verdacht geriet, war das Letzte, was sie bezweckt hatte.

Für Walburga Wagnerin, Pfefferkorns Frau, indessen mochte diese Wende des Schicksals eine unendliche Erleichterung sein, erst recht aber für den wahren Mörder, nach dem nun kein Mensch mehr suchen würde. Und falls dieser Mörder womöglich Sigmund Nidank hieß, würde es ihm als Heimlicher Rat ein Leichtes sein, dem armen Barnabas die Taten anzuhängen.

«Heißt das, Ihr schließt Euch der Meinung der Ratsherren an?», setzte Mutter Catharina nach.

«Das habe ich so nicht gesagt.» Bruder Matthäus rieb sich nachdenklich die Stirn. «Um ehrlich zu sein: Ich kann es mir nicht vorstellen, wie ein solch kleiner Mensch zwei ausgewachsene, wenn auch nicht allzu kräftige Männer derart zuzurichten vermag. Da müsste schon eine rasende Furie in ihn gefahren sein. Andererseits hat es das alles schon gegeben.»

«Da Ihr nicht sicher seid, könnte Barnabas in Euren Augen ebenso gut unschuldig sein. Ist es nicht so?»

«Ganz recht, Mutter Catharina», stimmte er nach einem kurzen Zögern zu.

«Nun, dann hätte ich – dann hätten wir alle vom Haus Zum Christoffel einen Herzenswunsch. Sprecht Euch beim Gericht für Barnabas aus, bittet um Gnade und Milde.»

«Ihr verlangt viel von mir, schließlich ist Bruder Rochus eines der Opfer.»

«Ich weiß», erwiderte die Meisterin leise und sah ihm unbeirrbar in die Augen.

Der Prior begann zu lächeln, und sein Gesicht wirkte um etliche Jahre jünger.

«Ich werde darüber nachdenken. Zumal ich, wie Ihr wisst, Eure Menschenkenntnis schon immer über alles geschätzt habe.»

«Danke, Bruder Matthäus. Und ich flehe Euch an, lasst Euch nicht zu viel Zeit damit.»

«Keine Sorge, Mutter Catharina.» Der Prior legte ihr beruhigend die Hand auf die Schulter. «Ich weiß, wie wichtig jede einzelne Stimme im Falle der Unschuld wäre.»

Die Meisterin nickte. «So mag Gott seine schützende Hand über Barnabas halten. – Aber da ist noch etwas anderes. Schwester Serafina ist erst nach Ostern hierher nach Freiburg gekommen und möchte mehr über das heilige Blutwunder wissen.»

«Das freut mich. – Ach, seht her. Das trifft sich ja gut.»

Bruder Matthäus deutete auf zwei Mönche, die ihnen in diesem Moment mit in den Ärmeln verschränkten Händen entgegenschritten. Der eine war kräftig und nicht allzu groß, der andere umso hochgewachsener und dünner.

«Dort kommt Bruder Blasius, unser Bursar. Er als Kaplan der Wallfahrtskapelle kann Euch über alles Auskunft geben.» Er winkte die beiden Männer heran und wollte sie einander vorstellen. Doch der Bursar kam ihm zuvor.

«Wir kennen Schwester Serafina bereits.» Er nickte den beiden Frauen erfreut zu.

«Auch gut, Bruder Blasius. Sie möchte etwas über die Gnade erfahren, die unserem Cyprian zuteil geworden ist. Und wer, wenn nicht du, könnte ihr besser darüber Auskunft geben. – Und jetzt entschuldigt mich bitte, ich muss zur Pforte. Eine Lieferung Wein wird gleich eintreffen.»

Serafina spürte, wie Blasius sie wohlwollend betrachtete. Sein Begleiter, der junge Mönch Immanuel, wollte schon weitergehen, doch der Bursar hielt ihn am Ärmel fest. Dann setzte er ein gutmütiges Lächeln auf und wandte sich Serafina zu.

«So fragt mich denn frei heraus, was Ihr wissen mögt. Wie ich gehört habe, seid Ihr ja fremd in der Stadt und noch nicht allzu lange bei den freundlichen Armen Schwestern. Nun ja, eine Frau wie Ihr …» Immer noch lächelnd, sah er ihr offen ins Gesicht. «… seid sicherlich mitten im Leben gestanden, bevor Ihr Euch für die Vita apostolica entschieden habt.»

Serafina hielt seinem Blick stand. Hatte er etwa auch Erkundigungen über sie eingezogen? Zugleich musste sie innerlich fast lachen. Dieser gutaussehende Mann mit seiner tiefen, warmen Stimme und den wachen Augen war gewiss kein Mensch von Traurigkeit. Er hatte die Gesichtszüge eines Genießers, und sie würde ihre Beginentracht verwetten, dass er schon mehr als ein Mal seinen Fuß in ein Hurenhaus gesetzt hatte.

«Es ist nie zu spät, zu einem gottesfürchtigen Leben zu finden», gab sie keck zurück.

«Da habt Ihr selbstredend recht.» Er lachte. «Schließlich erinnere ich mich, Euch bei unserer Blutwundermesse schon zweimal in vorderster Reihe gesehen zu haben. Allerdings mit ziemlich zweiflerischem Ausdruck, wie ich meine.»

«So etwas bekommt man schließlich nicht alle Tage zu sehen.» Sie bemühte sich, zu einem sachlichen Tonfall zurückzufinden. «Hat Bruder Cyprian eigentlich an den übrigen Wochentagen keinerlei Wundmale?»

«Fürwahr nicht. Der himmlische Gnadenerweis besteht ja auch darin, dass unser Mitbruder nur an den Freitagen, dem Kreuzigungstag des Herrn, die Stigmata erfährt.»

«Und das genau zu jener Stunde, von der die Heilige Schrift erzählt? Von jetzt auf nachher?»

«Ganz genau. Höre ich da etwa wieder Zweifel aus Eurer Stimme?»

Damit hatte er natürlich ins Schwarze getroffen. Mochte er als Kaplan und Priester auch mit Inbrunst an das Wunder glauben, das da jeden Freitag vor sich ging – wer sagte ihr, dass er nicht Opfer eines begnadeten Scharlatans war? Es begann ihr Spaß zu machen, Blasius herauszufordern.

«Und wie ergeht es dem Einsiedler an den übrigen Tagen?», fuhr sie unbeirrt fort. «Ist es wahr, dass er nur von Wasser und geweihten Hostien lebt?»

«Ei, nun.» Blasius machte eine abwehrende Handbewegung. «Das macht der Volksmund draus. Die Wahrheit ist: Zur Abendstunde, da unser Heiland sein letztes Mahl mit seinen Jüngern geteilt hatte, da nimmt auch unser Bruder Cyprian einen Becher Wein und ein Stückchen Brot zu sich. Mehr aber nicht, denn ein Begnadeter wie er braucht keine leibliche Nahrung. Geistliche Labsale wie Gebet und Exerzitien sind ihm genug.»

«Seid Ihr etwa Tag und Nacht bei ihm, oder woher wollt Ihr das wissen? Davon kann schließlich kein Mensch leben.»

«Wir wissen das, weil wir an das Wunder glauben.» Seine überaus angenehme Stimme wurde noch sanfter. «Und weil wir Gott in unserem Herzen tragen. Nicht wahr, Bruder Immanuel?»

Er legte dem jungen Mönch neben sich den Arm um die Schulter. Serafina glaubte zu bemerken, wie Immanuel unter dieser Berührung zusammenzuckte.

«Mir scheint», wandte sich Blasius wieder an sie, «Ihr eifert dem ungläubigen Thomas nach, indem er nicht an Jesu Auferstehung glaubt und sagt: *Wenn ich nicht in seinen Händen sehe die Nägelmale und lege meinen Finger in die Nägelmale und lege meine Hand in seine Seite, kann ich's nicht glauben.*»

«Da liegt Ihr nicht ganz falsch.»

«Dann müsstet Ihr aber auch wissen, dass Jesus am Ende zu Thomas spricht: *Selig sind, die nicht sehen und doch glauben.* Und eben darauf kommt es an, Schwester Serafina. Ihr solltet Euch vielleicht hin und wieder in die Lektüre der Heiligenlegenden vertiefen, um Euch zu vergegenwärtigen, welch wunderbare Dinge einem gläubigen Menschen widerfahren können.»

Serafina glaubte, einen leisen Spott aus seinen Worten herauszuhören. «Nun, Bruder Cyprian wird sich wohl kaum in das Leben der Heiligen und Märtyrer vertieft haben, wenn er gar nicht lesen kann, wie ich gehört habe. Warum also ist das Wunder gerade *ihm* geschehen?»

«Eben darum. Weil er nämlich eine einfältige Seele ist, die sich so sehr nach Gott sehnte und sich hierfür sogar als Einsiedler kasteite, bis der Allmächtige ihn mit besonderen Gnadenbeweisen beschenkte.»

«*Selig sind, die da geistlich arm sind, denn das Himmelreich ist ihr*», gab sie nun ihrerseits nicht ohne Hohn in der Stimme zurück. Dabei war ihr nicht entgangen, wie der junge Immanuel während ihres Gesprächs von Blasius' Seite abgerückt war und jetzt unruhig seine Finger knetete. Er wirkte durch und durch angespannt. Plötzlich schoss ihr der Gedanke durch den Kopf, dass Blasius womöglich derselben Vorliebe frönte wie Nidank. Doch dann schüttelte sie innerlich den Kopf. Nein, nicht dieser Mann, der mit seinen Blicken an ihr als Weib förmlich klebte.

«Ihr sagt es, Schwester Serafina. Möchtet Ihr sonst noch etwas wissen? Es wird nämlich gleich zur Non läuten, und im Gegensatz zu Euch Beginen nehmen wir die Stundengebete sehr ernst.»

«Ja, eine letzte Frage habe ich noch. Was hat eigentlich Ratsherr Nidank mit der Wallfahrtskapelle zu tun?»

Um Bruder Blasius' Augenlider begann es zu zucken. Auch der junge Mönch starrte sie entgeistert an. Offenbar hatten sie beide mit einer solchen Frage nicht gerechnet.

«Ratsherr Nidank ist ein großer Förderer des geistlichen Lebens im Allgemeinen und unseres Ordens im Besonderen. Und so hat ihm die Stadt die Pflegschaft über die Kapelle übertragen, seinem Einsatz zum Dank ist unser Kirchlein wieder so hübsch hergerichtet worden.» Sein Blick wurde kühl. «Warum wollt Ihr das wissen?»

«Nur eben so. Ich bin doch neu in der Stadt. Wählt Ratsherr Nidank dann auch die Ministranten aus?»

«Nun, ich wüsste zwar nicht, was Euch das anginge, aber sei's drum.» Seine Gesichtszüge entspannten sich wieder. «Da er in den Jahren zuvor die Pflegschaft über die städtische Lateinschule innehatte, weiß er am besten, wer von den Freiburger Knaben geeignet ist für diese ehren- und verantwortungsvolle Aufgabe. – Im Übrigen …» Er nahm sie zur Seite und führte sie zu einer der Säulen des Kreuzgangs. «… habe ich erfahren, dass Euch der Tod des jungen Hannes Pfefferkorn sehr nahe gegangen ist. Nun, Eure Fähigkeit des Mitgefühls ehrt Euch, doch solltet Ihr Euch auf das beschränken, was Eure Pflicht und Aufgabe ist. Nämlich für die Toten zu beten und den Angehörigen geistlichen Trost zu spenden. Um alles andere braucht Ihr Euch nicht zu kümmern.»

«Und woher habt Ihr das, was Ihr mir gerade unter die Nase reibt? Oder muss das ein Geheimnis bleiben?»

«Keineswegs, Schwester Serafina. Ratsherr Nidank hat mir berichtet, dass Ihr Euch in die medizinische Untersuchung des Leichnams eingemischt hättet. Wenn Ihr in dieser unseligen Angelegenheit noch etwas Gutes tun möchtet, dann betet für die arme Mutter des Jungen.»

Er winkte den jungen Mönch heran.

«Und nun muss ich Euch wirklich hinausbitten, sosehr ich das bedaure. Bruder Immanuel wird Euch zur Pforte geleiten.»

Als sie das Oberrieter Gässlein betraten, hatte es zu regnen begonnen. Sie streiften sich ihre schwarzen Wolltücher über den Schleier und machten sich auf den Weg.

«Was hatte eigentlich der Bursar so im Abseits mit dir zu besprechen?», fragte die Meisterin.

«Er hat mich ermahnt, mich nicht in die Angelegenheiten der Familie Pfefferkorn einzumischen», gab Serafina ausweichend zur Antwort.

«Da bin ich ganz seiner Meinung. Es reicht, wenn wir für Barnabas um Gnade bitten. Nebenbei bemerkt, muss ich dich tadeln, Serafina. Als freundliche Arme Schwester solltest du einem Mönch und Priester mehr Respekt zollen. Und deine Worte gebührender vortragen.»

«Nur weil er ein Mann ist?», entfuhr es Serafina.

«Und deine Blicke solltest du auch mehr im Zaum halten», setzte die Meisterin nach, ohne ihren Einwand zu beachten.

«Für dein neues Leben hier bei uns hast du noch einiges zu lernen. Mich wundert, dass Bruder Blasius bei alldem noch so freundlich geblieben ist.»

Serafina biss sich auf die Lippen. Catharina hatte ja recht. Sie konnte mit den Mannsbildern schließlich nicht umgehen, wie sie es von Konstanz her gewöhnt war. Sonst würde sie sich womöglich nur noch selbst verraten.

Sie blieb stehen. «Ehrlich gesagt, glaube ich inzwischen, Blasius hat etwas gegen mich. Seine Freundlichkeit heute war nicht echt. Und hast du bemerkt, wie angespannt der junge Mönch neben ihm war? Als er uns zur Pforte gebracht hat, hat er die ganze Zeit zu Boden gestarrt. Ich hatte fast den Eindruck, als hätte er Angst vor irgendetwas.»

Da wich Catharinas ernste Miene einem Lachen.

«Was dir so alles auffällt! Du bist schon manchmal ein merkwürdiger Mensch, Serafina. Jedenfalls sollten wir uns freuen, dass der Prior einer Gnadenbitte zugunsten von Barnabas nicht abgeneigt ist.»

«Woher kennst du eigentlich den Prior? Ich meine, wo er doch noch gar nicht so lange hier in Freiburg lebt, wie er gesagt hat.»

«Ich kenne ihn schon seit meiner Kindheit. Er ist wie ich in Straßburg aufgewachsen, nur zwei Häuser weiter.»

Bildete es sich Serafina ein, oder war da ein Anflug von Röte über Catharinas Wangen gezogen?

«Wann kann ich zu Barnabas in den Turm?», fragte sie, um schnell das Thema zu wechseln. «Jetzt gleich, falls Grethe zu Hause ist?»

«Ich weiß, dass dir das auf den Nägeln brennt», erwiderte Catharina. «Auch wenn ich kaum glaube, dass etwas dabei herauskommt. Aber trotzdem solltest du bis Montag früh

174

warten. Jetzt ist Feierabend, Ende der Woche, und es sind viel zu viele Menschen unterwegs. Gleich Montagmorgen bei Sonnenaufgang, denke ich, wäre die beste Zeit, um halbwegs unbemerkt in den Turm zu kommen.» Sie schüttelte den Kopf. «Du glaubst gar nicht, wie unwohl mir bei dieser Sache ist. Und jetzt lass uns noch beim Apotheker vorbeigehen. Unsere Vorräte an Salben sind fast aufgebraucht.»

Kapitel 19

Keine Stunde später bogen sie von der Sattelgasse her in ihr dunkles, enges Gässchen ein.

«Was ist das denn?» Catharina schob sich das Wolltuch aus dem Gesicht und kniff die Augen zusammen.

Vor ihrem Tor drängten sich ein gutes Dutzend Männer im Nieselregen, zumeist Handwerker aus ihrer Gasse, und schwatzten aufgeregt durcheinander.

«Unglaublich! – Was für ein Schelmenstück! – Wer weiß, vielleicht ist ja was dran?», konnte Serafina heraushören.

Als sie näher kamen, erkannte sie, was die Aufmerksamkeit der Leute so erregte. Wie vom Blitz getroffen blieb Serafina stehen: Auf der Toreinfahrt, gleich unter dem in Stein gehauenem Kreuz, hatte jemand mit schwarzer Rußfarbe eine Reihe von Buchstaben geschmiert, die in der Feuchtigkeit zu zerrinnen begannen. Obgleich der letzte Buchstabe nicht erkennbar war, stand ihr das Wort groß und deutlich vor Augen: Hurenhaus!

Sie holte tief Luft, machte auf dem Absatz kehrt und lief los. Was für ein Rabenaas!, fluchte es in ihr. Das wird der Kerl mir büßen!

Sie hörte noch, wie Catharina ihr etwas hinterherrief, sah aus dem Augenwinkel Grethe mit Eimer und Bürste bewaffnet aus dem Tor treten, dann hatte sie auch schon das Brunnengässlein hinter sich gelassen. Erschrocken sprangen die Menschen beiseite, während sie mit wehendem Umhang und als ob der Leibhaftige hinter ihr her sei quer über den regennassen Platz Bei den Barfüßern rannte. Vor dem Haus Zum Pilger blieb sie schwer atmend stehen und rammte mit voller Wucht den Türklopfer gegen den Beschlag.

Plötzlich spürte sie, wie ihr jemand gegen die Schulter tippte.

«Ihr wollt zu mir, Schwester Serafina?»

«Achaz!» Wütend funkelte sie ihn an. «Du Schuft, du abgefeimter Ränkeschmied …»

«Vorsicht!» Er legte ihr die Hand auf den Mund, während er mit der anderen die Tür aufsperrte. «Wollt Ihr, dass alle Welt Euch hört? Auf Ehrverletzung steht der Pranger, das müsstet Ihr wissen!»

«Das sagt gradwegs der Richtige. *Ihr* gehört an den Pranger gestellt.» Sie schlug seine Hand weg, ließ sich aber dann doch von ihm in die Diele und von dort in die Wohnstube drängen. Sie wartete noch, bis die Tür hinter ihr zuschlug, dann begann sie erneut:

«Ist das jetzt die Rache dafür, dass ich Euch ‹feige› genannt habe? Dass ich Euch Euer Versagen als Stadtarzt vorgeworfen habe? Ja, so seid ihr allesamt, ihr Mannsbilder. Die Wahrheit könnt ihr nicht vertragen, und greift man euch mit *einem* Stock an, haut ihr mit dreien zurück.»

«Was redet Ihr da …»

«Ihr verachtet mich, ich hab's geahnt. Ihr verachtet mich, weil ich einst eine Hübschlerin war. Ihr gehört zu denen, die sich zu fein sind, ins Frauenhaus zu gehen, nicht wahr?»

«Ich verachte Euch nicht, ganz und gar …»

Sie ließ ihn nicht zu Wort kommen. «Oder ist es genau

andersherum? Drückt Ihr Euch womöglich lieber in dunklen Scheunen und dreckigen Verschlägen mit billigen Schlupfhuren herum?»

«Serafina! Hört auf!»

Sein Mund zog sich gequält zusammen, in seinem Blick lag eine Mischung aus Bestürzung und Traurigkeit.

«Ja, Ihr habt recht, Serafina. Ich war nie ein Mann, den es zu den Hübschlerinnen zieht, denn ich hatte einst eine ganz wunderbare Ehegefährtin an meiner Seite. Und ein Hurenhaus hab ich im Leben überhaupt nur ein einziges Mal aufgesucht, und das war, nachdem ...» Er unterbrach sich. «Ach, was geht Euch das an. Aber eines sollt Ihr doch noch wissen: Es hat mich in der Tat verletzt, von Euch ‹feige› genannt zu werden. Gerade von Euch.»

Er trat auf sie zu. Hastig wich sie zurück und stieß dabei heftig gegen den Tisch. Etwas fiel mit leisem Klirren zu Boden und zerbrach. Es war einer der beiden Glaskolben, der eben noch dort gestanden hatte.

Ohne darauf zu achten, hielt er sie beim Arm fest.

«Was um aller Welt ist geschehen, dass Ihr hierher stürmt wie von einer Wespe gestochen?»

Ihre Wut war plötzlich Verunsicherung gewichen.

«Dann wart Ihr das gar nicht?»

«Was?»

«Diese Wandschmiererei – auf dem Tor zu unserem Haus.»

Er schüttelte nur stumm den Kopf. Noch immer hielt er sie fest und sah ihr tief in die Augen. Sein Gesicht war jetzt dicht an ihrem. Für einen Augenblick blieb die Zeit stehen. Dann ließ er sie los.

«Jemand hat ‹Hurenhaus› übers Tor geschrieben», sagte sie mit heiserer Stimme.

«Und Ihr habt allen Ernstes geglaubt, ich sei das gewesen?»

«Ja», flüsterte sie, «aus Rache.»

Jetzt wirkte er noch betroffener als zuvor. Kleinlaut sah sie zu Boden. «Es tut mir leid. Ich dachte, das könnt nur Ihr gewesen sein, nach allem, was ich Euch an den Kopf geworfen habe. Und nach allem, wie auch Ihr Euch verhalten habt. Vor allem aber seid Ihr der Einzige, der um meine Vergangenheit weiß.»

Da er weiterhin schwieg, bückte sie sich, um die Glasscherben aufzuklauben.

«Nein, lasst das bitte. Ihr könntet Euch schneiden. Ich mach das später weg.»

Sie richtete sich wieder auf, und Achaz fragte leise: «Glaubt Ihr mir jetzt also, dass ich das nicht getan habe?»

«Ja.» Sie wich seinem Blick aus.

«Ach Serafina, ich kann's Euch ja nicht mal verdenken.» Er sah aus dem halboffenen Fenster. «Hab ich mich doch selbst einige Male benommen wie der dümmste Tölpel. Glaubt mir, es ist sonst wirklich nicht meine Art …» Er druckste herum. «… ich meine, dass ich … dass ich Euch so einfach …»

«Dass Ihr gestern beim Elephanten die Straßenseite gewechselt habt?»

Verdutzt sah er sie an. Dann antwortete er hastig: «Ja, genau. Ich wollt Euch damit nicht kränken. Aber Ihr müsst wissen, gegenüber dem Wirtshaus stand Ratsherr Nidank, und *der* brauchte uns wirklich nicht zusammen zu sehen, zumal er weder auf Euch noch auf mich gut zu sprechen ist.»

Sie spürte, dass es nicht das war, was er ihr eigentlich hatte sagen wollen. Dass es nur eine Ausflucht war. Dennoch wollte sie nicht weiter nachbohren, ahnte sie doch, dass er den Kuss zwischen ihnen meinte, jene flüchtige Zärtlichkeit an ihrem letzten Abend in Konstanz. Plötzlich machte sie die Erinnerung daran verlegen wie ein junges Mädchen.

«Dass *ich* dem hohen Herrn ein Dorn im Auge bin», sagte sie mit rauer Stimme, «weiß ich inzwischen auch. Aber was habt Ihr noch mit ihm zu schaffen?»

«Er hat mich noch einmal aufgesucht und mir ausdrücklich nahegelegt, dass die Angelegenheit Hannes Pfefferkorn erledigt sei – sowohl für den Rat der Stadt als auch für die Familie des Toten. Woraufhin ich ihm – ein wenig zornig zugegebenermaßen – sagte, dass wenn ich meiner Aufgabe als Stadtarzt nicht nachkommen könne, ich mir überlegen müsse, nach meiner Probezeit Freiburg zu verlassen.» Er scharrte mit der Schuhspitze über den Boden. «Womöglich wäre das ohnehin das Beste.»

Sie tat, als hätte sie den letzten Satz überhört. «Wann hat Nidank Euch das gesagt? Vor oder nach dem Mord an Pater Rochus?»

«Zwei Tage davor.»

Sie stieß ein verächtliches Lachen aus. «Ich verwette meinen Schleier, dass Nidank demnächst bei Euch aufkreuzen wird, um das Gegenteil zu verlangen. Nämlich den armen Hannes als Mordopfer wieder auszugraben. Barnabas soll nämlich nicht nur den Mönch, sondern auch den Jungen umgebracht haben.»

«Ich weiß. Im Übrigen habe ich, gleich nach meiner Rückkehr aus Basel, beim Rat darauf gedrungen, mir den Leichnam des Mönches anzusehen. Aber ich kam zu spät, er war schon bestattet.»

«Das bedeutet also, man wird nie herausfinden, ob Pater Rochus am frühen Morgen gemeuchelt wurde oder bereits in der Nacht oder am Tag zuvor.»

«So ist es. Wobei ich das nach so vielen Tagen wahrscheinlich ohnehin nicht mehr hätte feststellen können.»

Das hatte sie befürchtet. Plötzlich stutzte sie. «Was habt Ihr eigentlich in Basel gemacht? Ihr wollt doch wohl nicht zurück in die Dienste des dortigen Bischofs?»

«Um Himmels willen, nicht nach dieser unseligen Sache in Konstanz.» Er hielt betreten inne.

Fast fühlte sich Serafina ertappt, dass sie Achaz niemals gefragt hatte, ob er ihretwegen damals in Schwierigkeiten geraten war und deshalb Konstanz verlassen hatte. Und warum es ihn ausgerechnet nach Freiburg verschlagen hatte. Doch sie wagte nicht, an dieser entsetzlichen Geschichte mit dem toten Leibwächter des Bischofs auch nur zu rühren.

«Nein», fuhr er fort, «ich war bei seinem Schwager, dem Grafen von Hohenstein, einem Mann, den ich sehr schätze. Um vorzufühlen, ob er mich als Leibarzt brauchen könnte, falls man hier in Freiburg meiner Dienste überdrüssig wird.»

Ohne darauf einzugehen, sagte sie: «Es tut mir leid wegen des Glaskolbens. Ich weiß, so etwas kostet ein kleines Vermögen.»

Achaz winkte ab.

«Falls ich meine Probezeit hier möglicherweise doch zu Ende bringe, so werde ich genug verdienen, um das Ding ersetzen zu können.» Um seine Augen zuckte es schon wieder verschmitzt. «Ich kann ja noch froh sein, dass der andere Kolben heil geblieben ist. Darin befindet sich nämlich Schwefelwasser, und wenn das ausgelaufen wäre, müsste ich die nächste Zeit draußen im Hof schlafen, so ekelhaft stinkt das Zeug.»

Serafina blieb ernst. «Wenn Ihr es nicht wart mit dieser Schmähung – wer könnte noch von meiner Zeit im Frauenhaus wissen? Habt Ihr mit irgendwem darüber gesprochen?»

«So wahr ich hier vor Euch stehe: nein! Aber ich verspreche Euch eines, Serafina. Ich werde es herausfinden. Wenn da einer am helllichten Tag eine Mauer vollschmiert, dann muss das auch jemand beobachtet haben, selbst bei diesem Hundewetter. Im Übrigen solltet ihr Schwestern Anzeige erstatten. Das ist eine Ehrverletzung höchsten Ranges.»

Sie schüttelte den Kopf. Plötzlich kam ihr ein Gedanke: Was, wenn *sie* gar nicht gemeint gewesen war? Womöglich sollte dieser schimpfliche Angriff der gesamten Schwesternsammlung gelten – als Warnschuss zum einen, sich nicht weiterhin für Barnabas einzusetzen, und als Versuch zum anderen, ihr Haus in einen so schlechten Ruf zu bringen, dass man sie vor Gericht als Gnadenbitterinnen gar nicht erst zulassen würde.

«Das Beste wird sein», sagte sie, «wenn wir dem gar keine Beachtung schenken. Sonst bauscht sich das Ganze nur noch mehr auf.» Sie fühlte sich plötzlich erschöpft und ließ sich auf der Bank neben dem Tisch nieder. Unter ihrem nassen Umhang begann sie zu frösteln. «Etwas anderes ist jetzt viel dringlicher. Ich hab gehört, dass auch Ihr für Barnabas sprechen wollt, und das freut mich. Da ist aber noch etwas, was Ihr tun könnt. Wenn der Rat auf Euch zukommt wegen der Exhumierung – und das wird er tun –, dann lasst Euch etwas einfallen, um die Untersuchung des Leichnams zu verzögern. Ihr müsst Zeit schinden, versteht Ihr? Das Gericht muss in die Länge gezogen werden. Das ist der einzige Weg, wie wir Barnabas noch retten können, jetzt, wo er den Hals so gut wie in der Schlinge hat.»

«Keine Sorge, das werde ich tun. Dieser Zwerg wäre der Letzte, dem ich eine solche Tat zutrauen würde.» Er deutete auf einen Krug, der auf der Fensterbank stand. «Wo Ihr nun schon einmal hier seid: Wollt Ihr nicht Euren Umhang ablegen und doch ein Krüglein Wein mit mir trinken? Jetzt, wo wir sozusagen Frieden geschlossen haben?»

Serafina zögerte. Wie er da so vor ihr stand, dieser große, massige Mann mit dem jungenhaften, fast schüchternen Lächeln, bekam sie fast Lust, seine Einladung anzunehmen.

«Nein, ich bin schon viel zu lange hier», wehrte sie schließlich ab. «Wahrscheinlich zerreißt sich unten auf der Gasse längst jemand das Maul über mich. Aber wer weiß – vielleicht ergibt sich ja eines Tages eine andere Gelegenheit.»

Als Serafina ins Haus Zum Christoffel zurückkehrte, hatte es zu regnen aufgehört, und die Schrift über dem Tor war verschwunden. Nur noch ein langgestreckter feuchter Fleck zeugte von der niederträchtigen Tat. In den Häusern der Gasse waren die Handwerker dabei, ihre Werkstätten für den Sonntag aufzuräumen, ein herrenloses Huhn irrte zwischen den Pfützen umher, ansonsten lag das Brunnengässlein wieder ruhig und verlassen.

Sie machte sich sogleich auf den Weg zu Catharina, um ihr plötzliches Fortlaufen zu erklären, doch deren Zimmertür war verschlossen.

«Sie sind alle unterwegs», hörte sie Heiltrud hinter sich sagen. «Kommen erst zum Essen zurück.»

Serafina drehte sich um. Ihre Mitschwester starrte sie mit zusammengekniffenen Augen an.

«Kannst dir ja vorstellen, was hier für eine Aufregung geherrscht hat. Mit ist noch ganz schlecht davon. Unser gottesfürchtiges Haus so in den Dreck zu ziehen.»

«Ist die Meisterin deshalb fort? Wollte sie zur Ratskanzlei?»

«Nein. Mutter Catharina hat uns angewiesen, das Ganze

zu vergessen. Wobei mir das sehr schwerfällt. Zum Glück hat Grethe die Mauer wieder sauber bekommen.»

«Mutter Catharina hat recht. Ein dummer Bubenstreich war das, nicht mehr und nicht weniger. Ist Grethe auch weg?»

Liebend gern hätte Serafina in diesem Augenblick ihre Freundin bei sich gehabt.

«Ja. Sie ist zur Kandlerin. Sie liegt wohl im Sterben.»

«Das tut mir leid», murmelte Serafina.

«Ihre Zeit ist längst gekommen. – Hilfst du mir, das Essen vorzubereiten? Ich bin spät dran, wegen dem Berg Wäsche, den ich noch zu machen hatte.»

Heiltrud war alles andere als eine begnadete Köchin, und Serafina verzog das Gesicht.

«Na gut. Fangen wir gleich an.»

Sie folgte Heiltrud in die Küche, wo ein Haufen Gemüse auf dem Tisch lag. In einem der Töpfe auf dem Herd schmorte schon ein halbes Huhn.

«Wir haben uns übrigens alle sehr gewundert …» Heiltrud reichte ihr ein Messer, und Serafina setzte sich auf einen der Holzschemel. «… warum du vorhin wie eine Unsinnige davongerannt bist. Die Meisterin war darüber reichlich ungehalten.»

«Ich werde es ihr hernach erklären.»

Heiltruds Blick wurde lauernd. Dann sagte sie langsam, wobei sie jedes Wort betonte:

«Wer weiß – vielleicht bist ja allein *du* damit gemeint gewesen?»

Serafina fiel das Messer aus der Hand. «Bist du jetzt vollends närrisch geworden? Was soll das?»

«Ich hab mir halt so meine Gedanken gemacht. Vielleicht war der Schmierfink ja einer deiner enttäuschten Liebhaber?»

«Potzhundertgift! Dass dich die …»

184

«Du sollst nicht fluchen! Und lass es dir gesagt sein: Ich hab gute Gründe für meinen Verdacht.» Sie zog ein vergilbtes Blatt Papier aus der Tasche. «Soll ich das hier den anderen zeigen?»

Der Brief von Thidemann! Gütiger Herr im Himmel, warum nur hatte sie das Schreiben des jungen Ritters nicht sorgfältiger vor Heiltrud versteckt? Oder noch besser gleich vernichtet? Jetzt könnte sie sich ohrfeigen dafür. Dumme Gefühlsduseleien hatten sie veranlasst, ihn aufzuheben und mit nach Freiburg zu nehmen – und das nicht etwa, weil sie an Thidemann gehangen hätte. Es war nur so, dass sie über die schönen Liebesworte so gerührt gewesen war, dass sie sich einfach nicht davon zu trennen vermochte.

Sie riss Heiltrud das Papier aus der Hand.

Meine geliebte Serafina, du schönste aller Frauen!, stand da in schwungvoller Schrift zu lesen. *In deinen Armen möcht auf ewig ich verweilen, an deinem weißen, festen Busen, an deiner warmen, zarten Haut. Du schönste aller Frauen, mit deinen Augen voller Glut, den Brauen wie der Sichelmond gewölbt, dein dunkles Haar, viel weicher noch als Seidentuch aus Chinaland. Und erst dein Mund mit diesen vollen Lippen, feucht und rot wie die Korallen, die das Meer umspült. All das muss ich nun lassen, ich bedauernswerter Mann. Doch ich komm wieder, meine Liebe. Bald schon komm ich wieder. Dein Thidemann von Lützelbach.*

Thidemann von Lützelbach war ihr Lieblingsfreier gewesen, fast so etwas wie ein Freund, und keiner konnte seine Schmeicheleien in so wunderbare Worte fassen wie dieser junge Ritter. Kurzerhand knüllte sie das Papier zusammen und warf es in den Ofen.

«Dann hast du also wieder in meinen Sachen herumgeschnüffelt?»

«O nein, das musste ich gar nicht. Ich habe die Betten abgezogen, und dabei hab ich es unter deiner Strohmatte gefunden.»

Serafina lehnte sich zurück. Erst der Schrecken mit der Wandschmiererei, jetzt dieser Brief. Und zu alledem quälte sie die Scham darüber, dass sie Adalbert Achaz zu Unrecht verdächtigt hatte. In ihrem Kopf drehte sich alles.

«Hast du … hast du den Brief der Meisterin gezeigt?», fragte sie Heiltrud. Sie konnte nicht verhindern, dass ihre Stimme zitterte.

«Ich wollte zuerst eine Erklärung von dir.»

«Weißt du was?» Serafina sprang so unvermittelt von ihrem Schemel auf, dass er laut polternd zu Boden ging. «Mein Leben geht dich überhaupt nichts an! Und deinen Mist hier …» Sie zeigte auf das Gemüse. «… kannst du allein fertig machen.»

KAPITEL 20

✛

Am Montagmorgen erwachte Serafina noch vor dem ersten Hahnenschrei. Heute war der alles entscheidende Tag. Es musste ihr einfach gelingen, zu Barnabas vorgelassen zu werden.

Am Vorabend hatte die Meisterin sie mit ernster Miene gebeten, gleich nach ihrer Rückkehr vom Turm bei ihr zu erscheinen. «Allein, ohne Grethe», hatte sie gesagt. «Ich möchte einige Dinge mit dir bereden.»

Jetzt kleidete Serafina sich in Windeseile an und huschte in die Kammer nebenan, um Grethe wach zu rütteln.

«Los, steh auf. Wir müssen zu Barnabas.»

«Es ist ja noch kuhdunkel», murrte ihre Freundin verschlafen, schälte sich aber dann doch aus ihrer Decke.

Draußen im Hof schlug ihnen die Kühle der Nacht entgegen, doch die rosenfarbenen Wolkenfetzen, die über der stillen Stadt lagen, verrieten, dass es bald Tag sein würde. Hie und da klappten die ersten Läden der Werkstätten auf, und in der Großen Gass begegneten sie dem Sauhirten, der die Schweine der Bürger hinauf zur Burghalde trieb.

Serafina betete, dass kein anderer als Endres Wachdienst hatte. Dies in Erfahrung zu bringen, hatten sie nämlich versäumt. Als sie das Christoffelstor erreichten, öffneten sich gerade mit lautem Ächzen die Flügel des Torturms. Sie warteten, bis der Wächter auch noch das Vortor in der Zwingermauer aufgestoßen hatte, dann fragte Serafina mit ihrem liebenswertesten Lächeln nach dem Turmwart.

Der Mann deutete auf das Stübchen, das an den Christoffelsturm angebaut war.

«Der liegt wahrscheinlich noch im Nest und schnarcht.»

Sie mussten mehrfach anklopfen, bis sich die schmale Tür einen Spaltbreit öffnete. Endres' narbiges Gesicht schaute heraus, ungewaschen und mit zottigem Haar in der Stirn.

«Zwei freundliche Arme Schwestern am frühen Morgen! Wenn das keine Überraschung ist.» Er grinste.

«Gott zum Gruße, Endres. Dürfen wir eintreten?»

«Oha! Ist euch das denn erlaubt, ein Mannsbild in seiner Stube aufzusuchen? Doch halt, dich kenne ich doch. Bist du nicht die Beschützerin unseres kleinen Meuchelmörders?»

«Nicht so laut.» Serafina senkte die Stimme. «Wir haben einen kleinen Handel vorzuschlagen.»

Sie spürte, wie zuwider es ihr war, freundlich zu bleiben. Zumal der Bursche sie einfach duzte. Ihre Finger in der Rocktasche umfassten die Ohrringe.

«Dann nur herein mit Gottes Segen.»

Sie betraten die halbdunkle Kammer, in der gerade mal ein Bett, ein wackliger Stuhl und eine Holztruhe Platz fanden. Der Gestank nach schimmligen Wänden, billigem Fusel und nächtlichen Ausdünstungen raubte einem schier den Atem. Hinzu kam, dass Endres nichts am Leib trug als ein kurzes loses Hemd, und als er sich jetzt bückte, um seine Stiefel aus dem Weg zu räumen, kam sein blanker Hintern zum Vorschein. Fürwahr nicht der angemessene Anblick für eine junge Regelschwester, dachte Serafina und stellte sich vor Grethe.

Der Armen war deutlich anzusehen, wie unwohl ihr auf einmal zumute war. Dabei war Grethe ansonsten ganz und gar nicht zimperlich.

«Ihr könntet Euch wenigstens Beinkleider und eine Jacke überziehen», sagte Serafina streng.

«Muss ich das denn?» Mit unverhohlener Begierde musterte er sie. «Gefallen tätet ihr mir beide. Da werd ich mich schwertun mit der Wahl.»

Sie trat entschieden auf ihn zu, so nah, dass sie seinen schlechten Atem roch, und sah ihm direkt in die Augen. Aus Erfahrung wusste sie, dass dies den meisten Männern den Wind aus den Segeln nahm, und der hier war ein ganz gewöhnliches altes Großmaul. Davon abgesehen kannte sie genügend schmerzhafte Kniffe, um sich ein Mannsbild erst mal vom Leib zu halten.

«Schämt Euch! Wenn Ihr Euer Mütchen kühlen wollt, dann gefälligst im Haus Zur Kurzen Freud. Und jetzt hört mir zu.» Sie machte eine vielsagende Pause, ehe sie fortfuhr: «Lasst uns mit Barnabas reden, und es wird Euer Schaden nicht sein.»

«Da möcht ich aber schon zuvor wissen, was ihr mir anzubieten habt.»

«O nein, nicht so voreilig. Unser Angebot erfahrt Ihr, wenn wir bei ihm sind.»

Von draußen wurden Stimmen laut, ein Fuhrwerk polterte vorbei.

«Schade, wirklich schade.» Endres rieb sich missmutig das bärtige Kinn. «Was hab ich nur für ein Pech. Den kleinen Unhold hat man vorgestern Abend ins Loch verlegt. Nicht ohne ihm vorher eine beeindruckende Führung durchs Marterhäuslein zu gönnen.»

«Man hat ihn gefoltert?», stieß Grethe entsetzt hervor.

«Aber nein, das sollte nur die Vorfreude wecken auf das, was noch kommt. Hättest den Zwerg mal sehen sollen. Augen wie Wagenräder hat er bekommen, als der Henker ihm die spanischen Stiefel erklärt hat.»

Ihr Vorhaben war also ganz und gar gescheitert. Dabei hätte es so einfach werden können mit diesem tumben Turmwart. Serafina hätte heulen können vor Enttäuschung, als sie wenig später auf dem Heimweg waren.

«Puh, was bin ich froh, dass wir wieder draußen sind.» Grethe blieb stehen und schüttelte sich. «So ein ekliger Kerl. Wenn der nun über uns hergefallen wäre?»

Doch Serafinas Gedanken waren bei Barnabas. «Was ist das für ein Loch, von dem Endres gesprochen hat?»

«Der Kerker im Keller des Spitals.» Grethe zeigte auf das Heilig-Geist-Spital, das an der Großen Gass einen gesamten Straßenblock einnahm. «Ein finsteres Verlies, viel schlimmer noch als das Gefängnis oben im Turm.»

Unvermittelt blieb Serafina stehen. Standen dort hinten am Fischbrunnen nicht die beiden hübschen, blondlockigen Knaben, die den Messdienst übernommen hatten? Sie hielt Grethe am Arm fest.

«Wartest du einen Augenblick?»

Dann war sie auch schon davongeeilt.

Die beiden Jungen blickten mehr als erstaunt auf, als Serafina sie ansprach. «Seid ihr nicht die beiden Enkel der Beutlerin?»

«Wer will das wissen?», fragte der eine und betrachtete sie abschätzig. Er wie sein Bruder hatten dem knabenhaften Aussehen zum Trotz bereits einen vorwitzigen, fast schon durchtriebenen Ausdruck im Gesicht.

«Ich bin Serafina von den Schwestern zu Sankt Christoffel und habe euch bei der Blutwundermesse gesehen.»

«Ja und?»

«Dann kennt ihr auch Jodok.» Der Junge blickte zu Boden. «Wisst ihr, warum er vom Altardienst ausgeschlossen wurde?»

Unwillig zuckte er die Schultern. «Wahrscheinlich, weil er sich so schludrig angestellt hat. Was kümmert's mich?»

«Eine alte Heulsuse ist er», warf der andere ein und fläzte sich mit gespreizten Beinen gegen den Brunnenrand. «Noch ein richtiger Bettseicher.»

Serafina spürte, wie das großspurige Gehabe der beiden Brüder ihr gegen den Strich ging. Dennoch wollte sie nichts unversucht lassen.

«Und für euch ist das nun eine richtige Ehre, vom Ratsherrn Nidank auserwählt zu sein, nicht wahr?»

«Der Nidank weiß eben, wer von uns Jungs das Zeug dafür hat.» Der Erste grinste breit. «Und großzügig ist er obendrein.»

«Mit Geschenken?»

«Das geht Euch einen feuchten Kehricht an, denk ich.»

«Hör mal, du Milchbart», sie strich ihm über die Locken, «vielleicht lernst du erst mal, dich gegenüber einer erwachsenen Frau zu benehmen, bevor du am Altar dem Herrgott dienst. Und eurer armen Großmutter könntet ihr auch hin und wieder helfen. Ansonsten möchte ich euch beiden Knaben was mit auf den Weg geben: Lasst euch nicht kaufen, auch nicht von einem Ratsherrn Nidank. Ihr könntet es bitter bereuen.»

Mit diesen Worten ließ sie die Brüder stehen und kehrte zu Grethe zurück, ohne viel Hoffnung, mit ihrer Warnung etwas bewirkt zu haben.

«Was hattest du denn mit diesen beiden Tunichtguten zu schaffen?»

Serafina zögerte. Nein, sie wollte die Freundin da nicht mit hineinziehen.

«Ich hab sie ermahnt. Wegen der Beutlerin», erwiderte sie gedrückt.

Den Rest des Weges legten sie schweigend zurück. Als sie das Brunnengässlein erreicht hatten, fragte Grethe: «Was hast du nun vor? Wegen Barnabas, meine ich.»

Serafina zuckte die Schultern. Sie fühlte sich mit einem Mal unendlich müde. «Ich weiß es nicht. Wenn man ihn zur peinlichen Befragung holt, ist ohnehin alles zu spät.»

Grethe legte ihr den Arm um die Schulter. «Wir müssen zur Meisterin und berichten. Jetzt gleich, noch vor der Frühmesse.»

«Ich weiß. Sie hat mich allerdings gebeten, allein zu kommen.»

«Ohne mich? Warum das denn?»

Ja, warum nur? Jetzt erst war ihr Catharinas Anweisung, die sie völlig verdrängt hatte, wieder in den Sinn gekommen. Das konnte nur mit dem vermaledeiten Liebesbrief zu tun haben. Wahrscheinlich hatte dieses Schandmaul Heiltrud doch gepetzt! Aber das sollte ihr nun auch gleichgültig sein. Sie würde einmal mehr lügen müssen und der Meisterin gegenüber behaupten, dass diese trunkenen Liebesworte allein der Phantasie eines jungen, törichten Verehrers entwachsen waren, der sie in ihrer Schweizer Dienstzeit gehörig belästigt habe. Und nachher, in der Kirche, würde sie ihre Lüge dann beichten.

Es war noch so früh am Morgen, dass ihre Mitbewohnerinnen eben erst aufgestanden waren und in ihren Nachthauben umherhuschten. Nur Catharina war bereits fertig angekleidet. Ihre Tür stand halb offen, und Serafina konnte sehen, wie die

Meisterin vor dem Kruzifix an der Wand kniete und betete. Sie wartete, und dabei fiel ihr ein, dass sie selbst ihr Morgengebet wieder einmal vergessen hatte.

Nachdem Catharina sich bekreuzigt hatte, rief sie: «Komm doch herein, Serafina», und Serafina betrat die Kammer.

«Setz dich.» Die Meisterin wies auf den einzigen Stuhl und blickte sie erwartungsvoll an. Doch Serafina blieb stehen.

«Barnabas ist verloren», brach es dumpf aus ihr heraus. «Sie haben ihm schon die Marterinstrumente vorgeführt, und jetzt ist er im Spitalsloch.»

«Allmächtiger!» Catharina schlug die Hände vor der Brust zusammen. «Dann habt ihr ihn gar nicht angetroffen?»

«Nein. Es ist alles so furchtbar. Dabei wäre es ein Leichtes gewesen, diesen Turmwart Endres zu bestechen.» Sie legte die goldenen Ohrringe auf das Schreibpult. «Die brauche ich ja nun nicht mehr. Aber dennoch danke, dass du sie mir überlassen hast. Und dass du mich unterstützt hast.»

Die Meisterin holte ihre Schatulle aus der Truhe und verstaute den Schmuck darin.

«Du hast recht, die brauchen wir nicht mehr.» Sie lächelte Serafina plötzlich aufmunternd zu. «Denn der Stockwart im Spital ist alles andere als bestechlich.»

«Du kennst ihn?» Ein Funke neuer Hoffnung glomm in Serafina auf.

«Aber ja. Du vergisst, dass ich die Armenpfründner im Spital betreue und dort seit Jahren aus und ein gehe. Ich wollte ohnehin heute Mittag nach den beiden Todkranken sehen. Angesichts deiner Nachricht will ich aber nicht so lange warten. Gleich nach der Frühmesse gehen wir beide ins Spital.»

«Aber warum sollte dieser Stockwart uns zu Barnabas lassen, wenn er sich doch nicht kaufen lässt?»

«Ganz einfach: Weil der alte Marx ein gutes Herz hat. Und weil er mir dankbar ist, dass ich seine Ehegefährtin vor ein paar Monaten in den Tod begleitet habe. Für eine Henkerstochter und damit Unehrliche wollte keine von den anderen Freiburger Regelschwestern dies tun.»

Serafina wäre ihrer Meisterin am liebsten um den Hals gefallen. Sie hätte nie geglaubt, dass Catharina sich so für Barnabas ins Geschirr legen würde.

«So lass uns also hoffen», fuhr Catharina fort, «dass wir mit Gottes Hilfe etwas für unseren kleinen Freund tun können. So lange er noch nicht peinlich befragt wurde, ist es nicht zu spät. Jetzt aber zu etwas ganz anderem. Zunächst einmal: Es freut mich, dass du und Heiltrud zueinander gefunden habt.»

Serafina spürte, dass Catharina eine Bestätigung erwartete, und so nickte sie nach kurzem Zögern. Zueinander gefunden – das war ja reichlich übertrieben, wenn sie an gestern Abend dachte.

«Gerade in einem Haus wie dem unseren …» Catharina begann, auf und ab zu gehen. «… ist es wichtig, dass alle in Frieden und Eintracht miteinander leben. Dass wir uns vertrauen. Dinge wie Streit, Missgunst oder Argwohn sind zwar sehr menschlich, aber wir müssen sie überwinden lernen, um in echter Gemeinschaft unseren Zielen zu dienen.» Sie blieb vor Serafina stehen. «Ich habe lange nachgedacht, ob ich mein Stillschweigen, was deine Vergangenheit betrifft, brechen soll oder nicht. Aber anlässlich dieser dreisten Schmähung unseres Konvents als Hurenhaus habe ich beschlossen, dir gegenüber die Karten offenzulegen. Dass du deinerseits nicht offen zu mir warst, kann ich sogar verstehen.»

In Serafinas Ohren begann es zu rauschen, und ihr schwindelte. Kaum vermochte sie den weiteren Worten der Meisterin zu folgen.

«Um es kurz zu machen: Mir ist bekannt, dass du, bevor du zu uns kamst, als öffentliche Frau in einem Dirnenhaus gearbeitet hast.»

Jetzt musste Serafina sich doch setzen. Sie wankte zu dem Stuhl und ließ sich kraftlos nieder. «Warum … Woher …», begann sie zu stottern.

«Ich weiß um dein Geheimnis von Ursula, deiner Kindheitsfreundin.»

Ursula! Die zarte, kränkliche und dabei so gutherzige Freundin von einst, die so jung hatte sterben müssen, nachdem ihr das Leben viel zu hart mitgespielt hatte. Einen ganzen Stall Kinder hatte sie sich gewünscht und doch keine bekommen können. Und dann war auch noch der Mann, der sie über alles liebte und verehrte, auf schreckliche Weise ums Leben gekommen war – ein Zimmermann, der beim Bau einer Scheune vom Dachfirst zu Tode gestürzt war.

Unwillkürlich dachte Serafina zurück an die früheren Zeiten. Nachdem sie in jungen Jahren ihr gemeinsames Heimatdorf verlassen hatte, waren sie und Ursula sich nur noch zweimal begegnet: Das erste Mal, als Serafina von ihrem Radolfzeller Dienstherrn davongelaufen war und zu Hause Zuflucht gesucht hatte. Das zweite Mal dann kurz nachdem Ursula Witwe geworden war. Vollkommen zufällig waren sie sich in Konstanz, wo Ursula in Erbschaftsangelegenheiten einen Advocatus aufgesucht hatte, über den Weg gelaufen. Damals hatte Serafina noch in jenem schäbigen Vorstadtbordell gearbeitet, und Ursula hatte ihr schon nach wenigen Sätzen die traurige Wahrheit über ihr Dasein als billige Hure herausgelockt. Sie hatte Serafina überreden wollen, mit ihr nach Freiburg zu kommen, wo eine entfernte Muhme von ihr bei den freundlichen Armen Schwestern lebe. Serafina hatte ihr geloben müssen, ernsthaft darüber nachzudenken, und das war nicht einmal gelogen gewesen, da sie das Tun der Konstanzer Beginen schon immer bewundert hatte. Aber bald schon war sie ins Haus Zum Blauen Mond gewechselt und hatte ihr Versprechen vergessen. Nicht indessen den Namen der Freiburger Sammlung: die Schwestern zu Sankt Christoffel, dem Patron der Reisenden und Kinder, dem Schützer vor einem jähen, bösen Tod.

«Du musst wissen», riss die Meisterin sie aus ihrer Benommenheit, «dass Ursula und ich damals enge Freundinnen waren und dass sie sehr um dein Schicksal besorgt war. Wir haben oft zusammen darum gebetet, dass du aus deinem Leben in diesem Konstanzer Hurenhaus herausfinden mögest.» Catharinas Blick wurde weich, und die Grübchen auf ihren Wangen verrieten, dass sie ein Lächeln unterdrückte. «Als du dann im Frühjahr vor mir standest und von deiner Kindheit am See und deiner Freundin Ursula gesprochen hattest, wusste ich sofort, wer du warst.»

Eine Zeitlang herrschte Stille. Irgendwann flüsterte Serafina: «Dann werde ich wohl jetzt mein Bündel packen müssen.»

«Aber nein. Du gehörst sehr wohl zu uns! Hatte nicht einstmals der Orden der Reuerinnen Frauen wie dich mit offenen Armen empfangen? Auch wenn dies heute anders ist – genau so sollte es in jeder gläubigen Gemeinschaft sein. Meine Frage an dich ist jetzt allerdings: Wer hat da unser Haus in den Dreck gezogen? Gibt es jemanden in der Stadt, der dich von Konstanz her kennt?»

«Niemand, soweit ich weiß. Außer Adalbert Achaz, der Stadtarzt.»

«Das dachte ich mir fast, nachdem ich erfahren hatte, dass du ihn von früher kennst. Entschuldige, wenn ich so rundheraus frage: War er dein Freier?»

Serafina schüttelte heftig den Kopf. «Nein, nein – er war damals der Leibarzt des Bischofs von Basel.» Fast trotzig fügte sie hinzu: «Dieser Bischof war sozusagen Stammgast in unserem Hause. Wie viele andere Männer Gottes und hohe Herren übrigens auch.»

Catharina seufzte. «Ja, ich weiß wohl, dass es um die Tugendhaftigkeit einiger Geistlicher nicht zum Besten steht. Nach außen Gottesfurcht und Keuschheit predigen, nach innen verdorben bis ins Mark ...»

«Aber Adalbert Achaz hat mit dieser Schmiererei nichts zu tun. Er war selbst empört darüber.»

«Nun, vielleicht war es auch einmal mehr eine Niedertracht gegen uns Beginen. – Sei versichert, Serafina: Hier im Haus Zum Christoffel weiß nur ich von deiner Vergangenheit, nicht einmal Heiltrud ahnt davon. Und so soll es auch bleiben, das verspreche ich dir. Deinem neuen Leben als freundliche Arme Schwester soll nichts im Wege stehen.»

Sie trat zu Serafina, zog sie vom Stuhl in die Höhe und umarmte sie herzlich. Serafina zweifelte keinen Augenblick an der Aufrichtigkeit ihrer Worte. Wie von einer großen Last befreit fühlte sie sich, wusste aber auch, dass sie der Meisterin noch immer eine Enthüllung schuldig geblieben war: dass sie nämlich einen Sohn hatte, einen siebzehnjährigen Jungen namens Vitus, der niemals hatte bei ihr leben dürfen. Sie würde es ihr sagen müssen. Eines Tages, irgendwann einmal.

Kapitel 21

Nach dem Schlusssegen zogen die Frauen unter Glockengeläut hinaus auf den Kirchplatz vor Sankt Martin. Für gewöhnlich sammelten sich hier die Freiburger Terziarinnen und Schwestern, die der geistlichen Obhut der Barfüßer unterstanden, um noch ein Weilchen zu plaudern und sich auszutauschen, doch die Meisterin und Serafina hatten es heute eilig. Nach einem kurzen Gruß in die Runde hasteten sie hinüber in die Große Gass, zur Seitenpforte des Heilig-Geist-Spitals.

Der Spitalknecht öffnete ihnen.

«Gott zum Gruße, liebe Schwestern. Ihr seid früh dran heute.»

«Gott zum Gruße, guter Mann», gab Catharina zurück. «Ja, es gibt noch einiges zu erledigen. Kommen wir zu ungelegener Zeit?»

Der vierschrötige Mann lächelte. «Das kommt Ihr nie, Mutter Catharina. Eure beiden Pfleglinge werden noch gewaschen, und so lange mögt Ihr in der Küche eine warme Milch zu Euch nehmen.»

Catharina winkte ab. «Danke, aber führ uns nur gleich in die Krankenstube.»

Sie folgten dem Knecht durch ein Labyrinth schmaler Gänge und Treppen und gelangten am Ende in einen kleinen Flur, von dem rechts und links zwei Dachkammern abgingen. Die linke Tür stand weit offen, und Serafina sah, dass die Stube leer war, die Betten ordentlich gemacht, der große Dielenboden sauber gekehrt.

«Tust du mir bitte den Gefallen …» Catharina legte dem Knecht die Hand auf den Arm. «… und schickst uns gleich Marx, den Stockwart, herauf?»

Der Mann sah sie erstaunt an, dann nickte er. «Natürlich, Mutter Catharina.»

Sie betraten die rechte Kammer, deren Tür angelehnt war. Trotz des offenen Dachfensters stand die Luft stickig im Raum, angefüllt mit dem beißenden Geruch von Ausdünstungen und scharfen Arzneien. Es riecht nach Tod, dachte Serafina, als sie an den Betten, die unter die Dachschräge gerückt waren, freundlich grüßend vorübergingen. Doch bis auf die junge Krankenschwester am anderen Ende des Raumes erwiderte niemand ihren Gruß. Reglos lagen die Siechen da, jeweils zu zweit in einem Bett, scheinbar schlafend oder mit starr an die Decke gerichtetem Blick.

Zu ihrer Anfangszeit hatte die Meisterin sie schon einmal hierher mitgenommen, und so wusste Serafina, dass in dieser mehr als einfachen Dachstube die dem Tod geweihten Armenpfründner lagen. Jene also, die nicht mehr mithelfen konnten bei der täglichen Arbeit und nur noch darauf warteten, dass ihre Schmerzen gelindert würden, bis der Allmächtige bereit war, sie zu sich zu holen. Sie wusste auch, dass die beiden Einzelbetten am Ende der Kammer für diejenigen bereit standen, deren Stunde geschlagen hatte. Heute fanden sich dort ein Greis und eine Greisin, ausgezehrt bis auf die Knochen. Zwischen ihnen kniete die Schwester mit Schüssel und Schwamm und wollte gerade mir der Waschung beginnen.

«Lass nur, Rosalind. Wir machen das schon.»

Das Mädchen bedankte sich und zog sich zurück.

Es fiel Serafina jedes Mal aufs Neue schwer, einem Todgeweihten zur Seite zu stehen – schwerer noch als die Totenwache selbst, wenn denn alles vorüber war. Was nur sollte man diesen Menschen sagen? Was würde auf sie zukommen, nach einem Erdenleben, das zwar voller Irrtümer und Sünden gewesen war, aber auch voll der Glücksmomente, mit Kindsgeburten und Liebesnächten, Hochzeiten und Freudenfesten? Würden im Jenseits wirklich die Qualen des Fegefeuers auf sie warten, oder würden sie in Frieden ruhen bis zum Jüngsten Tag, um dann ihren Gräbern zu entsteigen und gerichtet zu werden? Weniger denn je vermochte sich Serafina diese Frage zu beantworten.

Nachdem sie Catharina geholfen hatte, die ledrige Haut der beiden Alten von Kopf bis Fuß zu waschen, legten sie zuerst der Frau, dann dem Mann Catharinas kleines Kruzifix in die blaugeäderten Hände, knieten nieder und beteten mit ihnen. Die Greisin lächelte dabei mit geschlossenen Augen, als habe sie keine Angst davor, das irdische Leben zu verlassen.

Als sich Serafina vom Gebet erhob, sah sie einen krummgewachsenen, wenngleich kräftigen älteren Mann im Türrahmen stehen, mit grauem Vollbart und grauem langem Haar. An seinen Gürtel war ein kurzer, dicker Knüppel geschnallt. Das musste der Stockwart sein. Er sah allerdings nicht so aus wie einer, der aus Lust am Prügeln seinen Stecken zog.

Geduldig wartete er, bis auch Catharina sich erhob, nachdem sie sich von den Todkranken verabschiedet hatte.

«Ich komme heute Nachmittag wieder», versprach sie,

strich beiden noch einmal sanft über Stirn und Wangen und ging dann mit Serafina an ihrer Seite zur Tür.

«Danke, dass du gekommen bist, Marx.»

«Schon recht, Meisterin», entgegnete der Stockwart. In seinem Mund befand sich nur noch ein einziger Zahnstummel. «Worum geht es denn?»

«Um Barnabas. Ist er einigermaßen wohlauf?»

«Man hat ihm nix angetan, wenn Ihr das meint. Von den Stockschlägen im Christoffelsturm abgesehen. Dieser Endres ist ein rechter Haudrauf, dem wollt nicht mal ich bei Nacht begegnen.»

«Ist es wahr, dass Barnabas dort ins Marterhäuslein gebracht wurde? Dass man ihm die Instrumente vorgeführt hat?»

Marx lachte böse auf. «Ja, davon hab ich gehört. Deshalb gab's heut auch einen Heidenärger in der Kanzlei, mit dem Vogt von der Würi. Weil nämlich gar nix hätt geschehen dürfen, solang nicht schriftlich festgelegt ist, dass die Freiburger über den Zwerg richten.»

Serafina horchte auf. Das mochte für Barnabas von Vorteil sein. Womöglich verzögerte sich nun alles erneut.

«Ist Barnabas allein im Verlies?», fragte Catharina weiter.

Der Stockwart nickte. «Und glaubt mir, ich behandel ihn nicht schlecht. Aber anderes als Wasser und Brot darf ich ihm nicht geben, und den Aborteimer darf ich auch nur einmal am Tag leer machen.»

Er schaute reichlich bekümmert drein, und Catharina beeilte sich zu sagen: «Du erfüllst nur deine Aufgabe, das ist schon recht so. War heute jemand von den Ratsherren oder Gerichtsdienern da?»

«Nur der Büttel. Hat nachgesehen, ob der Barnabas rechtens untergebracht ist. Die Heimlichen Räte kommen wohl erst, wenn sich mit dem Vogt geeinigt worden ist. So hab ich's jedenfalls gehört.»

Catharina trat an den Treppenabsatz und warf einen Blick hinunter ins Stiegenhaus. Es war weit und breit niemand zu sehen. Trotzdem flüsterte sie jetzt. «Du musst wissen, Barnabas ist ein treuer Helfer unseres kleinen Konvents, und uns Schwestern tut es in der Seele weh, dass er des Mordes angeklagt ist.»

«Zweifach sogar.»

«Wie dem auch sei – er soll wissen, dass wir in Gedanken an seiner Seite sind. Aus diesem Grund hab ich eine flehentliche Bitte an dich: Lass uns zu ihm, nur für einen Augenblick, damit wir mit ihm beten und ihm Trost zusprechen können.»

Die Augenlider des Mannes begannen unruhig zu flattern. «Ihr wisst, dass ich das nicht darf.»

Catharina nickte. «Ich weiß auch, dass dich kein Schmierpfennig dieser Welt dazu bringen würde, deine Pflicht zu verletzen. Und trotzdem bitten wir dich von Herzen um diesen schwierigen Dienst. Als Christenmensch, Marx.»

Der Stockwart trat unschlüssig von einem Bein aufs andere. Immerhin schien er darüber nachzudenken.

«Es wird niemand etwas erfahren», setzte die Meisterin nach. «Du kennst dieses Haus wie dein eigenes, und ich bin mir sicher, du weißt Wege, um uns hinunter ins Verlies zu bringen, ohne dass uns jemand sieht.»

«Wenn das herauskommt, bin ich meinen Broterwerb los.»

«Das wird es nicht. Und wenn je, dann steh ich für dich ein und nehme alles auf mich.»

Statt einer Antwort legte er sich den Finger an die Lippen und begann die schmale Stiege hinabzusteigen, die in einen geräumigen Flur mündete. Von dort gingen etliche Räume ab, aus einem hörten sie mehrstimmigen Gesang, in einem anderen stöhnte jemand schmerzvoll auf.

So geräuschlos als möglich folgten sie dem Stockwart zu einem schmalen Türchen am anderen Ende des Flurs, fernab der breiten Steintreppe, die hinunter ins Erdgeschoss führte. Das Türchen quietschte leise in den Angeln, als Marx es aufschob, und sie beeilten sich, hinter ihm in den halbdunklen Raum zu huschen. Die zahlreichen Besen, Schrubber und Ledereimer ließen erkennen, dass es sich um eine Putzkammer handelte. Hinter einem Regal mit Stapeln von Lumpen fand sich eine zweite Tür, deren Riegel allerdings mit einem Vorhängeschloss gesichert war.

Marx nestelte an seinem Schlüsselbund, bis er gefunden hatte, was er suchte.

«Vorsicht mit den Stufen», raunte er ihnen zu, «jetzt wird's stockdunkel.»

Sie tappten hinaus auf eine steinerne Wendeltreppe. Nachdem Marx die Tür hinter ihnen wieder verschlossen hatte, konnte man wahrhaftig nicht mehr die Hand vor Augen erkennen.

«Immer an der Wand lang, liebe Schwestern – und ab jetzt am besten kein Wort mehr.»

Kapitel 22

Die Wendeltreppe musste geradewegs in den tiefsten Keller des Spitals führen, denn sie schien kein Ende zu nehmen. Serafina tastete sich vorsichtig, Schritt für Schritt, die Stufen hinunter, ihre Linke strich an der feuchten, kalten Steinwand entlang. Dennoch prallte sie immer wieder gegen die bucklige Schulter des Stockwarts, der vor ihr ging.

Endlich waren sie unten. Am Fuß der Treppe brannte eine Art ewiges Licht, gerade so wie in einer Kapelle – oder wie in einer Totengruft, fuhr es Serafina durch den Kopf. Das Herz klopfte ihr inzwischen bis zum Hals. Im schwachen Schein der Kerze erkannte sie rechts des Treppenabsatzes ein zweiflügeliges Tor, zur anderen Seite führte das Gewölbe weiter ins Dunkle hinein. Von irgendwoher hörte man Wasser tropfen.

Marx nahm eine Handlampe von der Wand und entzündete sie.

«Üblicherweise kommt man durch dieses Tor hier vom Spital ins Verlies.» Er sprach noch immer sehr leise. «Wenn sich jemand daran zu schaffen macht, müsst Ihr Euch sofort verstecken. Hinten im Loch gibt's eine Mauernische mit einem Abzug für die Luft – dort drückt Euch dann hinein.»

Von jenseits des Tores waren, wenn auch fern und gedämpft, Stimmen zu vernehmen.

«Was sind das für Stimmen?», flüsterte Serafina. Ihr war eiskalt.

«Wahrscheinlich wird der Weinkeller beladen. Jetzt kommt.»

Nach etwa zehn Schritten verengte sich der Gang, und der Gestank nach Moder und Urin, der ihnen schon am Fuß der Wendeltreppe entgegengeschlagen war, wurde schier unerträglich. Schließlich versperrte ein eisernes Gitter den Weg.

Der Stockwart übergab Catharina die Handlampe und schloss das Gitter auf.

«Ich wart hier auf Euch. Aber nur auf einen Rosenkranz, versprochen?»

«Versprochen.» Catharina schob Serafina durch den Einlass, während sich Marx vor dem Gitter auf einem dreibeinigen Holzschemel niederließ.

Der Schein ihrer Lampe wanderte über den mit schmutzigem Stroh bedeckten Boden, bis er die gegenüberliegende Mauer erfasste. Serafina unterdrückte einen Aufschrei. Was im ersten Moment wie ein Haufen dreckiger Lumpen ausgesehen hatte, entpuppte sich als die Umrisse eines Menschen, der in sich zusammengekauert auf einer Strohschütte hockte. Vom Kopf schaute nur ein borstiger Haarschopf hervor, die nackten Füße waren an die Wand gekettet.

«Barnabas!», flüsterte Serafina und hockte sich neben ihm nieder. «Erkennst du uns?»

Der Zwerg hob den Kopf, der jetzt noch riesiger wirkte als sonst. Seine Augen waren rot entzündet, Stirn und Nase blutverkrustet.

«Ja», stieß er mit dünnem Stimmchen hervor. «Serafina, die Schöne, die Gute. Und ihre Meisterin.»

«Haben sie dir Leid angetan?»

«Der Erste ja, der Zweite nein. Welcher von den beiden ist hier?»

«Der Zweite, der Marx. Der tut dir nichts, hab keine Angst. – Hör zu, Barnabas, wir haben nicht viel Zeit. Wir wissen, dass du es nicht warst, dass du nur zufällig am Leichnam des Mönches vorbeigekommen bist.»

«Aber die Herren wissen's nicht. Sie wollen dem Barnabas Beine und Finger schrauben. Der Gelbe hat's mir erklärt, und jetzt sitzt da drinnen ...» Er deutete auf seine Brust. «... eine große Angst.»

Es dauerte einen Augenblick, bis Serafina begriff, dass er mit dem «Gelben» den Henker meinte, der hier in Freiburg ein gelbes Wams trug. Sie nahm seine Hand.

«So weit wird's nicht kommen», beruhigte sie ihn, obgleich sie selbst kaum noch an Rettung zu glauben wagte.

Traurig wiegte Barnabas den Kopf hin und her. «Es ist ein ewiges Gesetz: Alles muss sterben. Der Baum wie der Grashalm, die Laus wie der Mensch.»

«Noch ist Hoffnung.» Die Meisterin zog einen kleinen Wasserschlauch aus ihrem Leinenbeutel. «Hier, trink erst mal. Wir lassen dir auch was zu essen da.»

Er trank in winzig kleinen Schlucken, bis der erste Durst gelöscht war.

«Du musst jetzt genau nachdenken», beschwor ihn Serafina, «was du an jenem Morgen gesehen hast. Vielleicht auch schon am Morgen, als du den jungen Hannes gefunden hast. Hast du vielleicht jemanden weglaufen sehen? Oder Stimmen gehört?»

Barnabas kaute auf den Lippen, während er nachdachte. «Das Bild der toten Menschen hat mich so erschreckt, dass es mir den Kopf ganz leer gemacht hat. Jetzt ist nur noch das schreckliche Bild da drinnen, und manchmal auch das Böse. Und weißt du was, schöne Serafina? Das Böse ist gar nicht schwarz, wie man immer meint. Das Böse kann auch hell sein wie ein nebliger Sommermorgen.»

Serafina, die aus Barnabas' oft wirrer Wortwahl ansonsten recht gut heraushören konnte, was er meinte, blieb für diesmal ratlos. «Dann hast du also doch etwas gesehen?»

«Nur das Böse. Aber es hat sich mir nicht zu erkennen gegeben, aus gutem Grund.»

«War das Böse ein Mensch? Jemand, den du kennst? Oder den wir alle kennen?»

Barnabas schüttelte abwehrend den Kopf. «Aus gutem Grund nicht», wiederholte er heiser. «Denn das Böse ist auch an heiliger Stätte.»

Nun mischte sich Catharina ein. «Hast du vor irgendjemandem Angst?»

Doch er schüttelte erneut den Kopf. «Bin müde jetzt. Muss schlafen.»

Hilflos blickte Serafina die Meisterin an. Das entsprach ganz und gar nicht dem, was sie sich erhofft hatte. In diesem Moment hörten sie, wie Marx sich laut räusperte.

«Die Zeit ist um. Ihr müsst zurück.»

«Wir kommen», antwortete ihm Catharina leise. Sie nahm Käse, Wurst und Brot aus ihrem Beutel, alles in einem sauberen Tuch eingeschlagen, und legte es Barnabas in den Schoß.

«Danke, ihr lieben Frauen.»

«Ich habe auch noch was für dich.» Serafina zog aus ihrer Rocktasche eine grünglasierte irdene Murmel, die sie einst in Konstanz auf der Gasse gefunden hatte. «Für deine Sammlung, wenn du wieder draußen bist.»

Die Augen des Zwerges leuchteten auf. Er ließ die kleine Kugel in seiner Handfläche kreiseln.

«Serafina?»

«Ja?»

«Du kannst mir helfen. Du musst das Bild finden und erkennen, so wie ich es erkannt habe. In Unser Lieben Frauen Münster ist die ganze Weltgeschichte erzählt, dort ist auch erzählt, was hier in Freiburg geschehen ist. Und warum es geschehen ist.»

«Dann weißt du also doch, wer es war?»

Der Zwerg lächelte gequält: «Du wirst es für mich herausfinden.»

Das ungeduldige Rasseln von Marx' Schlüsselbund brachte sie dazu, ein gemeinsames Vaterunser zu sprechen, um sich dann von Barnabas mit einer wehmütigen Umarmung zu verabschieden. Auf demselben Weg, wie sie gekommen waren, folgten sie dem Stockwart nach oben und erreichten schließlich unbehelligt den Flur vor der Putzkammer. Dort atmeten sie erleichtert auf.

«Ich danke dir von ganzem Herzen, Marx.»

Der Stockwart nickte gutmütig. «War mir eine Ehre, Mutter Catharina. Ich verschwind jetzt wieder durch die Kammer. Braucht uns ja keiner zusammen sehen.»

Kurze Zeit später standen sie vor der Seitenpforte des Spitals im hellen Tageslicht. Serafina blinzelte. Ihr war, als hätte sie etliche Stunden in diesem Loch verbracht. Dabei stand die Sonne noch nicht einmal im Mittag.

«Ich fürchte», sagte Catharina leise, «unser Barnabas hält nicht mehr lange durch. Kein Mensch hält das durch – diese Dunkelheit Tag und Nacht, dieser Gestank, das Alleinsein … Dazu angekettet wie ein Stück Vieh.»

In ihren Augen glitzerten Tränen. Serafina hatte sie noch nie weinen sehen.

«Er wird durchhalten.» Serafina versuchte, ihrer Stimme einen festen Klang zu geben. «Jetzt, wo wir bei ihm waren.»

«Mag sein. Aber ansonsten hat es nichts gebracht. Dabei hattest du dir so viel erhofft davon, mit ihm zu reden.»

Serafina sah sie nachdenklich an. «Mein Gefühl sagt mir, dass er uns eine Spur gelegt hat.»

«Dann denkst du also, dass er den Mörder gesehen hat?»

«Fast glaube ich es, ja. Aber ihm nutzt das nichts, weil man einem Narren und Bettelzwerg ohnehin nicht glaubt.»

Kapitel 23

Auf dem Rückweg vom Spital hatte die Meisterin ihr erlaubt, noch am selben Tag das Münster aufzusuchen – auch wenn man, wie sie zweifelnd ausgeführt hatte, wohl kaum etwas finden konnte, solange man nicht wusste, wonach man suchte.

Serafina war da anderer Ansicht. Wie bei einem Knäuel Garn, das eine junge Katze im Spiel verknuddelt hatte, musste man nur den Anfang und das Ende finden, um es wieder ordentlich aufwickeln zu können. Und sie stand kurz davor, Anfang und Ende zu erkennen, das spürte sie.

Ihr Magen knurrte, als sie sich dem Brunnengässlein näherten. Jetzt erst merkte sie, was für einen Heißhunger sie hatte. Die gemeinsame Morgenmahlzeit hatten sie nämlich versäumt. Nun gut, einen Rest Brei würde man ihnen übrig gelassen haben, und gleich danach wollte sie sich ins Münster aufmachen.

Doch daraus sollte nichts werden. Als sie um die Ecke bogen, sahen sie einen Menschenauflauf vor dem Haus Zum Christoffel, und vom Hof her ertönte aufgeregtes Geschrei.

«Nicht schon wieder», entfuhr es Serafina, doch für diesmal hatte die Aufregung ganz andere Ursachen.

«Da ist die Meisterin!» – «Rasch, kommt!» – «Es brennt bei

Euch!», rief die gaffende Meute ihnen zu, und sie begannen zu rennen.

Das Tor stand weit offen, von innen schlug ihnen beißender Qualm entgegen. Eine Handvoll Menschen wirbelte unter aufgeregten Rufen durch den Hof zwischen Regentonne und Hinterhaus, von dem vor lauter Rauch nichts mehr zu sehen war.

«Hierher, schnell!», hörte Serafina Adelheid brüllen, dann klatschte ein Eimer voll Wasser hinter den Torpfosten des Stalls, gleich darauf ein zweiter, der rasch herbeigeholt war. Eine neue Qualmwolke stieg auf und brachte sie zum Husten.

Plötzlich glaubte sie, durch all das Getöse hindurch ein Wimmern und Ächzen zu vernehmen. Es kam vom Abort, ihrem «heimlichen Örtchen», das sich in dem schmalen Spalt zwischen Hofmauer und Werkstatt über einer Grube befand.

Ohne nachzudenken zog sich Serafina ihr Tuch vor Mund und Nase und stolperte hinein in die dunkle Rauchwand, während sie sich mit ihrer Linken an der Mauer entlangtastete.

«Ist da wer?»

Unversehens prallte sie gegen die Lattentür des Abtritts, riss sie auf und sah schemenhaft eine Gestalt auf dem Boden kauern. Es war Heiltrud, die jetzt, unter dem eindringenden Qualm, zu husten und zu würgen begann.

«Halt den Atem an!»

Sie riss die Gefährtin hoch und zerrte sie hinter sich her zurück in den Hof bis vor das Tor, wo sie beide nach Luft ringend in die Hocke sanken. Heiltrud lehnte sich an ihre Schulter und schloss die Augen.

«Heiltrud! Komm zu dir!» Serafina klopfte ihr gegen die schmutzigen Wangen, als auch schon die Meisterin zur Stelle war.

«Um Himmels willen – was ist mit ihr?»

«Sie hatte sich auf den Abtritt geflüchtet.»

«Komm, bringen wir sie ins Haus.»

«Wartet, ich helf euch.» Vor ihnen stand Adelheid und ließ ihren Eimer sinken. Ihre sonst so propere Tracht war voller Flecken. Gemeinsam schleppten sie die ohnmächtige Frau langsamen Schrittes in Richtung Haustür. Währenddessen hörten sie einen der Männer verkünden: «Leute, wir haben es geschafft.»

«Wo bin ich?» Heiltrud öffnete die Augen.

«Alles ist gut. Du bist in Sicherheit», sprach Catharina beruhigend auf sie ein.

«Es geht schon wieder», keuchte Heiltrud und deutete auf die kleine Bank neben der Haustür. «Lasst mich – nur – ein klein wenig ausruhen.»

Serafina setzte sich mit ihr auf die Bank und legte den Arm um sie. Jetzt erst merkte sie, wie sehr ihr der Schrecken in die Knochen gefahren war, und blickte fassungslos über den verwüsteten Hof. Der kleine Hühnerstall mit dem Ziegenverschlag dahinter war nur noch ein Trümmerhaufen, Mettes Werkstatt hingegen schien, bis auf die dicken Rußspuren an der Wand, kaum Schaden gelitten zu haben. War das womöglich ein weiterer Versuch, sie einzuschüchtern?

Auch Catharina schüttelte ungläubig den Kopf. «Der Herrgott hat wirklich seine schützende Hand über uns gehalten. Das ganze Hinterhaus hätte abbrennen können. Oder noch mehr.»

«Ja, da habt Ihr noch mal Glück gehabt, Meisterin.» Pongratz, der Seilergeselle vom Haus gegenüber, wischte sich mit dem Ärmel den Ruß aus dem Gesicht. «Gut, dass wir gleich zur Stelle waren.»

Er deutete auf die Männer, allesamt Handwerker aus der Nachbarschaft, die jetzt ihre Eimer und Gerätschaften zusammenräumten. «Und zum Glück war Euer Regenfass bis oben hin voll.»

«Ich danke Euch allen.» Catharina reichte ihm die Hand. «Ich mag gar nicht dran denken, was ohne Eure rasche Hilfe geschehen wäre.»

Ihr Gesicht war noch immer leichenblass vor Schreck.

Da stutzte Serafina. «Wo sind eigentlich die Tiere?»

«Die Ziegen hat Schwester Mette ins Haus gebracht», erwiderte Pongratz. «Und die Hühner sind durchs offene Hoftor auf und davon.»

«Nun, das ist das Geringste.» Catharina stieß einen tiefen Seufzer aus. «Dann werden wir uns gleich nachher ans Aufräumen machen.»

«Braucht Ihr dabei Hilfe?», fragte Pongratz.

«Habt Dank, aber das schaffen wir Frauen schon. Wir stehen ohnehin hoch in Eurer Schuld. Gönnt Euch nach Feierabend einen guten Tropfen im Elephanten und sagt dem Wirt, dass die Rechnung auf unser Haus geht. Ach ja – und lasst das Hoftor offen. Vielleicht kommen die Hühner ja zurück.»

Nachdem die Männer ihrer Wege gegangen waren, bat die Meisterin sie ins Haus. Dort warteten nicht nur die beiden Ziegen auf sie, die in der Aufregung die ganze Küche mit ihren Hinterlassenschaften übersät hatten, sondern auch eine völlig aufgelöste Mette. Zusammengekrümmt hockte die alte Frau auf dem Küchenschemel, ihr magerer Körper zitterte wie Espenlaub.

«Ist es vorbei?», fragte sie mit tränennassem Gesicht.

«Ja, es ist vorbei.» Catharina strich ihr über die Schulter. «Die Hühner konnten entfliehen, und deine Werkstatt steht auch noch. Ich frage mich nur, wie das hatte geschehen können.»

«Es ist alles meine Schuld», stieß Mette hervor.

«Lasst uns zusammen etwas essen und trinken, dann kannst du erzählen. Zuvor aber wollen wir Gott danken.»

Bald darauf war auch Grethe vom Einkauf zurück. Sie saßen um den Tisch im Refektorium, bei Wein, Brot und Käse. Bis auf Heiltrud, die so geschwächt gewesen war, dass die Meisterin sie ins Bett geschickt hatte.

«Nein, nein, nein – so etwas», rief Grethe ein ums andre Mal, während sie ihre Einkäufe verstaute. Dann setzte sie sich dazu.

«Wir haben beschlossen», teilte ihr Catharina mit, «für den Rest des Tages den Stall so weit wieder herzurichten, dass wir die Hühner und Ziegen einsperren können.»

«Übrigens laufen im Hof vier Hühner frei herum. Ich hab das Tor zugemacht.»

«Gut. Dann fehlen nur noch drei.» Catharina erhob sich und scheuchte die beiden Ziegen wieder hinaus. Als sie zurückkam, sagte sie:

«Wer nicht wegen ganz dringlicher Dinge außer Haus muss, hilft mit. Außerdem muss der Küchenboden geputzt werden, und jemand sollte die restlichen Hühner suchen gehen.»

Sie blickte fragend in die Runde. Ihr Blick blieb an Serafina hängen. Dann wird es also heute nichts mehr mit dem Gang ins Münster, dachte Serafina. Nach einem kurzen Zögern nickte sie.

Auch Adelheid hatte ausnahmsweise einmal nichts einzuwenden. Sie wirkte zerknirscht wie ein kleines Kind, das den Milchtopf umgeworfen hatte. Catharina wandte sich an Mette.

«Jetzt erzähl ganz ruhig, was vorgefallen ist.»

«Ich bin so dumm, so ungeschickt.» Man sah, wie sie gegen die Tränen ankämpfte. «Ich hatte vor dem Morgenessen die Hühner und Ziegen gefüttert, weil Serafina doch nicht da war, und nach dem Essen wollte ich noch die Eier holen, weil Serafina immer noch nicht da war. Die Viecher hatten mal wieder ihre Eier ganz hinten unter den Verschlag gelegt, da, wo kein Licht hinkommt. Und so hab ich halt eine Kerze angemacht und bin da reingekrochen. Als ich mich hab aufrichten wollen, ist mir die Hex ins Kreuz gefahren – das tat so weh!»

Ein einziges Häufchen Elend sank Mette in sich zusammen und vermochte nicht weiterzureden.

«Und dabei ist dir die Kerze aus der Hand geglitten», brachte die Meisterin ihren Bericht zu Ende, «und hat das Stroh entzündet.»

Mette nickte unglücklich. «Ich bin dann mühsam raus aus dem Stall, weil ja jede Bewegung so weh tat, und hab nach Adelheid und Heiltrud gerufen und ganz laut ‹Feurio, es brennt!›. Aber Heiltrud hatte sich versteckt, weil sie doch so Angst vor Feuer hat, und Adelheid hat das Tor aufgemacht, damit Hilfe kommt. Bis dahin stand dann halt das Stalltor schon in Flammen. Es ist alles meine Schuld!»

Serafina hatte ihr mit Erstaunen zugehört. Jede hier wusste, dass die alte Mette sich schlecht bücken konnte, und deshalb hatte Serafina heute früh in der Messe auch ausdrücklich Adelheid beauftragt, sich an ihrer Stelle um die Hühner und Ziegen zu kümmern. Sie warf der jungen Frau einen scharfen Blick zu.

Adelheid senkte den Kopf. «Nein, es war nicht Mettes Schuld. Ich hätte den Stall machen sollen, aber ...»

«Aber?», fragte Catharina streng.

«Ich hatte doch gestern Abend von meiner Base dieses Büchlein bekommen, diese Schrift von ... von Margareta Poret. Nun ja, da hatte ich eben Mette gebeten, für mich die Stallarbeit zu übernehmen, weil ich noch ein wenig darin studieren wollte ... Es tut mir alles so leid.»

Die sonst so sanftmütige Miene der Meisterin wurde streng. «Deine Reue in allen Ehren, Adelheid, aber nun hast du den Bogen überspannt. Du weißt, ich habe Hochachtung vor deiner Belesenheit, doch dein Eifer, dich in gelehrte Bücher zu versenken, darf dich nicht von deinen Pflichten abhalten. Heute hast du gesehen, wohin das führen kann. Schon einmal habe ich dich deswegen rügen müssen. Nun rüge ich dich zum zweiten und letzten Mal. Solltest du dich nicht bessern, musst du gemäß unseren Regeln das Haus verlassen. Ohnehin solltest du dir überlegen, ob du nicht bei den Dominikanerinnen mit ihrem Drang zur Mystik besser aufgehoben wärest.»

Adelheid sah erschrocken auf. «Nein ... Bitte ... Ich will mich bessern», stammelte sie. Auf ihrem schönen Madonnengesicht zeichneten sich rote Flecken ab, und sie tat Serafina plötzlich leid.

«Gut. Außerdem erwarte ich künftig von dir, dass du mir alle Schriften, die du liest, vorlegst. So etwas wie den ‹Spiegel der einfachen Seelen› möchte ich hier ohnehin nicht mehr sehen. Du weißt, dass das Buch verboten ist und dass Margareta Poret dereinst dafür verbrannt wurde. Du weißt hoffentlich auch, dass wir Beginen und freien Schwesternsammlungen seit alten Zeiten immer wieder verfolgt werden und du uns mit solcherlei Zeugs in Gefahr bringst.»

«Ja», murmelte Adelheid zerknirscht.

Mutter Catharina erhob sich. «Dann wollen wir uns jetzt an die Arbeit machen.»

Bis in die Abenddämmerung hallte der Hof von den Geräuschen von Hammer und Säge wider. Dann war der Hühnerstall so weit wiederhergestellt, dass die Tiere über Nacht eingesperrt werden konnten. Eines der Hühner hatte den Brand nicht überlebt, die beiden entflohenen waren von Grethe in einem der Nachbarhöfe aufgespürt worden.

Catharina warf ein letztes verkohltes Brett auf die Handkarre, die mitten im Hof stand.

«Den Schutt bringen wir morgen weg», beschied sie und fuhr sich über die schweißnasse Stirn. «Für den Ziegenstall müssen wir wohl doch Hilfe in Anspruch nehmen.»

Der Verschlag war leider nicht mehr zu retten gewesen, und so banden sie die beiden Ziegen mit einem Strick an der Werkstatttür fest.

Müde und verschwitzt gingen sie ins Haus zurück, wo Grethe auf die Schnelle einen Gerstenbrei gekocht hatte. Die körperliche Arbeit hatte Serafina von ihren Grübeleien abgelenkt. Über Stunden hatte sie nicht mehr an Barnabas gedacht. Doch als sie jetzt in ihrer Kammer vor der Waschschüssel stand, um sich für die Abendmahlzeit notdürftig zu reinigen, brach die Sorge um den Bettelzwerg wieder über sie herein. Sie beruhigte sich damit, dass noch nicht alle Hoffnung verloren war. Und auch wenn dieses Spitalsloch ihr wie der Vorhof zu Hölle erschienen war, so wachte dort wenigstens Marx über Barnabas und nicht dieser unberechenbare Endres.

Sie schrak zusammen, als es gegen ihre Tür klopfte. Zu

ihrer Überraschung war es Heiltrud, barhäuptig und noch immer blass.

«Ich möchte mich bei dir bedanken.» Verlegen strich sie sich über ihr schütteres graubraunes Haar.

«Komm herein.»

In ihrem staksigen Schritt trat Heiltrud in die Kammer und setzte sich erschöpft auf den einzigen Stuhl. Serafina fiel auf, wie stark sie heute ihr linkes Bein nachzog.

«Das war alles so schrecklich», begann sie. «Wenn du nicht gekommen wärst, hätte ich tot sein können.»

«Nicht doch!» Serafina schüttelte abwehrend den Kopf. «Dass alles so schnell vorbei war, ist den Männern zu verdanken. Aber ich versteh nicht, warum du nicht auf die Straße hinausgelaufen bist. Warum um Himmels willen ausgerechnet hinter die Werkstatt? Dort hättest du wahrlich im Qualm ersticken können.»

Oder auch, fügte sie im Stillen zu, elendig verbrennen, wenn das Feuer auf die Werkstatt übergegriffen hätte.

«Ich weiß auch nicht – ich hatte Mette *Feurio!* rufen hören, und bin gleich raus zu ihr in die Werkstatt. Aber da war sie nicht, und dann hab ich's prasseln und knistern hören – wie damals! Da bin ich zum Abort gerannt, um mich zu verstecken vor dem Unglück, hab einfach Augen und Ohren verschlossen und zu unserm Herrgott gebetet. Dabei hatte ich solche Angst.»

«Du Ärmste. Ich weiß doch, was dir als junges Mädchen widerfahren ist.»

Heiltrud begann unruhig ihre Hände zu kneten.

«Ich hab's mit ansehen müssen damals», flüsterte sie und schloss die Augen.

Serafina sah, wie sie mit sich kämpfte, und wartete ab.

Leise begann Heiltrud zu sprechen. «Es war an einem heißen Sommertag, grad wie heut, aber sehr windig dabei. Ich war mit meinen Geschwistern beim Vater in der Schneiderwerkstatt, eine ganz kleine Werkstatt hinten im Hof, weil mein Vater nur ein armer Meister war, ohne Knecht und Geselle. Ein Stapel Brennholz vor der Werkstatt hatte plötzlich Feuer gefangen, niemand weiß, warum.»

Sie stockte. Dann fuhr sie mit rauer Stimme fort:

«Da war dieses Knistern und Knacken, das immer lauter wurde. Wir rannten hinaus in den Hof, die Flammen schlugen schon hoch, genau zwischen Werkstatt und unserm Haus, einem kleinen Holzhaus. Ich weiß noch, wie heiß es dort plötzlich wurde und wie mein Vater um Hilfe rief, als er mich und die drei Kleinen hinaus auf die Gasse zog. Dann läutete auch schon die Sturmglocke, die Männer von der Feuerwacht kamen mit ihren Kübeln und machten eine Löschkette vom Brunnen bis zum Haus. Aber es brannte alles nieder.»

Ihr Blick ging ins Leere.

«Und deine Mutter?», fragte Serafina leise.

«Mein Vater hatte gesagt, die Mutter und mein älterer Bruder wären auf dem Markt, dem Himmel sei Dank. Aber dann, sie hatten gerade zu löschen begonnen, kam mein Bruder angerannt, allein, und schrie, die Mutter sei da drin. Und dann ist er mitten hinein, keiner konnt ihn zurückhalten. Und er ist drin geblieben, mit der Mutter verbrannt.»

Längst liefen Serafina die Tränen übers Gesicht. Sie beugte sich zu ihrer Mitschwester hinunter und zog sie an sich. Da begann auch Heiltrud zu weinen, erst unhörbar, dann unter lautem Schluchzen.

«Es tut so weh! Es tut immer noch so weh!»

Serafina strich ihr wieder und wieder übers Haar, bis das Schluchzen allmählich verebbte.

«Geht es dir besser?»

Heiltrud nickte und wischte sich verschämt über das tränennasse Gesicht. Viel jünger wirkte sie plötzlich, sah aus wie das todunglückliche Mädchen von zehn, zwölf Jahren, das sie damals gewesen war. Mit einem Ruck erhob sie sich vom Stuhl.

«Ich muss mich bei dir entschuldigen.»

«Entschuldigen?»

«Wegen diesem Brief. Und den Ohrringen. Und überhaupt, dass ich in deinen Sachen geschnüffelt hab und immer so misstrauisch war.»

Das nun hatte Serafina am wenigsten erwartet. Erst recht nicht die Erklärung, die gleich darauf folgte, in hastigen, aufgewühlten Sätzen.

«Ich hab doch gar nichts gegen dich, Serafina. Grad im Gegenteil. So wie du hab ich immer sein wollen. So stolz und so selbstsicher. Und auch so hübsch mit deinen blauen Augen und dem dunklen Haar. Solche Frauen wie dich hab ich immer beneidet, obwohl der Neid eines der sieben Hauptlaster ist. Aber ich war nie schön, bin halt schon mit einem verwachsenen Fuß zur Welt gekommen. Alle meine Schwestern sind jung verheiratet worden, nur mich hat keiner wollen. Grad so, als wär ich nichts wert. Erst als mein Vater starb und ich sein sauer Erspartes als Älteste geerbt hatte, da kam ein Wanderkrämer und hatte um mich geworben. Er war mir nicht sehr angenehm, aber immerhin hat er mich wollen. Am Tag vor der Hochzeit aber ist er dann mit dem Erbe auf und davon.»

Sie biss sich auf die Lippen.

«Weißt du was, Heiltrud?» Serafina nahm sie bei der Hand.

«Du kannst froh sein, dass er auf und davon ist. Stell dir vor, du hättest mit so einem dein ganzes Leben verbringen müssen. Da hast es doch hier bei uns um so vieles schöner.»

Als Serafina den letzten Satz aussprach, merkte sie, wie warm im Herz sich dieses «hier bei uns» anfühlte. Und auch auf Heiltruds Gesicht breitete sich mit einem Mal ein frohes Lächeln aus.

«Bestimmt hast du recht. Das hast du schön gesagt, Serafina.»

KAPITEL 24

✛

Am nächsten Morgen polterte es mehrmals laut gegen das Hoftor. Serafina, die davon erwacht war, hörte eine herrische Männerstimme. Das war ungewöhnlich zu dieser frühen Stunde, doch dann verriet ihr ein Blick aus dem Fenster, dass sie länger geschlafen hatte als sonst. Draußen war es bereits taghell, dabei war sie für gewöhnlich als eine der Ersten auf den Beinen.

So beeilte sie sich, fertig zu werden. Sie hatte eben gerade ihr Gebände um Kopf und Kinn geschlungen und war dabei, den langen grauen Schleier festzustecken, als es an ihre Zimmertür klopfte.

«Serafina?»

Sie erkannte Catharinas Stimme.

«Ich muss verschlafen haben», murmelte sie etwas verlegen, als sie der Meisterin öffnete.

«Keine Sorge, es reicht noch bis zur Frühmesse. Ich denke, du warst nach dem gestrigen Tag sehr erschöpft.» Catharinas Stirn zog sich in sorgenvolle Falten. «Hier, das hat eben der Gerichtsdiener vorbeigebracht.»

Serafina nahm das zusammengerollte Schreiben entgegen und begann zu lesen. Ihre Beklommenheit wuchs mit jedem Wort.

Hiermit bekundet der ehrwürdige Rat der Stadt Freiburg im Breisgau, dass Serafina Stadlerin, derzeit freundliche Arme Schwester der Sammlung zu Sankt Christoffel, am heutigen Dienstag auf Siebenbrüdertag zur neunten Tagesstunde in der hiesigen Ratskanzlei bei den Barfüßern mit Nachdruck allhier und in persona zu erscheinen habe. Datum am 14. Tag des Heuet anno etc. 1415.

Entgeistert ließ sie das Schreiben sinken. «Ich bin vorgeladen. Für heute Nachmittag.»

«Ich weiß.» Catharina unterdrückte einen Seufzer. «Und ich mach mir große Vorwürfe. Du – wir beide – haben uns viel zu weit vorgewagt in der Sache Barnabas. Ich kann nur hoffen, dass niemand von unserem Besuch im Spitalsloch Wind bekommen hat.»

«Aber dann wärst du ebenfalls vorgeladen.»

«Nicht unbedingt. Wie dem auch sei, Serafina: Ab jetzt lässt du den Dingen ihren Lauf. Hast du verstanden? Ich möchte, dass du nichts weiter unternimmst.»

Serafina schwieg. Gehorsamspflicht hin oder her – keiner konnte ihr verbieten, heute noch das Münster aufzusuchen. Danach würde sie weitersehen.

«Ich werde den Ratsherren die Hand darauf geben, dass ich mich heraushalte», gab sie ausweichend zur Antwort. «Aber sie sollen auch wissen, dass ich bislang nichts Unrechtes getan habe.»

Die Meisterin schien nicht allzu beruhigt zu sein ob dieser Erklärung. «Nun gut, ich verlasse mich darauf. Und jetzt beeile dich, wir sammeln uns schon für den Kirchgang.»

Nach der Frühmesse wurde Catharina gleich vor Sankt Martin vom Spitalknecht abgepasst, da bei den Armenpfründnern die

Greisin im Sterben liege. Serafina nutzte die Gunst der Stunde und gab vor, noch vor dem Morgenessen nach ihrem Garten sehen zu wollen. Das war nicht gelogen, nur wollte sie zuvor noch am Münster vorbeigehen.

Sie schlenderte mit den anderen die Sattelgasse hinunter, wartete ab, bis die Frauen im Brunnengässlein verschwunden waren, um dann kehrtzumachen in Richtung Innenstadt.

Auch in Unser Lieben Frauen Münster war die Frühmesse eben erst zu Ende gegangen, und sie musste sich, im Schatten der Kirchhofsmauer verborgen, gedulden, bis die Freiburger Bürger sich zerstreut hatten. Sie wollte vermeiden, einem der Ratsherren über den Weg zu laufen.

Nach kurzem Zögern betrat sie die Portalhalle. Sofort überkam sie, wie jedes Mal, diese tiefe Ergriffenheit angesichts der Schönheit des Münsters. Die beiden Türflügel standen weit offen, und noch bevor sie in die angenehme Kühle des Kirchenschiffs eintauchte, verharrte sie vor der Madonnengestalt, die hier die Kirchgänger begrüßte. Serafina liebte dieses Standbild. So viel Leben und Wärme strahlte Maria mit dem Jesuskind auf dem Arm aus, so innig und liebevoll blickten sich Mutter und Sohn in die Augen, dass man meinte, sie würden gleich zärtlich miteinander zu sprechen beginnen.

Das riesige Kirchenschiff war menschenleer, nur von weit hinten aus der Sakristei drangen Geräusche herüber. Sie benetzte sich am Weihwasserbecken die Finger, schlug das Kreuzzeichen und sah sich um. Ebenso wie der majestätische Münsterturm strebte auch im Kircheninneren alles himmelwärts in unvorstellbare Höhe: die Pfeiler und die Säulenbündel, die Spitzbögen und die kostbaren farbigen Fenster, die wie Edelsteine funkelten und das irdische Licht in himmlisches zu verwandeln schienen. Heute allerdings hatte Serafina keinen

Blick für diese Herrlichkeiten. Ziellos lief sie umher zwischen den mannshohen Figuren von Christus und seinen Jüngern, die an den Pfeilern des Mittelschiffs wachten, musterte jedes Bildwerk, jedes Fenster, jede in Stein gehauene Botschaft, ohne etwas zu entdecken, das ihr weiterhalf.

Sollte sie ihre Suche besser draußen fortsetzen, bei den Propheten? Oder bei den Wasserspeiern, diesen wundersamen Fabelwesen halb Mensch, halb Vieh, durch deren Mäuler das Regenwasser abgeleitet wurde und die mit ihren angsteinflößenden Grimassen und Gestalten das Böse fernhielten?

Sie versuchte sich zu erinnern, was genau Barnabas im Verlies zu ihr gesagt hatte. Zum Glück verfügte sie, wie viele ihrer Mitmenschen, über ein sehr gutes Gedächtnis. Sie musste nur zur Ruhe kommen.

Mit geschlossenen Augen lehnte sie sich an eine der Säulen. Barnabas hatte vom Anblick der Ermordeten als einem Bild gesprochen, einem schrecklichen Bild, das sie dort finden würde, wo die ganze Weltgeschichte erzählt wurde.

Natürlich – die Portalhalle! Dort, über der Kirchentür sowie an den Säulen, Bogenreihen und Nischen der kleinen Vorhalle, stellte sich die Heilsgeschichte dem Betrachter wie in einem aufgeschlagenen Bilderbuch dar, vom Sündenfall bis zum Jüngsten Gericht, in unzähligen kleinen und großen Wandfiguren.

Ihr Blick schweifte kreuz und quer über die Darstellungen, deren Farbe abzublättern begann – über die guten Hirten zu Bethlehem, die fünf klugen und die fünf törichten Jungfrauen, über Adam nach dem Sündenfall, das betende Teufelchen, den Evangelisten Johannes, der mit siedendem Öl übergossen wurde …

Da war es! Ihr Atem stockte. Genau nach diesem Bild hatte sie in Gedanken immer gesucht, und auch Barnabas hatte es zweifellos mit seiner Andeutung gemeint: das Bildnis des Christusverräters Judas Ischariot, der mit einem Strick um den Hals am Baum hing und dessen Hand die dreißig Silberlinge des Verrats entglitten. Da seine schändliche Seele nicht durch den Mund entweichen konnte, war ihm der Bauch aufgeplatzt, aus dem die Gedärme hervorquollen, während seine Seele von zwei grinsenden Teufelchen aufgespießt wurde. Eine überaus grausame Darstellung war das, gleich links über der Tür, und vor Serafinas Auge verschmolzen die beiden nicht minder grausam zugerichteten Leichname von Hannes und Bruder Rochus jetzt zu ebendiesem Bild.

Mit dem zweifachen Mord hatte einer ein Exempel statuiert, begriff sie mit einem Schlag. Ein Exempel zur Warnung an mögliche weitere Verräter eines großen Geheimnisses. Und doch fehlte noch etwas zur Lösung, das spürte sie. Ein letzter Hinweis, von dem sie zwar wusste, aber der ihr trotz allen Nachsinnens nicht in den Kopf kommen wollte.

Sie hatte die ganze Zeit auf das Bogenfeld über der Kirchentür gestarrt. Als sich ihr jetzt eine schwere Hand auf die Schulter legte, erschrak sie fast zu Tode. Doch es war nur der dicke, behäbige Münsterpfarrer, der offensichtlich hocherfreut war, dass jemand aus der Schwesternsammlung sein Gotteshaus besuchte.

«Ja, er hat schwer büßen müssen für seine Sünde, der Apostel Judas. Und doch hat er mit seinem Verrat und seinem Freitod hernach nichts andres getan, als Gottes Heilsplan zu erfüllen.»

Dann nickte er ihr freundlich zu und ging wiegenden Schrittes seiner Wege.

KAPITEL 25

✛

Soll ich dich zur Kanzlei begleiten und dort auf dich warten, bis die Befragung vorüber ist?», fragte die Meisterin. Sie war mittlerweile zurück aus dem Spital, wo die kranke alte Frau in Frieden verstorben war.

Serafina schüttelte den Kopf. «Danke, aber das braucht es nicht.»

Nein, sie fürchtete sich nicht. Oder nur ein ganz klein wenig. Nämlich davor, dass sie ihre Meinung nicht würde hinterm Berg halten können, wenn sie jetzt gleich vor den versammelten Ratsherren stehen würde. Eines indessen hatte sie sich fest vorgenommen: Wenn sie nun schon einmal vor den Rat der Stadt geladen war, konnte sie auch gleich ihre Gnadenbitte für den Angeklagten vorbringen und sich für dessen guten Leumund verbürgen.

Vom Münster her schlug die Glocke die neunte Tagesstunde.

«Ich muss los.» Sie rückte ihren Schleier zurecht.

«Dann geh mit Gott. Und vergiss nicht: Du stehst unter dem Schutz unserer Sammlung und somit auch der Barfüßer. Sollte man dir irgendetwas anhängen wollen, so wird unser Bruder Guardian sich für dich einsetzen.»

Zur Kanzlei gegenüber den Barfüßern war es von hier aus nur ein Katzensprung, doch bis sie dort ankam, rann ihr der

Schweiß vom Körper. Und das lag nicht nur an der schwülen Sommerhitze.

Unter dem Torbogen, auf dem in frischem Anstrich das Freiburger Stadtwappen prangte, holte sie erst einmal tief Luft, bevor sie das Glöckchen läutete.

«Schwester Serafina Stadlerin?»

«Ja, die bin ich.»

Der Gerichtsdiener ließ sie ohne einen weiteren Gruß in die Eingangsdiele eintreten.

«Hier entlang. Ihr werdet schon erwartet.»

Er schob eine schwere Eichenholztür auf, die in eine überraschend kleine Stube mit niedriger Holzdecke führte. Das Licht, das durch die Butzenscheibenfenster hereinfiel, versetzte alles in grünlichen Schimmer. Hatte Serafina erwartet, in der Kanzlei auf die versammelten Vierundzwanziger zu treffen, so sah sie jetzt nur zwei einzelne Gestalten mit dem Gesicht zum Fenster stehen, die eine schlank und hochgewachsen, die andere stämmig und untersetzt.

Im nächsten Moment drehten sie sich zu ihr um.

«Da seid Ihr also, Schwester Serafina.»

Vor ihr standen Sigmund Nidank und der Kaufherr Magnus Pfefferkorn.

«Gott zum Gruße, Ihr Herren», stieß sie hervor. «Ich dachte, ich sei vor den Rat geladen?»

«Vor den Heimlichen Rat, ja.» Nidanks stahlgraue Augen musterten sie kalt. «Denn es geht allein um die Untersuchung der beiden Mordfälle. Die im Übrigen nun endgültig in der Hand der Stadt Freiburg liegt.»

«Ich dachte – war da nicht zuvor Ratsherr Wetzstein – sollte er nicht längst wieder in der Stadt sein?», stammelte sie verwirrt.

«Das Denken überlasst lieber uns.» Er gab dem Gerichtsdiener, der in der offenen Tür stand, einen Wink. «Hol den Schreiber, wir fangen an.»

Gütiger Himmel, das sah ja alles nach einem hochamtlichen Verhör aus.

«Ich sehe Euch an, dass Euch der gute Wetzstein lieber gewesen wäre», fuhr Nidank fort. «Leider, leider hat er uns über einen Boten ausrichten lassen, dass er am Vorverfahren im Fall Barnabas nicht fürderhin teilzunehmen vermag, da er auf unbestimmte Dauer weiterhin auswärts weilt. Und so fiel die Wahl, ihn zu vertreten, auf unsern Ratsherrn Pfefferkorn.»

Serafinas Magen krampfte sich zusammen. O ja, der besonnene Laurenz Wetzstein wäre ihr tausendfach lieber gewesen als der Kaufherr, der sie mit zunehmend feindseligen Blicken zu bedenken schien. Hatte Laurenz Wetzstein ihr nicht sogar zugesagt, er werde ihre Einwände überdenken? Womöglich hatte ja Nidank seine Hände im Spiel, dass Laurenz Wetzstein nicht rechtzeitig zurück in Freiburg sein konnte. Diesem eiskalten Ratsherrn, der die Fäden der Untersuchung in der Hand hielt, traute sie inzwischen alles zu.

Unterdessen war lautlos der Schreiber eingetreten und breitete seine Utensilien auf dem Stehpult aus. Dort lag bereits eine in geschwärztes Leder gebundene Bibel parat.

«Genug der Plauderei.» Nidank winkte sie zum Pult. «Nun ist es an uns, Euch Fragen zu stellen, die Ihr mit nichts als der Wahrheit beantworten werdet. Schwört darauf beim Allmächtigen und der Heiligen Schrift.»

«Ich schwöre es, so wahr mir Gott helfe.»

Sie berührte mit Zeige- und Mittelfinger die Bibel. Dann nahm sie all ihren Mut zusammen.

«Eine Sache noch zuvor, Ihr Herren.» Sie baute sich vor

dem Kaufherrn auf, der fast noch kleiner war als sie. «Ihr selbst, Ratsherr Pfefferkorn, hattet noch bis vor kurzem verfochten, Euer eigener Sohn hätte Hand an sich gelegt und damit eine Todsünde begangen. Ihr hattet mich für meine Zweifel gerügt und angegriffen. Woher Euer plötzlicher Meinungsumschwung? Nur weil man jetzt irgendeine arme Seele aufgegriffen und ins Verlies gesteckt hat? Seid Ihr da nicht ebenso vorschnell in Eurem Urteil wie zuvor?»

Das aschgraue Gesicht des Kaufherrn wurde noch fahler. «Ihr wagt es, mir Vorhaltungen zu machen? Eine Unverfrorenheit sondergleichen.»

«Soll ich das bislang Gesagte alles notieren?», meldete sich der Schreiber zu Wort.

«Natürlich nicht, du Schwachkopf», schnauzte Nidank ihn an. «Und Ihr, Schwester Serafina, hört mir jetzt gut zu. Wenn Ihr nicht für drei Tage auf Wasser und Brot in den Turm wollt, tut Ihr ab sofort nichts anderes als unsere Fragen zu beantworten. Verstanden?»

Serafina biss sich auf die Lippen. Inzwischen war ihre anfängliche Beklommenheit Verärgerung gewichen.

«Fangen wir an. In welcher Beziehung steht Ihr zu dem Bettelzwerg Barnabas?»

«Er ist ein guter Freund.»

«Aha! Entspricht es der Wahrheit, dass Ihr dieses armselige Subjekt hin und wieder in seiner Waldhütte aufsucht?»

«Ein einziges Mal war das, und da war Barnabas krank gewesen.»

«Entspricht es der Wahrheit, dass Ihr am gestrigen Montag ein zweites Mal versucht habt, in den Christoffelsturm zu gelangen, um Euch mit dem Angeklagten zu besprechen?»

Das also hatte dieser Spürhund auch schon herausgefunden! Ließ er sie etwa beobachten? Hoffentlich hatte wenigstens Endres den Mund gehalten darüber, dass sie ihm mehr oder minder offen ein Schmiergeld angeboten hatten.

«Das will ich nicht bestreiten. Aber Barnabas war schon verlegt worden.»

«Entspricht es weiterhin der Wahrheit, dass jener Barnabas in Eurer Sammlung aus und ein geht?»

Es war ganz offensichtlich, worauf er hinauswollte – sie und die Schwestern in einen schlechten Ruf bringen. Würde er damit Erfolg haben, war es ihnen verwehrt, am endlichen Rechtstag Fürbitte einzulegen.

«Nein», wehrte sie entschieden ab. «Wir laden ihn nur sonntags nach dem Kirchgang manchmal zum Essen zu uns ein. Als Lohn für seine Hilfsdienste.»

«Aha!» Diesmal klang sein «Aha» noch schärfer. «Euch ist aber bekannt, dass der Bettelzwerg in ketzerischer Weise gegen die Geistlichkeit hetzt?»

«Nein, das tut er nicht. Er beugt vielleicht nicht das Knie vor jedem Priester, aber er ist kein Ketzer.»

«Und Euch ist vielleicht ebenfalls bekannt», fuhr Nidank scheinbar unbeirrt fort, «dass Schwesternsammlungen, die sich in der alten Tradition der Beginen sehen und sich weder Obrigkeit noch Kirchenleitung unterwerfen wollen, mit einem Bein am Abgrund der Ketzerei stehen?»

Sie schwieg.

«Antwortet!»

«Wir alle im Haus Zum Christoffel sehen uns in der Nachfolge Christi und führen ein Leben nach dem Vorbild der Apostel in Demut und Nächstenliebe, im Dienst an Armen und Kranken. Daran ist nichts Ketzerisches.»

«Führt Ihr auch ein Leben in Keuschheit?»

Verblüfft sah Serafina ihn an. «Wer unkeusch lebt, wird ausgeschlossen. Das müsstet Ihr eigentlich wissen. Wie kommt Ihr auf solch eine Frage?»

«Stellt Ihr die Fragen oder wir?»

Sie musste an sich halten, ruhig zu bleiben. Da sprach gerade der Rechte von Keuschheit! Am liebsten hätte sie Magnus Pfefferkorn, diesem dümmlich vor sich hin schweigenden Häufchen von Mann, entgegengeschleudert, was sein Ratskollege mit seinem Sohn gemacht hatte!

«Ja, wir leben keusch», erwiderte sie, «und falls Ihr auf diese Mauerschmiererei anspielt: Das ist nichts als übelste Verleumdung und eine strafbare Ehrverletzung obendrein.»

Jetzt begann Nidank ölig zu lächeln. «Wenn dem so ist – warum habt Ihr es dann nicht beim Rat angezeigt? Vielleicht weil Ihr doch etwas zu verbergen habt?»

Für einen Moment wurde ihr heiß und kalt. Wusste Nidank etwa Bescheid über sie? Aber von wem sollte er es haben? Sie ermahnte sich, ruhig zu bleiben.

«Hierüber hat die Meisterin zu entscheiden. Und über ihre Gründe müsst Ihr sie schon selbst befragen.»

«Tatsache ist jedenfalls, dass Ihr selbst, Serafina Stadlerin, eine überaus enge Verbindung zum Angeklagten unterhaltet. Tatsache ist auch …» Nidank machte eine bedeutsame Pause. «… dass nicht nur der Bettelzwerg Barnabas am Ort des Verbrechens war, sondern auch Ihr. Und zwar beide Male!»

Dieser letzte Satz hallte ihr wie ein Peitschenknall in den Ohren. «Das ist nichts als Zufall», entgegnete sie. «Ihr wollt mir doch nicht im Ernst anhängen, dass ich mit diesen Morden irgendwas zu tun hätte?»

Vor Wut und Empörung hatte ihre Stimme zu zittern begonnen, und Nidanks Lächeln wurde noch breiter.

«Das wird sich herausstellen, Schwester Serafina», entgegnete er mit sanfter Stimme. «Kommenden Freitagmittag wird Barnabas peinlich befragt werden. Und zwar in aller Schärfe. Da wird die Wahrheit schon ans Licht kommen.» Er tauschte einen Blick mit Pfefferkorn aus. «Ich für meinen Teil wäre zum Ende gekommen. Wie steht es mit dir, Pfefferkorn?»

Der Kaufherr räusperte sich. Er wirkte plötzlich wie ein verhärmter alter Mann, unglücklich und des Lebens überdrüssig. Genau wie am Todestag seines Sohnes. Serafina fragte sich, ob er schon immer so schlohweißes Haar gehabt hatte.

«Ich habe dem nichts hinzuzufügen», bemerkte Pfefferkorn leise.

Nidank gab dem Schreiber ein Zeichen. «Somit ist diese erste Befragung der Begine Serafina Stadlerin beendet.»

«Was soll das heißen – erste Befragung?», stieß Serafina hervor.

«Soll heißen, dass Ihr die Bannmeile unserer Stadt vorerst nicht überschreiten dürft und Euch uns Heimlichen Räten zur Verfügung stellen müsst. Am Freitag werden wir dann sehen, ob eine weitere Befragung notwendig wird. Je nachdem, was dieser Barnabas aussagt.»

Das war zu viel: «Ihr begeht einen Fehler, Ratsherr Nidank! Und Ihr erst recht, Ratsherr Pfefferkorn. Habt Ihr etwa schon vergessen, dass ich Eurer ehelichen Hausfrau Trost und Beistand geleistet habe, dass ich mit ihr um das Seelenheil Eures Sohnes gebetet habe? Wie könnt Ihr nur so auf dem Holzweg sein? Denkt lieber einmal darüber nach, welche Verbindung zwischen den beiden Morden besteht. Die ist doch mehr als offensichtlich. Oder habt Ihr …» Sie wandte sich an Nidank und warf ihm einen glühenden Blick zu. «… vielleicht gar Eure Gründe, *nicht* darüber nachzudenken?»

Nidanks Augen verengten sich zu Schlitzen. «Noch ein Wort, und ich lasse den Büttel holen!»

Entschlossen ging er zur Tür, riss sie auf und bedeutete Serafina, die Amtsstube zu verlassen. Der Gerichtsdiener, der draußen gewartet hatte, brachte sie wortlos hinaus.

Serafina kam gerade bis zum Nachbarhaus der Kanzlei, als sie spürte, wie ihr die Knie weich wurden. Sie lehnte sich gegen die Hauswand und versuchte, ruhig durchzuatmen.

Wer weiß, was Barnabas aussagen würde, wenn ihm erst die Schrauben ins Fleisch gedreht oder die Knochen aus den Gelenken gerissen wurden. Wahrscheinlich würde er alles bestätigen, was Nidank hören wollte – und sie konnte ihm das nicht einmal verdenken.

Ihr lief ein Schauer über den Rücken. Wenn ihr eines klar geworden war nach dieser Vorladung, dann, dass sich der Wind gedreht hatte und ihr jetzt eiskalt ins Gesicht blies. Mehr denn je drängte die Zeit, und wie es aussah, galt es nun, nicht nur Barnabas', sondern auch ihre eigene Haut zu retten.

KAPITEL 26

✦

Das Wetter hatte gegen Morgen umgeschlagen, und jetzt regnete es in Strömen. Serafina fühlte, wie die Nässe durch ihren Umhang drang und sie zum Frösteln brachte. Dazu war sie zum Umfallen müde, denn sie hatte in der vergangenen Nacht kaum Schlaf gefunden. Zu sehr hatte sie diese Unterredung mit den Heimlichen Räten aufgewühlt.

Gleich nach dem Aufstehen hatte sie Gisla in der Schneckenvorstadt aufgesucht, um sich von ihr eine Kräuterrezeptur gegen Brandwunden geben zu lassen. Besorgt hatte die alte Frau sie gefragt, ob sie sich krank fühle, so schlecht, wie sie aussehe, und Serafina war nahe daran gewesen, ihr von der Vorladung zu berichten. Aber zwischen ihr und der Meisterin war vereinbart, Stillschweigen über die Sache zu bewahren, und daran musste sie sich halten. Sogar gegenüber den Mitschwestern sollte sie kein Wort darüber verlieren.

Es waren nur wenige Menschen unterwegs bei diesem Hundewetter, doch nachdem sie das Untertor durchquert hatte, kam ihr ausgerechnet Pater Blasius entgegen. Die Begegnung mit ihm hatte ihr gerade noch gefehlt an diesem Morgen. Zu ihrer Erleichterung schien er sie nicht zu erkennen, und im Eilschritt war er auch schon an ihr vorbei.

«Schwester Serafina?»

Wie vom Donner gerührt blieb sie stehen und fuhr herum. Das Schicksal hatte also doch kein Einsehen gehabt.

«Pater Blasius!» Sie rang sich ein Lächeln ab. «Auch unterwegs bei diesem Mistwetter?»

Der Wilhelmit lächelte zurück.

«Nur der Kleinmütige bemängelt das Wetter.» Seine klangvolle Stimme gewann an Kraft, während seine Arme gen Himmel fuhren, gerade so, als ob er vor seinen Wallfahrern die Freitagsmesse hielte. «*ER zieht empor die Wassertropfen und treibt seine Wolken zusammen zum Regen. Wer versteht, wie ER die Wolken türmt und donnern lässt aus seinem Gezelt? ER bedeckt seine Hände mit Blitzen und bietet sie auf gegen den, der ihn angreift.*»

Er hielt inne, als er Serafinas fragendes Gesicht sah, und setzte dann mit Genugtuung nach: «Buch Hiob, Kapitel 36.»

Serafina hatte wahrlich keine Lust auf erbauliche Bibelworte. Sie wollte schon mit einem freundlichen Gruß ihren Weg fortsetzen, als ihr plötzlich und wie aus dem Nichts in den Kopf schoss, was sie bislang stets übersehen hatte und was doch von entscheidender Bedeutung war: jener Hinweis nämlich, den Jodok ihr, ohne es zu wissen, gegeben hatte. Hatte er ihr nicht erzählt, dass Hannes ihm kurz vor seinem Tod etwas zeigen wollte, was er entdeckt hatte? Eine Sache, die so bedeutsam war, dass er und Bruder Rochus hatten sterben müssen. Wie hatte sie die ganze Zeit über nur so blind sein können?

Jetzt wurde ihr auch klar, was sie diesen Mönch, als Kaplan der Blutwunderkapelle, längst hätte fragen sollen.

Doch Blasius war schneller. «Ich habe gehört, dass Ihr vor den Heimlichen Rat geladen wart, liebe Schwester. Ihr steckt doch nicht etwa in Schwierigkeiten?»

«Aber nein, Pater, wo denkt Ihr hin?» Innerlich schüttelte

sie den Kopf. Woher wusste er das schon wieder? «Eine kurze Zeugenbefragung», sagte sie laut. «Nichts weiter von Bedeutung.»

Er nickte ihr begütigend zu. «Das tät mir auch im Herzen weh, wenn eine gottesfürchtige junge Frau wie Ihr da hineingezogen würdet …»

«Ich will Euch nicht länger aufhalten, Pater, Ihr habt es gewiss eilig. Aber eine Frage hätte ich noch.»

«Fragt nur, liebe Schwester, fragt nur.»

«Und zwar an Euch als Bursar, als Verwalter der Klosterkasse. Gehen die Aufbauarbeiten Eures Waldklosters gut voran? Ich meine jetzt, wo die Menschen angesichts des Blutwunders so überaus reichlich geben.»

Blasius wirkte wie vom Donner gerührt. Schließlich entgegnete er scharf: «Erfreulicherweise geht es voran, wenn auch in kleinen Schritten. Aber mit Gottes Hilfe werden unsere Brüder auf dem Wald bald wieder eine angemessene Heimstatt haben.»

«Und Bruder Rochus – seine Seele ruhe in Frieden – war der Küster der Kapelle?»

«Ja – aber was hat das Euch zu scheren?» Er straffte die Schultern und versuchte sich erneut an seinem immer gleichen Lächeln. «Oder möchte Eure Sammlung etwa eine Ablassspende geben? Das würde uns Brüder, die wir diese heilige Stätte betreuen, natürlich von Herzen freuen.»

«Wer weiß?» Sie sah ihm geradewegs ins Gesicht.

«Nun, Schwester Serafina, ich muss leider weiter. Gott zum Gruße.»

«Ich auch, die Frühmesse ruft. Gott zum Gruße, Pater Blasius.»

Sie blickte ihm nach, wie er in seinem durchnässten Habit

davoneilte, Kopf und Schultern gegen den Regen gebeugt – ein großer, heller Fleck in diesem regengrauen Morgen. Plötzlich stutzte sie. Hatte Blasius die Kapelle nicht eben «heilige Stätte» genannt? Wo hatte sie das schon mal gehört? *Das Böse ist an heiliger Stätte. Und es kann hell sein wie ein nebliger Sommermorgen.* Jetzt fiel es ihr ein: Das waren Barnabas angstvolle Worte gewesen.

Die Morgenmahlzeit verbrachte Serafina in sich gekehrt und ohne dass sie sich an den Gesprächen der anderen beteiligte. Catharina schenkte ihr hin und wieder ein aufmunterndes Lächeln, doch es war weniger die gestrige Befragung in der Kanzlei, die ihr durch den Kopf ging, als vielmehr jener ungeheure Gedanke, der seit der Begegnung mit Blasius von ihr Besitz ergriffen hatte: Das Böse ist hell – hell wie die Tracht der Brüder zu Sankt Wilhelm!

Wieder einmal war sie mit ihren Mutmaßungen in die Irre gegangen. Nicht Ratsherr Nidank mit seiner Vorliebe für Knaben stand am Ende des Fadenknäuels, sondern die Mönche, die in Sankt Peter und Paul Dienst taten. Nicht ausgeschlossen, dass Nidank auch mit drinhing, der Schlüssel zu diesen Morden indessen musste beim Blutwunder selbst liegen.

Pater Blasius war noch nicht im Schatten des Untertors verschwunden gewesen, da hatte sie vor Augen gehabt, was sie bei ihrem letzten Besuch der Wallfahrtskapelle beobachtet hatte. Wie der stigmatisierte Einsiedler auf ein Zeichen gewartet hatte, gleich einem Gaukler beim Possenspiel, und wie schließlich der junge Mönch Immanuel sich daraufhin bückte, als sei ihm etwas heruntergefallen. Und wenn sie sich nicht restlos irrte, war Bruder Cyprians Auftritt so ähnlich auch schon bei ihrem ersten Besuch verlaufen. Bei diesem Blutwunder ging es nicht mit rechten Dingen zu, und die, die darum wussten und mit Verrat drohten, hatten sterben müssen.

«Bist du also damit einverstanden, Serafina?»

Serafina schrak aus ihren Gedanken. «Womit?» Sie hatte überhaupt nicht gehört, was die Meisterin gesagt hatte.

«Dass du dich mit Heiltrud um unsere neue Kranke kümmerst.»

«Wer ist das?»

«Die alte Besenbinderin aus der Neuburgvorstadt. Sag, Serafina – ist dir nicht wohl? Du siehst leichenblass aus.»

«Doch, doch, es ist alles bestens. Entschuldige, dass ich unaufmerksam war.» Serafina spürte, wie die anderen sie anstarrten. «Wann sollen wir los?»

«Jetzt sag bloß – hast du mit offenen Augen geschlafen?», fragte Heiltrud, doch statt Ärger klang echte Besorgnis aus ihren Worten. Seit dem Brand im Hinterhaus war sie Serafina in dankbarer Freundschaft zugetan. «Zum Mittagsläuten sollen wir dort sein, weil wir zuvor alle miteinander Pongratz helfen wollen. Er hat die Holzlatten für den Ziegenverschlag gebracht.»

Serafina versuchte, sich zusammenzureißen, doch es gelang ihr nicht. Sie hatte soeben einen Entschluss gefasst, der ihr Angst einjagte. Übermorgen, wenn wieder Blutwundermesse war, würde sie in aller Frühe zur Kapelle hinauswandern, noch bevor die Kirchgänger dorthin unterwegs waren. Vor allem aber musste sie vor den Mönchen dort sein. Was genau sie dort tun würde, war ihr noch nicht klar – vielleicht diesen Bruder Cyprian heimlich beobachten oder versuchen, in die Sakristei zu gelangen. Oder beides. Sie war sich inzwischen ganz sicher, dass es sich beim Blutwunder um einen einzigen Betrug handelte, ausgeführt von dem nur scheinbar tumben Cyprian und seinem Spießgesellen Immanuel, dem das schlechte Gewissen doch förmlich ins Gesicht geschrieben stand und den sie nie anders als angespannt und unruhig erlebt hatte. Die Beweise hierfür mussten in der Kapelle zu finden sein, und sie würde sich nicht wundern, wenn der saubere Ratsherr Nidank obendrein der Drahtzieher dieser Schmierenkomödie war.

Gegenüber der Meisterin und ihren Mitschwestern wollte sie vorgeben, im Morgentau Kräuter zu sammeln. Das würde man ihr ganz gewiss nicht verwehren. Und selbst wenn – sie war so fest entschlossen, dass sie sich von niemandem und um nichts in der Welt von diesem Plan abhalten lassen würde. Denn es war die letzte Möglichkeit, die Wahrheit herauszufinden, bevor Barnabas gemartert würde.

KAPITEL 27

✛

Jetzt steh nicht nur dumm rum, Adelheid», wetterte Heiltrud. «Los, pack mit an.»

«Du weißt doch, dass ich zwei linke Hände hab.»

«Affengeschwätz. Beim Malen deiner Andachtsbildchen weißt sie ja auch zu benutzen. Hier, nimm die Latten und bring sie zu Pongratz.»

Sie hatten sich allesamt im Hof versammelt, wo sie dem Seiler Pongratz und dessen beiden Kumpanen zur Hand gingen. Zum Glück hatte der Regen aufgehört, doch der ganze Hof stand voller Pfützen.

«Was für eine Sauerei!», schimpfte nun auch Grethe, als sie mitten in eine Wasserlache patschte. «Jetzt ist mein zweites Paar Schuhe auch noch nass.»

Serafina, die Pongratz die Bretter zum Nageln hinhielt, war heilfroh, dass sie etwas zu tun hatte. Und dabei auch noch genau aufpassen musste, wenn sie nicht Gefahr laufen wollte, ihre Finger unter den Hammer zu bekommen. So war sie wenigstens für ein paar Stunden von ihren Grübeleien abgelenkt.

«Da schau an – seid Ihr Schwestern jetzt unter die Zimmerleute gegangen?», hörte sie hinter sich eine wohlbekannte Stimme sagen.

Serafina wandte den Kopf. Es war Adalbert Achaz, der sie belustigt beobachtete.

«Ob Ihr's glaubt oder nicht», gab sie schnippisch zurück, «wir Schwestern stehen in so manchen Dingen unseren Mann. Autsch!»

Der Hammer hatte den Daumen ihrer rechten Hand getroffen.

«O weh! Das wollt ich nicht.» Der Seiler ließ zerknirscht den Hammer sinken. «Aber Ihr hattet auch gerade mit der Hand gezuckt, als ich zugeschlagen hab.»

«Wie schön, dass wir zufällig einen Arzt im Hause haben.» Serafina hielt sich den schmerzenden Daumen, dessen Nagel blutunterlaufen war.

«Und der befiehlt Euch, den Daumen in Wasser zu kühlen. Am besten dort im Regenwasser.»

Achaz schob sie mit sanftem Druck zum Regenfass und öffnete die Abdeckung.

«Taucht die Hand ganz hinein.»

Serafina gehorchte, und der Schmerz ließ nach kurzer Zeit spürbar nach.

«Ich habe von Eurer Feuersbrunst gehört.» Achaz deutete auf den Stall. «Da war Fortuna Euch ja noch einmal gnädig gewesen.»

«In dieser Stadt scheint wirklich nichts verborgen zu bleiben», erwiderte sie spöttisch. Sie wollte ihre Hand aus dem Wasser ziehen, doch Achaz drückte sie wieder hinein.

«Schön drinlassen. Sonst sieht Euer Daumen aus wie ein Elefantenbein.»

In diesem Augenblick trat die Meisterin auf sie zu.

«Der Herr Medicus! Was für eine Überraschung. Was führt Euch zu uns?»

«Verzeiht, dass ich einfach hereingeschneit bin. Aber das Hoftor stand offen. Immerhin scheine ich gerade rechtzeitig gekommen zu sein, um Schwester Serafina ärztlichen Beistand zu leisten.»

Serafina verzog das Gesicht. «Hättet Ihr mich nicht bei der Arbeit gestört, wär das alles gar nicht erst passiert.»

«Du hast dich verletzt?», fragte Catharina besorgt.

«Halb so schlimm.»

Achaz lächelte verlegen. «Es tut mir aufrichtig leid. Aber vielleicht kann ich es mit meiner Nachricht wiedergutmachen.»

«Ihr habt eine Nachricht für uns?», fragte die Meisterin erstaunt.

«Zwei, genau genommen. Die erste lautet: Die Exhumierung von Hannes Pfefferkorns Leichnam ist freigegeben. Am Sonnabend wird er feierlich auf dem Münsterfriedhof beigesetzt, und die Pfefferkornin bittet Euch alle, daran teilzunehmen.»

«Dem Allmächtigen sei's gedankt», rief Catharina aus und strahlte über das ganze Gesicht. Auch Serafina spürte, wie ihr vor Erleichterung warm ums Herz wurde. Nun durfte endlich Friede in diese Familie einkehren.

«Und die zweite Nachricht?», fragte Catharina.

«Dazu würde ich Euch gern allein sprechen. Hier im Hof sind mir zu viele Ohren.»

«Dann kommt mit mir ins Haus.»

«Gern. Es dauert auch nicht lange. Und Ihr», wandte er sich an Serafina, «lasst die Hand noch im Wasser. Ich schaue mir den Daumen hernach noch einmal an.»

Serafinas Freude wich Verärgerung. Wie ein Kleinkind ließ er sie hier stehen. Und dann dieses geheimnisvolle Getue! Erst von guten Nachrichten sprechen und dann mit der Meisterin von dannen ziehen.

Mit einem Ruck nahm sie ihre Hand aus dem Wasser und trocknete sie am Rocksaum ab. Was brauchte sie schon die Ratschläge dieses studierten Bücherwurms.

Als sie zum Ziegenstall zurückkehrte, schüttelte Pongratz abwehrend den Kopf. «Mit *der* Hand könnt Ihr nicht weiterarbeiten. Wir kommen ohnehin schneller voran als gedacht. – Tut es noch sehr weh?»

«Es geht schon, keine Sorge.»

Sie betrachtete ihren Daumen. Er war fürwahr dick geworden und feuerrot dazu, der Nagel inzwischen schwarz. Half da nicht Arnika? Sie hatte erst neulich nach Gislas Angaben eine Tinktur daraus hergestellt.

Rasch eilte sie ins Haus. Als sie auf dem Weg zur Küche am Refektorium vorbeikam, hörte sie hinter der verschlossenen Tür Catharinas Stimme. Es fiel ihr schwer, ihre Neugier zu zügeln und nicht zu lauschen. Nur einen Satz hörte sie: «Ich muss das dem Bürgermeister melden», dann war sie auch schon an der Tür vorbei.

In der Küche suchte sie sich sauberes, dünnes Leinen, holte das Fläschchen mit Arnika aus der Vorratskammer und tränkte damit das Tuch. Nur leider wollte es ihr auch nach dem dritten Versuch nicht gelingen, mit der linken Hand einen ordentlichen Verband um den schmerzenden Daumen zu wickeln.

«So ein Bockmist!», entfuhr es ihr.

«Kann ich Euch helfen?»

Achaz und die Meisterin waren hinter ihr in die Küche getreten, und der Medicus schien Mühe zu haben, ernst zu bleiben ob ihrer unbeholfenen Verrenkungen.

Dagegen war Catharina sichtlich erschrocken. «Ach du liebe Güte, der ist ja ganz dick!»

«Ich sag's ja.» Achaz nahm vorsichtig ihre Hand in seine und untersuchte sie von allen Seiten. «Ihr hättet den Daumen viel länger im Wasser halten sollen.»

Wieder fiel Serafina auf, welch schöne Hände er hatte. Angenehm kühl obendrein. Wo hatte sie das schon einmal bemerkt? In Konstanz?

Er ließ sie los. «Da hilft eigentlich nur noch Arnika. Habt Ihr welches im Haus?»

Triumphierend hielt sie ihm das Fläschchen unter die Nase.

«Arnika?», fragte er.

«Arnika.»

«Gute Wahl, Schwester Serafina.» Er riss das Leinen in zwei schmalere Streifen. Den ersten faltete er zu einer Kompresse, tränkte sie mit der Tinktur und bedeckte damit Serafinas Daumen; mit dem zweiten Streifen legte er fachmännisch einen Verband an.

«Fertig. In zwei, drei Tagen spürt Ihr nichts mehr.»

«Das hätt ich Euch gar nicht zugetraut. Seid Ihr nun eigentlich Wundarzt oder Gelehrter?»

«Beides zusammen. Und nun kommt mit an die Haustür, damit wir uns keinen Verdächtigungen aussetzen, so allein in der Küche.»

Serafina bemerkte jetzt erst, dass die Meisterin den Raum bereits verlassen hatte.

«Zuerst will ich wissen, was es so Unerhörtes gibt, dass Mutter Catharina den Bürgermeister aufsuchen will.»

«Habt Ihr etwa gelauscht?»

Sie musste fast lachen. «Hätt ich gelauscht, bräuchte ich Euch nicht mehr zu fragen. Also?»

«Ich hab herausgefunden, wer ‹Hurenhaus› auf Eure Mauer geschmiert hat. Das war überraschend leicht, ich musste nur lange genug hier in der Gegend herumfragen.»

«Wer war es?»

«Der Kerl war so blöd, dass er sich nicht mal vermummt hatte. Hatte sich wahrscheinlich bloß vergewissert, dass er allein in der Gasse war, und dann losgelegt. Dabei hat ihn ein Taglöhner, der für einen der Schuhmacher hier arbeitet, beobachtet.»

«Jetzt lasst mich nicht so zappeln, Achaz!»

«Es war Diebold Pfefferkorn.»

«Nein!»

«Gestern nun hab ich ihn zur Rede gestellt, und er wollte natürlich nichts zugeben. Als ich ihn ein wenig unter Druck setzte, hat er sich herausgeredet mit Ausflüchten wie: Er habe an einem durchzechten Abend mit Freunden darauf gewettet, als eine Art Mutprobe, und es tue ihm leid, eine solche Dummheit begangen zu haben. So habe ich es im Übrigen auch Eurer Meisterin weitergegeben, als bösen Schelmenstreich nach einer Wette unter Halbstarken.»

«Aber warum? Warum gerade unser Haus? Da muss doch noch jemand anderes dahinterstecken?»

«Eben das hab ich auch gedacht.» Er trat zum offenen Fenster und sah hinaus, um sich zu vergewissern, dass die Frauen allesamt im Hof waren. Dann fuhr er mit gesenkter Stimme fort:

«Und genau deshalb hab ich mir den Kerl heute früh noch ein zweites Mal vorgeknöpft. Ihr müsst wissen, dass ich Pfefferkorns Frau ärztlich betreue, seit sie durch Hannes' Tod einer tiefen Melancholie verfallen ist. Nachdem ich mit der Visitation von Walburga Wagnerin also fertig war, hab ich mir

Diebold zur Brust genommen und ihn vor die Wahl gestellt: Entweder würde ich auf der Stelle sowohl seiner Mutter als auch dem Bürgermeister von dem Streich erzählen, oder aber er würde mir die Wahrheit sagen – nämlich wer tatsächlich dahintersteckt. Dann wäre er obendrein die Verantwortung für diese üble Ehrverletzung los. Da hat er dann ganz schnell ausgepackt.»

Er machte eine vielsagende Pause, doch Serafina glaubte die Auflösung ohnehin zu wissen.

«Das war ein geschickter Spielzug von Euch», sagte sie anerkennend. «Diebold will nämlich nichts lieber als seiner Mutter gefallen. – Lasst mich raten: Der Anstifter war Sigmund Nidank.»

Achaz grinste breit. «Das hatte ich auch vermutet. Um nämlich Euren Ruf zu schädigen. Übrigens ist da noch etwas, das Euch sehr erleichtern wird.» Er beugte sich zu Serafina herunter, so dicht, dass sein Atem ihr Ohr kitzelte. «Diebold hatte den Auftrag, irgendeine Beleidigung auf die Mauer zu schmieren, die Eure Sammlung in Misskredit bringen sollte. Das mit dem Hurenhaus war allein auf seinem Mist gewachsen. Niemand weiß also von Eurer Vergangenheit.»

Serafina tat, als hätte sie diesen letzten Satz überhört, obgleich ihr fürwahr ein Stein vom Herzen fiel. Sie trat einen Schritt zurück und sagte: «Alsdann, sprecht weiter.»

«Wir waren beide auf dem Holzweg. Sigmund Nidank war es nicht.»

Das verblüffte Serafina nun doch. «Wer dann?»

«Der Auftrag kam von einem der Wilhelmitenmönche. Von wem genau, wollte oder konnte Diebold nicht verraten. Aber wenn Ihr wollt, werde ich auch das herausfinden.»

Für einen Augenblick war sie sprachlos. Nach einer Pause

sagte sie leise: «Danke, Achaz, dass Ihr mir all das so offen erzählt habt. Jetzt wird mir einiges klar.»

«Wie meint Ihr das?»

«Nichts, nichts – vergesst es», wehrte sie ab. «Gehen wir hinaus zu den anderen.»

Er nickte, und sie ging voran.

«Beinah hätte ich's vergessen», hörte sie ihn hinter sich sagen. «Freitag früh werde ich den Leichnam ausgraben, und ich wäre sehr froh, wenn Ihr dabei wärt. Wegen der Gebete. Keine Sorge, Ihr werdet nichts von den Gebeinen zu sehen bekommen.»

Sie blieb stehen, ohne sich umzudrehen. «Das geht leider nicht. Ich habe schon etwas Wichtiges vor.»

«Aber ich habe die Meisterin bereits um Erlaubnis gebeten, und sie hat zugesagt.»

«Sie weiß nicht, was ich vorhabe», murmelte sie. «Aber ich muss etwas tun, was keinen Aufschub erlaubt. Für Barnabas.»

Er fasste sie beinahe grob bei der Schulter und drehte sie zu sich herum. «Serafina! Versprecht mir, keine Dummheiten zu machen. Hinter dieser Mordsache steckt vielleicht mehr, als wir ahnen. Lasst die Finger davon, das ist brandgefährlich.»

«Keine Sorge, ich kann schon auf mich selbst aufpassen.»

Kapitel 28

Am Freitag machte sich Serafina in aller Frühe auf den Weg nach Sankt Peter und Paul. Sie war eine der Ersten, die das soeben geöffnete Obertor passierte, und bis auf einen Schäfer beim Dörfchen Ebnot begegnete ihr keine Menschenseele. Es versprach ein herrlicher Sommertag zu werden. Ein leichter Wind wehte von den Bergen herunter, die Schwalben zogen hoch in der Luft ihre Kreise, und die Morgensonne würde bald ihre ersten warmen Strahlen in das breite Dreisamtal schicken.

Sie beschleunigte ihren Schritt. Ja, sie hatte Angst. Große Angst sogar. Doch jedes Mal, wenn ihr die Beine schwer wurden, dachte sie daran, dass Barnabas heute Nachmittag ins Marterhäuslein geführt werden würde – sofern nicht ein Wunder geschah und sie selbst es zu verhindern schaffte. Und dazu blieb ihr, wenn überhaupt, nur eine Stunde Zeit, da die Wilhelmiten mit Sicherheit geraume Zeit vor Beginn der Messe eintreffen würden.

Von Catharina hatte sie tatsächlich die Erlaubnis bekommen, der Frühmesse bei den Barfüßern fernzubleiben und stattdessen die Exhumierung von Hannes' Leichnam mit Gebeten zu begleiten. Es war ihr ungemein schwergefallen, ihre Meisterin anzulügen, indem sie ihr gegenüber vorgab, schon im Morgengrauen aufbrechen zu wollen, um im Eschholz noch einige Pflanzen zu sammeln. Von dort wolle sie dann stracks weiter zum Schindanger. Um diese Absicht zu unterstreichen, hatte sie sogar eine Rückentrage mitgenommen.

Innerlich schüttelte sich Serafina. So viele Lügen auf einmal. Damit würde sich die Frage nach dem Bestehen ihrer Probezeit als Christoffelschwester von selbst erledigen. Als Catharina nämlich gestern nach der Abendandacht noch einmal alle Frauen feierlich zusammengerufen hatte, um zu verkünden, dass Serafinas Prüfungszeit dem Ende zugehe, da war ihr, als würde sich ihr eine Schlinge um den Hals legen.

«An diesem Sonntag werden es drei Monate sein, dass unsere Mitschwester Serafina bei uns ist», hatte die Meisterin ihre kleine Rede eröffnet. «Für mich fühlt es sich an, als wäre sie schon sehr viel länger unter uns. Sie hat sich schnell in unseren kleinen Kreis eingefügt, hat mit der Bewirtschaftung des neuen Gärtchens und ihrer Kräuterapotheke unsere Schwesternsammlung bereichert und war sich doch nie zu schade, auch die geringsten Dienste zu übernehmen. So frage ich euch nun, wie es das Regelbuch vorschreibt, dem Alter nach: Soll Serafina bei uns bleiben?»

Sie waren im Kreis um sie herumgestanden, und Serafina hatte nur ein ums andere Mal daran gedacht, dass sie sich am nächsten Morgen heimlich davonschleichen würde, um etwas zu tun, wozu sie niemals die Erlaubnis erhalten hätte. Jede der Frauen hatte mit Ja geantwortet – zunächst die alte Mette, mit Tränen der Rührung in den Augen, dann in energischem Tonfall Heiltrud, mit einem bezaubernden Lächeln die schöne Adelheid und Grethe schließlich mit einem lauten Juchzen. Catharina, als Meisterin, hatte das letzte Wort gehabt, und auch sie bekundete ein klares und freudiges «Ja!».

Serafina, die nun ihrerseits ihren Willen zum Ausdruck bringen sollte, war die Kehle wie zugeschnürt, und sie hatte gerade noch ein Krächzen herausgebracht. Sie konnte nur hoffen, dass die anderen, die ihr nun eine nach der anderen um den Hals fielen, dies als Ergriffenheit auslegten. Zu jeder anderen Zeit hätte sie vor Freude gejubelt, doch sie ahnte: Die große Feier, die nun für den Sonntag nach der heiligen Messe festgesetzt war und zu der man Freunde des Hauses zum Festschmaus einladen wollte – diese Feier würde angesichts ihrer Eigenmächtigkeiten und ihrer Lügen niemals stattfinden. Und doch hatte sie keine Wahl, wollte sie Barnabas vor der Tortur und dem qualvollen Tod des Räderns retten. So hatte sie ein Stoßgebet zum Himmel geschickt, dass Barnabas am Sonntag wenn schon nicht bei ihrer Feier, so doch wenigstens in Freiheit sein würde.

Nach kurzer Zeit schon hatte sie das Zollhäuschen erreicht, das nicht weit vom Schauplatz des zweiten Mordes entfernt stand, und umging es in einem großen Bogen. Ihr war bewusst, dass sie nun auch noch gegen die Auflage der Heimlichen Räte verstieß, indem sie die Gemarkung der Stadt Freiburg verließ.

Ein herrenloses hellbraunes Hündchen schoss plötzlich auf sie zu und begrüßte sie freudig.

«Was bist denn du für einer?», murmelte sie und streichelte das flauschige Fell. Der Hund leckte ihre Hand. «Jetzt geh zurück, wo du herkommst. Ich kann dich leider nicht brauchen, bei dem, was ich vorhabe.»

Doch das Tier heftete sich ihr für den Rest des Weges an die Fersen. Da beschloss Serafina, es als gutes Zeichen zu nehmen. So war sie wenigstens nicht allein auf Feld und Flur. Als sie jetzt in das Kappeler Seitental einbog, glaubte sie, ein

Stück weit hinter sich einen Schatten ins Gehölz huschen zu sehen. Auch das Hündchen hatte es bemerkt und zu knurren begonnen. Gewiss nur ein aufgescheuchtes Reh, versuchte sie sich zu beruhigen, und fast war sie froh, als sie kurz darauf den Hügel mit der Kapelle erreichte.

Sankt Peter und Paul lag noch still und einsam im Morgenschatten. Zwischen den Gräbern des Kirchhofs stieg sie den Hügel hinauf bis auf Höhe des Chors. Dort nahm sie ihre Rückentrage ab, verbarg sich hinter einem hohen Grabstein und lauschte in Richtung Bruderhäuslein, das sich einen guten Steinwurf entfernt von der Tür zur Sakristei befand. Auch von dort war nichts zu hören, Tür und Fensterladen waren zugezogen.

Das Herz schlug ihr bis zum Hals, als sie so leise als möglich zum Portal des Kirchleins schlich. Es war verschlossen. Damit hatte sie nicht gerechnet, kannte sie es doch aus ihrer Heimat am Bodensee, dass die Kapellen draußen auf dem Land jedem Gläubigen offen standen. Zur Sakristei brauchte sie gar nicht erst gehen, sie war nach außen hin mit Sicherheit versperrt, der heiligen Gerätschaften wegen. Nun gut, dann würde sie mit ihren Erkundigungen bei der Einsiedlerhütte beginnen. Dort war nämlich eine Art Schuppen oder Stall angebaut, damit sich die Eremiten, wie in vielen Einsiedeleien üblich, mit einer Milchziege versorgen konnten. Es war ohnehin wahrscheinlicher, dass sie das, wonach sie suchte, im Bruderhäuslein finden würde.

Im Schutz des Gehölzes, den kleinen Hund noch immer dicht am Rocksaum, näherte sie sich dem einfachen Holzbau vom Waldrand her, der wie eine dunkle Wand in den Morgenhimmel ragte. Bei jedem Knacken unter ihren Füßen hielt sie erschrocken inne, denn sie konnte davon ausgehen, dass jetzt, bei Tagesanbruch, Bruder Cyprian ebenso auf den Beinen war wie sie selbst.

Als sie bis auf wenige Schritte heran war, den Wald immer noch im Rücken, blieb sie erneut stehen, um zu lauschen. Eigentlich müsste sie Cyprian, wenn er ein gottesfürchtiger Mann war, beten hören, zumal sein Empfang der freitäglichen Stigmata, auf welch betrügerische Art auch immer sie auf ihn niederkommen mochten, kurz bevorstand. Doch was sie stattdessen hörte, waren ganz andere Laute, die sie zunächst nicht einschätzen konnte.

Wollen mal sehen, was du so treibst, Bruder Cyprian, dachte sie und gab sich einen Ruck. Von dort, wo sie stand, blickte sie auf die Rückwand der Hütte, während die Eingangstür auf der gegenüberliegenden Seite zur Kapelle hin lag. In diese Rückwand war auf Brusthöhe eine kleine Luke eingelassen, die nur angelehnt war und wohl früher als Almosenklappe gedient hatte. Die schmale Tür zum Schuppen befand sich ebenfalls auf dieser Seite. Serafina kniff die Augen zusammen. Das Türchen war zwar mit einem Schieberiegel versehen, jedoch gänzlich ungesichert.

Das erleichterte die Sache ungemein. Zwar trug sie in ihrer Rocktasche eine kräftige Zange, die sie für alle Fälle aus der Werkzeugkiste entwendet hatte und mit der sich einfache Vorhängeschlösser aufbiegen ließen, doch wäre das nicht ohne Geräusch vor sich gegangen.

Sie durfte nicht länger zögern. Bald würden die Mönche mit den Ministranten eintreffen und dann die ersten Kirchgänger. Beherzt trat sie aus dem Schatten des Gebüsches und näherte sich auf Zehenspitzen der Hütte. Plötzlich erkannte sie, was da durch die Luke nach außen drang: Jemand schmatzte ungehemmt vor sich hin!

Sie beugte sich zu der Luke hinunter und spähte hinein. Es brauchte einen Augenblick, bis sie im Halbdunkel der Hütte etwas ausmachen konnte. Eine hagere Gestalt, deren verfilztes Langhaar unschwer Bruder Cyprian erkennen ließ, kauerte an einem klobigen kleinen Tisch und verschlang genüsslich Wurst und Käse, deren Geruch ihr bis unter die Nase stieg. Von wegen Enthaltsamkeit und Kasteiung, von wegen nur Wasser und Brot!

Ihr Verdacht hatte sich also bestätigt. Und ebenso wenig, wie dieser falsche Heilige fastete, war er auserwählt, die Wunden des Heilands zu empfangen. Sie musste nur noch die Beweise finden. Mit zwei Schritten war sie am Schuppen und schob langsam, ganz langsam, den Riegel zur Seite. Das leise Quietschen, während sie die Tür einen Spalt weit aufschob, ließ sie zusammenzucken. Sie hielt inne. Noch konnte sie davonlaufen.

Doch Bruder Cyprian schien sich in seiner Brotzeit nicht stören zu lassen, denn jetzt rülpste er vernehmlich. Rasch schlüpfte sie mitsamt dem Hündchen in den Schuppen und zog die Tür hinter sich zu. Das Licht, das durch die Spalten der Latten drang, ließ zunächst nur altes Gerümpel erkennen: Schaufel und Harke neben einem Stapel Brennholz, ein zerbrochener Schemel, ein alter Ledereimer mit Scherben darin, ein Haufen Lumpen in einer Ecke und andere mehr oder weniger wertlose Dinge. Dazu stank es nach altem Mief und Mäusekot. Und auch ein wenig süßlich.

Unterdessen war der Hund schnurstracks zu dem Stoffhaufen gerannt und begann aufgeregt darin zu wühlen. Sie schob die Lumpen mit der Fußspitze zur Seite, woraufhin eine nagelneue Holzkiste zum Vorschein kam. Als sie den Deckel öffnete, hielt sie den Atem an: Deutlich stieg ihr der Geruch von frischem Schweineblut in die Nase. Zwei Blechkannen, kleinen Milchkannen ähnlich, befanden sich in der Kiste, dazu ein irdener Becher und ein Kästchen mit befremdlichem Inhalt. Da gab es eine Spritze, eine kleine Schöpfkelle, einen hölzernen Rührlöffel sowie zahlreiche daumennagelgroße Kügelchen, aus Schweinsblase oder Darm gefertigt.

Da hatte sie nun die ganze schlichte Wahrheit des sogenannten Blutwunders vor Augen, das Woche für Woche Heerscharen staunender Christenmenschen hierher strömen ließ. So einfach konnte man also die Leute für dumm verkaufen – selbst einen Mann Gottes wie Pater Blasius!

Sie hob die Deckel der Kannen auf. Wie erwartet, befand sich in der einen dickflüssiges Blut, in der anderen Wasser zum Verdünnen. Man brauchte das verdünnte Blut nur mit der Spritze in die Kügelchen zu füllen, die sich wunderbar in den Falten von Cyprians Lumpengewand verstecken ließen. Mit ein wenig Geschick und Übung konnte der Einsiedler dann während der Messe die Blutkügelchen herausklauben, in den Händen verbergen und dann zu gegebenem Zeitpunkt zerplatzen lassen. Nur für die Wundmale an den Füßen brauchte es fremde Hilfe – und in Gedanken sah Serafina wieder den jungen Mönch Immanuel vor sich, wie er sich bückte, als sei ihm etwas heruntergefallen oder als wolle er sich an dem langen Saum von Cyprians Kutte zu schaffen machen. Was für ein Schelmenstück!

Nur leider hatten zwei Männer der erfolgreichen Fortdauer dieses Wunders im Wege gestanden. Bruder Rochus, als Küster der Kapelle, war entweder eingeweiht gewesen und hatte irgendwann, als ihn die Gewissensbisse plagten, gedroht, alles zu verraten. Oder er war, ebenso unwissend wie der junge Hannes, zufällig auf diese Kiste hier gestoßen.

Sie hatte Mühe, das Hündchen von ihrem Fund fernzuhalten, und so schloss sie rasch den Deckel der Kiste. Sie hatte genug gesehen, um die Freiburger Ratsherren zu überzeugen, dass in Sankt Peter und Paul ein ganz infamer Betrug vor sich ging, in dessen Folge zwei Menschen hatten sterben müssen. Von hier aus würde sie ohne Umwege in die Kanzlei marschieren und ihre Entdeckung melden.

Gerade als sie die Lumpen wieder zurechtlegte, möglichst so, wie sie zuvor gelegen hatten, ließ ein lautes Gepolter von nebenan sie zusammenschrecken. Das Hündchen begann leise zu knurren.

«Bist du schon wieder am Fressen?», hörte sie plötzlich eine ergrimmte Männerstimme. «Wie oft hab ich dir gesagt, dass vor der Freitagsmesse nichts mehr gegessen wird? Auf dass du hernach womöglich rülpsen oder furzen musst ...»

Ihr Herzschlag setzte aus. Jeden anderen hätte sie bei Cyprian erwartet, nur nicht Pater Blasius! Mit einem Satz war sie bei der Tür, doch die ließ sich plötzlich nicht mehr aufschieben.

Nebenan schien Cyprian nicht minder erstaunt als sie selbst. «Warum bist du überhaupt schon hier, Bruder?», stammelte er.

«Das will ich dir sagen. Weil ich vermute, dass uns jemand auf der Spur ist. Hast du jemanden gesehen oder irgendwelche verdächtigen Geräusche gehört?»

«Nein, ich schwör's.»

«Wahrscheinlich hast du über dein Geschmatze gar nichts hören können. Schau dich nur mal an, wie dir das Wurstfett im Bart hängt. Widerlich! Dazu mach ich jede Wette, dass du gestern Abend wieder vergessen hast, das Vorhängeschloss an den Riegel der Schuppentür zu hängen. Wie damals bei diesem Ministranten.»

Herr, steh mir bei, flehte Serafina innerlich, und lass mich unbemerkt in den Wald entkommen. Verzweifelt hantierte sie an der Tür herum, an der sich von außen auf verhexte Weise der Riegel bewegt und zugezogen haben musste. Immer wieder griffen ihre zitternden Finger durch einen Lattenspalt hinaus, tasteten wieder und wieder nach dem dünnen Eisenstift, wobei ihr verletzter Daumen heftig zu schmerzen begann. Da endlich erspürte sie das Eisen, sie schob und ruckte ein wenig – und der Riegel sprang zurück.

Sie musste an sich halten, die Tür nicht aufzureißen und sich durch das Quietschen der Angeln zu verraten. In einem Anflug von Geistesgegenwart zog sie die Eisenzange aus ihrer Rocktasche und hielt sie abwehrbereit in ihrer Rechten, während ihre andere Hand vorsichtig die Tür aufzog, bis der Spalt breit genug war. Lautlos huschte sie hinaus – und prallte gegen die breite Brust von Pater Blasius.

«Genau dich habe ich hier erwartet!» Seine Augen blitzten. «Die überaus neugierige Schwester Serafina.»

Ohne nachzudenken holte sie aus, um ihm die Zange gegen den geschorenen Schädel zu schlagen, doch tat ihr der Daumen inzwischen so weh, dass sie keinerlei Kraft mehr in der Hand spürte. Die Zange glitt ihr aus den Fingern, und schon hatte Blasius ihr Handgelenk gepackt und ihr unsanft den Arm auf den Rücken gedreht.

«Au! Lasst mich sofort los!», schrie sie.

Mit zurückgezogenen Lefzen und drohendem Knurren hüpfte der kleine Hund um Blasius herum.

«Jetzt ist's aus mit dir, Hexe! Glaub ja nicht, dass dir dein Gezeter irgendwas nützt. Und diese lächerliche Töle hier, die du als Wachhund mitgebracht hast, schon gar nicht.» Seine Stimme hatte jeglichen Wohlklang verloren. «Und du, Bruder

Cyprian, glotz nicht so blöde. Hilf mir lieber, das Weib in die Hütte zu schaffen.»

Im selben Augenblick schnappte der Hund zu und erwischte den Fußknöchel des Paters.

«Du Mistvieh!»

Blasius versetzte ihm einen Tritt, der ihn in hohem Bogen über das Wiesenstück schleuderte. Jaulend floh das Tier in das schützende Walddickicht und blieb dort verschwunden.

Sosehr Serafina auch um sich trat – gegen die beiden Männer kam sie nicht an. Grob schob Blasius sie vor sich her, bis sie in der schäbigen Hütte des Einsiedlers standen.

«Was hast du mit ihr vor, Bruder Blasius?»

«Dasselbe wie mit den anderen Verrätern.»

Cyprian klappte die Kinnlade herunter. «Dann warst also *du* das und nicht der Herrgott?»

«Wie einfältig bist du eigentlich, dass du das geglaubt hast?» Er schlug ihm hart gegen den Nacken. «Jetzt verriegel die Tür von innen und schließ die Luke.»

«Aber dann ist's ja dunkel.»

«Du sollst ja auch ein Licht entzünden, du Schafskopf.»

Serafina erkannte, dass Cyprian nicht weniger zitterte als sie selbst. Endlich hatte er es geschafft, eine Tranlampe zu entfachen, dann schob er den Riegel vor und schloss die kleine Luke.

«Was jetzt?», stieß sie hervor. In ihren Ohren begann es zu rauschen. «Wollt Ihr mich auch abschlachten? Wie Hannes und Bruder Rochus?»

«Warum steckst du auch dein freches Näschen in Dinge, die dich nichts angehen? Wir haben dich mehrfach gewarnt, aber du hast nicht hören wollen. Genau wie Bruder Rochus, der uns wie Hannes auf die Spur gekommen ist. Mit einem Beutel Silber für seinen alten Vater haben wir ihn abgefunden, aber er wollte mehr, immer mehr.»

«Wir? Wer ist wir?»

«Das geht dich nichts an.» Er drehte ihr auch den anderen Arm auf den Rücken. «Gib mir den Strick von deiner Kutte», befahl er Cyprian.

Kein Paternoster später waren ihre Handgelenke auf dem Rücken fest zusammengebunden. Inzwischen war ihr schlecht vor Angst. Zugleich aber erwachte ihr Widerstandsgeist. Nein, so schnell würde sie nicht aufgeben.

«Bald werden Bruder Immanuel und die Ministranten hier sein. Und die ersten Kirchgänger.»

Blasius lachte auf. «Wir haben genug Zeit für das, was ich vorhabe.» Er wies auf die große Sanduhr, die auf dem Tisch stand. «Auf das Stundenglas dort kann ich mich verlassen. Eines vermag selbst unser Bruder Cyprian, auch wenn er ansonsten nicht mit großen Geistesgaben gesegnet ist: Nämlich vom ersten Hahnenschrei an das Stundenglas regelmäßig umzudrehen, damit wir pünktlich mit unserem Blutwunder beginnen können. Man könnte fast sagen, er ist ein wandelnder Zeitmesser. Nicht wahr, Bruder?»

Cyprian nickte stolz. Er hatte aufgehört zu zittern. «Es wird doch alles gut, Bruder Blasius, oder?»

«Ja, das wird es, wenn du tust, was ich dir sage.»

Wie gebannt starrte Serafina auf das Glas, in dem ein dünner Faden aus Sand herunterrann. Sie musste Zeit gewinnen, das war die einzige Möglichkeit, dieser Hölle zu entkommen. Sie straffte die Schultern und versuchte, ihrer Stimme einen festen Klang zu geben.

«Warum betrügt Ihr die Menschen mit diesem falschen

Spektakel und mordet sogar dafür? Ist es des Geldes wegen, das Ihr als Bursar dafür einnehmt?»

«Geld!» Der Pater verzog verächtlich das Gesicht. «Was schert mich das elende Silber? Und ein Mörder bin ich schon gar nicht. Der gemeine Mord ist eine Todsünde, es sei denn, er dient einem höheren Ziel. Ich will dir verraten, worum es hier geht. Um einen göttlichen Auftrag in dieser gottlosen Zeit.»

Er verfiel wieder in diesen Singsang, den er bei seinen Predigten anzuheben pflegte und der auch Serafina, wie sie sich voller Scham eingestehen musste, tief berührt hatte. Wie widerwärtig das mit einem Mal klang!

«Sind nicht den Bürgern Tanzfeste und Fressgelage wichtiger als der Gottesdienst? Heißen die neuen Götzen nicht Wollust, Glücksspiel und Gier nach immer mehr Reichtum? In einer Zeit, wo selbst die Geistlichen statt ihres Habits Schnabelschuhe, Seidenkleider und pelzgefütterte Umhänge tragen und die Nonnen eigene Haushaltungen mit Dienstmägden führen, sich auf Jahrmärkten und Fastnachtsumzügen herumtreiben, um sich dann hinter verschlossenen Türen mit geilen Mannsbildern zu verlustieren – woran soll da das einfache Volk noch glauben? Eine ganz und gar schamlose Zeit ist das!»

Seine wohlklingende Stimme war am Ende schrill geworden. Fassungslos starrte Serafina den Pater an. Dieser Mann war von Sinnen! Wie eine schwarze Wand kehrte die Angst zurück.

«Der Allmächtige selbst hat mir diesen Auftrag gegeben.» Blasius wurde wieder ruhiger. «ER hat mir befohlen: Bringe mir mein Menschenvolk auf den Weg der Frömmigkeit zurück, auf dass es mich wieder ehret und fürchtet. Ja, da schaust du, Serafina. Der Zweck heiligt die Mittel. Und was spricht schon gegen ein bisschen Brimborium und Possenspiel, wenn es die Herzen der Menschen für Gott öffnet?»

Sie wollte etwas erwidern, doch die Worte blieben ihr im Hals stecken. In diesem Augenblick vernahm sie Hufgetrappel, das rasch lauter wurde. Ihre Rettung – ein Pferd kam in ihre Richtung galoppiert! Vielleicht ein Zöllner auf Streife? Ein Edelmann, der vom Blutwunder gehört hatte? Sie beschloss zu schreien, um auf sich aufmerksam zu machen, doch bevor sie auch nur die Lippen öffnen konnte, hatte Blasius ihr schon seine Pranke auf den Mund gepresst.

«Schnell, ein Stück Stoff, nun mach schon!»

Cyprian reichte ihm einen Streifen schmutzigen Tuchs, das Blasius ihr in den Mund stopfte. Draußen begann das Pferd zu wiehern. Sie würgte und bekam kaum noch Luft, glaubte schon, ihre letzte Stunde sei gekommen, in dieser dreckigen Hütte, mit diesem dreckigen Stück Stoff im Mund, als sie es endlich schaffte, halbwegs durch die Nase zu atmen. Da verhallte das Hufgetrappel in Richtung Waldrand, und ihre letzte Hoffnung schwand. Wie sollte sie diesen Irren am Reden halten, wo sie ab jetzt zum Schweigen verdammt war?

Doch da war er wieder, dieser unbändige Lebenswille. Nein, ihre Zeit war noch nicht gekommen, viel zu jung fühlte sie sich zum Sterben.

In ihrer Verzweiflung stieß sie ein Grunzen aus, als ob sie etwas sagen wollte, und starrte Blasius fragend an. Hatte sie doch erkannt, wie liebend gern dieser Mensch sich reden hörte.

Und welch ein Wunder – sie hatte Erfolg!

«Ja, ja, ich gebe zu, dass das Ganze nicht allein mein Einfall war. Jetzt kann ich es dir ja verraten, du schönes Kind, da deine Sanduhr ohnehin bald abgelaufen ist. Sigmund Nidank, mein bester Freund aus Jünglingszeiten, kam auf mich zu, als er letzten Jahres die Pflegschaft über Sankt Peter und Paul übertragen bekam. Da sei doch was draus zu machen, mit diesem Einsiedler und der einsamen Kapelle, hatte er gemeint. Etwas ganz Großes, wie einstmals bei der Madonnenfigur droben am Feldberg, die jeden Freitag Blut geweint hatte. So etwas bräuchte man auch hier bei uns, und es wäre ihm ein Leichtes, über den Bischof von Konstanz eine päpstliche Ablasserlaubnis zu erlangen. Er werde meinem Einfallsreichtum freie Hand lassen, wenn er nur die Ministranten auswählen und einen Teil der Ablassgelder für sich verwenden dürfe. Nur leider …» Blasius' Miene bekam etwas Weinerliches. «… leider ist mein guter alter Freund selbst vom rechten Weg abgekommen, in mehrfacher Hinsicht, aber vor allem, seitdem er sich dem Glücksspiel ergeben hat. So viel von seinem Besitz hat er schon verpfänden müssen und kann gleichwohl vom Spiel nicht lassen.»

Sie hatte es gewusst! Der feine Ratsherr steckte tief mit drin. Nur nutzte ihr diese Erkenntnis nichts mehr, weder ihr noch dem armen Barnabas.

«Jetzt aber genug der Plauderei. Höre ich da vom Tal herauf nicht Stimmen? Kommen da etwa schon die ersten Bauern angelaufen, um sich einen guten Platz zu ergattern? Nun, dann werden wir es eben nicht hier zu Ende führen, sondern oben im Wald. Da hört dich keiner, Serafina.»

Sie stieß einen erstickten Schreckenslaut aus und ließ sich zu Boden sinken. Noch war das Stimmengewirr weit entfernt. War da nicht auch das Winseln des Hundes zu hören? War der kleine Kerl zurückgekommen?

«Keine Angst, Serafina, es wird schnell gehen. Aus dir werde ich keinen Judas machen, dazu mangelt es dir als Weib denn doch an Größe. Leider war mir nicht genug Zeit vergönnt, mein Werk bei diesen Verrätern zu vollenden. Bei dem Dummkopf von Ministranten kam mir ja leider ein Schweinehirt in die Quere, als ich ihm den Bauch aufschlitzen wollte, und bei unserem Mitbruder dieser elende Bettelzwerg. Gerade als ich Rochus aufknüpfen wollte, hab ich den Tölpel herankommen hören, mit seinem ewigen Pfeifen und Singen. Warte noch, erst müssen Schleier und Gebände herunter ...» Grob zerrte er an ihrem Kopf herum. «... wenn der erste Schnitt Erfolg haben soll. – Jetzt aber nichts wie los und hinauf in den Wald.»

Er riss sie in die Höhe und stieß sie zur Tür, die er hastig entriegelte. Serafina, die sich kaum noch auf den Beinen halten konnte, wusste, nun war sie endgültig verloren. Sie würde sterben, ohne dass sich ihr größter Herzenswunsch erfüllte: Einmal nur noch ihren Sohn wiederzusehen.

Kapitel 29

Die Tür schwang auf, und eine grelle Morgensonne stach ihr ins Gesicht. Sie schloss die Augen. Die Stimmen der ersten Kirchgänger waren inzwischen deutlich zu vernehmen, sie mussten fast den Kirchhof erreicht haben. Doch für Serafina kamen sie zu spät.

«Hinaus mit dir!», hörte sie es hinter sich schnauzen und spürte, wie Blasius' massiger Bauch sich gegen ihre gefesselten Hände schob. Das Nächste, was sie spürte, war ein Luftzug dicht über ihrem Kopf, sie hörte einen Schlag, als ob Holz gegen Holz krachte, gefolgt von einem schmerzerfüllten Aufschrei und wütendem Hundegebell.

«Du verfluchter Schweinepriester! Ich mach dich fertig.»

Das war doch die Stimme des Stadtarztes! Serafina riss die Augen auf, warf sich zu Boden und rollte sich zur Seite, während Adalbert Achaz zum nächsten Schlag ausholte. Sein sonst so friedfertiges Gesicht war vor Wut verzerrt. Für diesmal war der Mönch schnell genug, um auszuweichen, stürzte sich seinerseits mit Gebrüll auf den Medicus. Mit lautem Kläffen raste der kleine Hund um die Kämpfenden herum, die sich ein verbissenes Gerangel lieferten. An Körperfülle und Kraft standen sich die beiden Männer in nichts nach, kein Sieger, kein Unterlegener zeichnete sich ab. Am Ende war es Blasius, der wieder freikam. Er versetzte Achaz einen Faustschlag gegen die Schläfe, der ihn rückwärts gegen die Hüttenwand taumeln ließ. Blasius trat einen Schritt zurück.

«Jetzt ist's aus mit dir, Medicus.» Zu Serafinas Entsetzen zog er einen langen, spitzen Dolch aus seiner Kutte. «Wenn du Glück hast, reicht die Zeit noch für ein letztes Gebet.»

Seine Augen schimmerten glasig, und seine Lippen umspielte ein entrücktes Lächeln, während er mit dem Dolch in der erhobenen Faust auf Achaz zuging.

«Nein!» Blitzschnell warf Serafina, die noch immer auf dem Boden lag, sich herum und schleuderte ihre Füße mit aller Wucht gegen Blasius Schienbein. Wie ein gefällter Baum ging der Mönch zu Boden, keinen Atemzug später war der Hund bei ihm und biss ihn ins Handgelenk. Mit einem Schrei ließ Blasius den Dolch los.

«Braves Tier!»

Achaz sprang herbei und klaubte den Dolch aus dem Gras, bevor er seinem Gegner noch einen kraftvollen Fußtritt in den Unterleib versetzte. Wimmernd wand sich der Pater auf dem Boden.

«Bist du verletzt?»

Der Medicus betrachtete Serafina voller Sorge, während er ihr den Knebel aus dem Mund zog und dann ihre Fesseln löste. Sie würgte und spuckte aus.

«Nein.» Schwankend kam sie auf die Beine. «Aber wenn Ihr nicht gekommen wärt …»

Sie brach ab und fiel ihm in einer Welle von Dankbarkeit und Erleichterung um den Hals.

«Sosehr ich es genieße, dich in den Armen zu halten», flüsterte Achaz ihr ins Ohr, «so muss ich dir doch sagen, dass wir Zuschauer haben.»

Unvermittelt ließ Serafina ihn los. In sicherem Abstand hatten sich tatsächlich gut zwei Dutzend Männer und Frauen versammelt und gafften sie an, Mund und Augen weit aufgerissen.

«Ihr könnt nach Hause gehen. Das Blutwunder fällt aus», rief Achaz ihnen zu. «Oder wartet – ein paar von euch Männern könnt ich brauchen, um den da in die Stadt zu bringen. Euer Priester ist nämlich ein zweifacher Mörder, der eben gerade fast seinen dritten begangen hätte. An dieser unschuldigen Regelschwester hier.»

Er kniete sich nieder, um Blasius die Hände vor die Brust zu binden. «Du kannst schon mal anfangen, um dein eigenes Seelenheil zu beten, Blasius.»

Noch immer standen die Menschen so fassungslos, dass keiner ein Wort herausbrachte.

«Ein Betrüger ist er obendrein.» Serafina klopfte sich benommen Gras und Erde vom Rock. «Er und dieser Einsiedler. In dem Schuppen dort findet sich alles, was man für ein Blutwunder braucht.»

Sie holte tief Luft und starrte erst Achaz, dann den gefesselten Priester an. War das alles nun Traum oder Wirklichkeit? In ihrem Kopf begann es sich zu drehen.

«Wo ist eigentlich Cyprian?», fragte sie, als der Schwindelanfall vorüber war.

Der Stadtarzt deutete zum Waldrand. «In großen Sprüngen auf und davon. Wahrscheinlich auf Nimmerwiedersehen. – Und Euch ist wirklich nichts geschehen, Serafina?»

Ihr war sehr wohl aufgefallen, dass er sie kurz zuvor noch mit dem vertraulichen Du angesprochen hatte. Fast tat es ihr leid, dass dieser Augenblick vorüber war.

Sie rieb sich ihre schmerzenden Handgelenke, und auch ihr Daumen war wieder veilchenfarben angelaufen.

«Dank Euch ist es nicht so weit gekommen.» Leise fügte sie hinzu: «Ihr habt mir das Leben gerettet. Womöglich schon das zweite Mal.»

«Ach was.» Verlegen strich er sich das Haar aus der Stirn. «Außerdem habt Ihr das wettgemacht. Hättet Ihr dem Kerl nicht so beherzt gegen das Schienbein getreten, hätte der mich ohne Erbarmen ans Bruderhäuslein genagelt.»

«Das Verdienst kommt eher diesem Hund zu.» Sie beugte sich nieder und kraulte dem Tier, das sich ihr schwanzwedelnd zu Füßen gesetzt hatte, den Nacken. «Du bist ein treues Tier. Hätte nicht gedacht, dass du zurückkommst.»

«Ein wahrhaft guter Einfall, einen Wachhund mit in die Höhle des Löwen zu nehmen. Erst recht ein so imposantes, furchteinflößendes Tier wie diesen Zerberus hier.»

«Spottet nur. So klein der Hund ist, so ein mutiges Herz hat er auch.» Sie spürte, wie sie allmählich wieder ihre Sinne beisammen hatte. «Außerdem gehört er gar nicht zu mir. Er ist mir nur nachgelaufen.»

Dann stutzte sie. «Woher wusstet Ihr, dass ich hier bin?»

Achaz lachte. «Ich gebe zu, ich bin manchmal nicht der Schnellste im Schlussfolgern. Aber zwei und zwei kann ich schon noch zusammenzählen. Nachdem ich Euch vorgestern berichtet hatte, dass diese Wandschmiererei von den Mönchen angezettelt worden war, habt Ihr dreingeschaut, als wäre Euch der Leibhaftige persönlich erschienen. Da wusste ich: Ihr wart am Ende Eurer Spürarbeit angekommen. Und da Ihr mich heute früh, einem Freitagmorgen, nicht zur Exhumierung begleiten wolltet, wurde mir klar, dass alles mit dem Blutwunder zusammenhängen musste.»

Er hielt einen Moment inne, als ob er das alles immer noch nicht glauben könne. Dann fuhr er fort:

«Ich hab's geahnt, dass Ihr auf dem Weg zur Wallfahrtskapelle sein würdet, in aller Frühe schon, allein und auf eigene
Faust – und Euch damit in höchste Gefahr bringen würdet.
Und so hatte ich mir heute Morgen im Mietstall ein Pferd ge-
schnappt und bin hier herausgaloppiert. Der kleine Hund hat
mir übrigens den Weg gewiesen – er saß winselnd vor dem
Bruderhäuslein. Irgendwie scheint er einen Narren an Euch
gefressen zu haben.»

«Dann wart Ihr der Reiter, den ich gehört habe?»

Wieder lachte er, und es war ihm anzusehen, wie die An-
spannung von ihm abfiel. Ihr selbst ging es nicht anders. Am
liebsten hätte sie geweint vor Erleichterung.

«Ja, der Reiter war ich. Und das, obwohl ich auf so einem
Gaul kaum aufrecht zu sitzen vermag. Ich bin dann dort beim
Waldrand abgesprungen, weil ich ihn nicht mehr zügeln
konnte, und der Gaul ist allein weitergerannt. Ich kann nur
hoffen, dass er in seinen Stall zurückgekehrt ist.»

«Und so seid Ihr ganz ohne Begleitung und ohne Bewaff-
nung hierhergekommen, um mich zu retten – aus höchster
Gefahr, wie Ihr sagt. Ein wenig närrisch seid Ihr schon auch.»

«Aber nicht doch.» Er zog ein Messer aus der Tasche und
hielt es ihr hin. Es war lächerlich klein. «Allerdings hatte ich
im Eifer des Gefechts gar nicht mehr daran gedacht, dass ich
es dabeihatte.»

Kopfschüttelnd blickte sie erst auf das Messerchen, dann in
Achaz' hellbraune Augen, die jetzt schon wieder verschmitzt
funkelten.

«Ihr seid wirklich närrisch», murmelte sie. Dann sah sie
sich um. Das Grasstück zwischen Kapelle und Bruderhäuslein war inzwischen dicht mit Menschentrauben besetzt,
die Rufe der Empörung und des Entsetzens wurden lauter

und lauter. Die einen rannten hinüber in Cyprians Hütte, wo unter Getöse alles zerschlagen und zertreten wurde, was sich fand, die anderen drängten einander weg, um einen Blick auf den immer noch am Boden liegenden Wallfahrtspriester zu erhaschen.

«Hängt ihn an den nächsten Baum!» – «Abstechen sollt man die Kuttensau!» So und so ähnlich hallten ihre Schreie über die Wiese. Von den Ministranten, die auch längst hätten hier sein müssen, war weit und breit nichts zu sehen. Dafür stand inmitten der unruhigen Menge, die sich nur mit Mühe im Zaum zu halten schien, stumm und reglos ein junger Mönch: Bruder Immanuel.

Achaz winkte ihn heran.

«Begleitest du uns freiwillig vor den Rat der Stadt?»

«Ja.» Über seine bleichen Wangen rannen die Tränen. «Ich bin so froh, dass das alles ein Ende hat.»

«Dann wusstest du also Bescheid um diesen Betrug?»

Er stieß ein unterdrücktes Schluchzen aus. «Ich bin mitschuldig durch mein Schweigen, ich weiß. Aber ich hatte solche Angst, dass ich der nächste Judas sein würde. Ich – ich wollte noch nicht sterben.»

Der Junge tat Serafina trotz allem leid. «Wer hat noch mitgemacht bei diesem schändlichen Betrug?», fragte sie.

«Nur Bruder Blasius, Bruder Cyprian und ich. Es hat geheißen, es sei Gottes Wille und Befehl, und Bruder Blasius war doch immer wie ein Vater für mich, seitdem ich als Kind ins Kloster kam.» Er wies mit dem Kopf in Richtung Blasius, der sein Gesicht mittlerweile unter der hochgezogenen Kapuze verborgen hielt. «Was geschieht nun mit ihm?»

«Er kommt vor das Blutgericht», antwortete Achaz. «Selbst mit Gottes Gnade wird ihm der Tod nicht erspart bleiben.»

Und Barnabas wird endlich frei sein, dachte Serafina bei sich, und ihr Herz tat einen Sprung.

«Die Kiste mit dem Schweineblut!» Sie schlug sich gegen die Stirn. «Wir dürfen die Kiste nicht vergessen.»

Sie wollte schon loslaufen, als ein Bauersmann mit der Kiste unterm Arm in ihren Kreis trat. «Das hier hab ich im Schuppen gefunden.»

Achaz pfiff durch die Zähne, als er den Inhalt sah.

«So also hält man die Leute zum Narren. – Alsdann, junger Freund …» Er schlug Bruder Immanuel gegen die Schulter. «… hilf mir, deinen Meister auf die Beine zu bringen. Wir haben keine Zeit zu verlieren.»

Er wählte unter den Umstehenden zwei kräftige Männer zur Begleitung aus, die ihm besonnen genug erschienen, um Blasius nicht bei nächster Gelegenheit den Garaus zu machen, dann machten sie sich auf den Weg. Serafina und Achaz gingen voraus, gefolgt von Blasius, den seine beiden Bewacher fest im Griff hielten, dem Bauersmann, der die Kiste auf einer Karre hinter sich herzog, und Bruder Immanuel. Der junge Mönch weinte noch immer lautlos vor sich hin.

Es war nicht zu vermeiden gewesen, dass ihnen die Mehrzahl der Kirchgänger folgte. So bewegte sich jetzt ein langer Menschenstrom durch das sonnenbeschienene Tal in Richtung Stadt, und ein kleiner, magerer Hund mit Ringelschwanz und hellbraunem Fell rannte aufgeregt vorweg.

Als die Mauern Freiburgs vor ihnen im Dunst auftauchten, fragte Serafina den Stadtarzt neben sich: «Was starrt Ihr mich eigentlich die ganze Zeit so von der Seite an?»

«Tu ich das?» Achaz wirkte verlegen. «Nun ja, Euer Haar ist offen.»

Serafina strich sich entgeistert über ihren dunklen, noch

immer recht kurzen Haarschopf. Ihre Kopfbedeckung hatte sie doch wahrhaftig in der Hütte vergessen!

«Da gibt es rein gar nichts zu glotzen, Achaz.»

Doch anstatt wegzusehen, entgegnete er grinsend: «Ich hatte ganz und gar vergessen, wie hübsch Ihr ohne Schleier und Gebände ausseht.»

Kapitel 30

$\mathcal{E}$s war eine schöne, sehr feierliche Bestattung gewesen. Auf dem Schindanger hatte der Totengräber – für diesmal nicht der Wasenmeister! – Hannes' Gebeine in einen Eichenholzsarg gelegt, ganz so, wie es bei den Vornehmen Brauch war, und mit einem Bahrtuch aus schwarzem Samt und silbernen Borten bedeckt. Anschließend hatte sich der Leichenzug in Bewegung gesetzt, angeführt vom Münsterpfarrer und seinen Ministranten, die Vortragekreuz, Weihwasserbecken, Weihrauchfässchen und Lichter mit sich führten. Sechs Genossen aus der Kaufmannszunft, gefolgt von einem halben Dutzend Klageweibern, hatten den Sarg dann quer durch die Stadt bis ins Münster getragen, von dessen Turm seit einiger Zeit schon die große Glocke alle Welt zur Totenmesse rief. In der Kirchenmitte wurden Hannes' sterbliche Reste dann zum Abschiednehmen aufgebahrt, umstellt von zwölf dicken Wachskerzen, von Weihrauchwolken eingehüllt.

Als wollte der Pfarrer sein Versäumnis gegenüber dem Toten und dessen Angehörigen wiedergutmachen, dauerte die Messe viel länger als üblich. Auch war halb Freiburg gekommen, um dem jungen Pfefferkorn ein letztes, würdiges Geleit zu geben. Wie sich das Blatt doch wenden konnte, dachte Serafina bei sich, die mit ihren Mitschwestern und den anderen geladenen Gästen nahe bei der Familie stand. Und doch freute es sie von Herzen, insbesondere für Walburga Wagnerin, deren Gesicht trotz der vielen Tränen heute endlich wieder eine gesunde Farbe angenommen hatte.

Nach Kommunion und Segnung umrundete der schier endlos lange Zug das Münster bis zur Totenkapelle Sankt Andreas. In deren Schatten lagen die reichen Bürger bestattet, tief unter der Erde in Einzelgräbern, und hier war auch für Hannes die letzte Wohnstatt bereits ausgehoben. Ein letztes Mal wurde der Sarg unter Gebeten mit Weihwasser besprengt und beräuchert, dann warf der Priester die erste Schaufel mit Erde, um sie dem Kaufherrn zu übergeben.

Serafina schloss die Augen und dachte an jenen glücklichsten Moment des gestrigen Tages zurück, der sie ihre Todesangst im Bruderhäuslein fast vergessen machte: Der Moment, als Barnabas endlich freikam. Sie hatte es sich nicht nehmen lassen, ihn zum Mittagsläuten persönlich im Spital abzuholen. Zu ihrer Erleichterung schien er die Zeit seiner Gefangenschaft halbwegs unbeschadet überstanden zu haben. Noch nie hatte sie ihn so lachen und strahlen sehen, und als er schließlich vor ihr stand, hatte er ihr seine kurzen Ärmchen entgegengestreckt. Da war sie in die Knie gegangen, um sich von ihm umarmen und herzen zu lassen.

«Serafina, mein rettender Engel!», hatte er ein ums andere Mal gerufen, nur um ihr erneut einen dicken Kuss auf Wange oder Stirn zu drücken. Sie hatte ihn nach Hause begleiten wollen, doch er hatte abgelehnt.

«Ich werd sehr lange brauchen, denn ich will jeden Baum, jeden Strauch, jeden Vogel begrüßen in meiner neuen Freiheit!»

In diesem Moment hatte sie einmal mehr daran gezweifelt, dass Barnabas tatsächlich wirr im Kopf sei und sich gefragt, ob er der Welt den Unsinnigen nur vorspielte.

«Jetzt endlich wird die Pfefferkornin ihren Frieden finden», hörte sie plötzlich den Stadtarzt leise sagen. Er hatte sich unbemerkt hinter sie gestellt.

Serafina nickte. «Ich hoffe, wir können ein klein bisschen dazu beitragen. Schwester Heiltrud und ich sind von ihr als Seelschwestern bestellt, um sieben Tage lang am Grab zu beten.»

Ihr Blick schweifte zu Diebold Pfefferkorn, der als Letzter einen Schwung Erde in die Grube warf.

«Das schlechte Gewissen ist ihm deutlich anzusehen», murmelte sie.

«Ich habe ihm auch noch einmal gehörig den Kopf zurechtgerückt», erwiderte Achaz. «Kommt Ihr mit zum Leichenschmaus?»

«Ja, wir alle werden gehen.»

«Das ist schön. Da findet sich nun endlich die Gelegenheit, ein Krüglein Wein mit Euch zu trinken. Wo habt Ihr eigentlich Euren Zerberus gelassen, nachdem Ihr gestern so verzweifelt versucht habt, ihn loszuwerden?»

«Der Zerberus heißt jetzt Michel, nach dem Schutzengel Michael, und hat sein Plätzchen bei uns im Hof gefunden.»

«Also doch. Man muss nur hartnäckig genug sein bei den Frauen.» Achaz lachte leise. «Lassen wir die anderen vorausgehen, ich habe Euch noch eine Kleinigkeit zu berichten.»

«Dazu solltet Ihr schon die Meisterin um Erlaubnis fragen. Ihr könnt Euch vorstellen, wie außer sich sie war über die gestrigen Ereignisse.»

Tatsächlich war Catharina fast das Herz stehen geblieben

vor Schreck, als Serafina von der Wallfahrtskapelle heimgekehrt war und ihr über alles Bericht erstattet hatte. So zornig war die Meisterin über Serafinas Eigenmächtigkeiten und Lügen gewesen, so außer sich vor Entsetzen, was alles hätte geschehen können. Doch am Ende, nachdem die Wogen sich geglättet hatten, hatte sie Serafina voller Rührung in die Arme geschlossen.

Achaz grinste. «Ich hab ihre Erlaubnis bereits. Und zu Eurer Aufnahmefeier morgen bin ich auch geladen. Ihr seht also …»

Er musste sich unterbrechen, denn man begann ein letztes Vaterunser zu beten. Nach dem Amen zerstreute sich die Menge: Die Mehrzahl würde nun nach Hause gehen oder ein Wirtshaus aufsuchen, die Übrigen sammelten sich, um der Einladung ins Haus Zur Leiter zu folgen. Es waren vor allem Kaufleute und Ratsherren mit ihren Frauen, die zum Essen geladen waren. Sigmund Nidank war selbstredend nicht darunter, und es hieß, er sei ganz plötzlich schwer erkrankt.

Achaz und Serafina warteten, während die Familie Pfefferkorn an ihnen vorbei zum Ausgang des Friedhofs schritt. Diebold sah beschämt zur Seite, wohingegen der Kaufherr ihr mit einem frohen Lächeln zunickte. Er hatte sich schon am Vortag bei ihr für sein schroffes Verhalten der letzten Wochen entschuldigt und sich mit herzlichen Worten dafür bedankt, wie sie sich von Beginn an für seinen toten Jungen eingesetzt habe. Für die Überführung des Mörders schließlich hatte er gar nicht genug Lobesworte gefunden und zum Lohn den Christoffelsschwestern eine großzügige Spende versprochen: einen nagelneuen Webstuhl mitsamt Lizenz der Weberzunft. Damit würden sie ihren Lebensunterhalt noch um einiges besser bestreiten können.

Serafina betrachtete den Stadtarzt von der Seite. Wenn

sie ihn bei ihrem letzten Besuch in seinem Hause richtig verstanden hatte, war er also Witwer. Plötzlich ertappte sie sich dabei, wie sie sich das Aussehen seiner Frau vorstellte. Ob sie schon lange tot war? War sie vielleicht der wahre Grund dafür, dass er Konstanz verlassen hatte?

«Wie hat es Euch eigentlich …» Nun siegte ihre Neugier doch. «… ausgerechnet nach Freiburg verschlagen?»

«Ach je, das sind diese Zufälle, mit denen das Schicksal so gerne spielt. Ihr wisst doch sicher, dass Herzog Friedrich, der einstige Freiburger Landesherr, dem Gegenpapst zur Flucht verholfen hatte, vom Konstanzer Konzil hierher nach Freiburg. Nun, einer von Friedrichs engsten Vertrauten war der Freiburger Stadtarzt, und mit Friedrichs Ächtung durch den Kaiser musste auch der sein Bündel packen.»

Sie schlossen sich, mit einem gewissen Abstand, dem Trauerzug als Letzte an.

«Als ich davon hörte», fuhr Achaz fort, «habe ich mich gleich auf den Weg gemacht und mich um das vakante Amt beworben, zumal ich nach dem Konzil ohnehin nicht mit meinem Bischof zurück nach Basel wollte.»

«Gab es denn einen bestimmten Grund, dass Ihr wegwolltet?»

«Vielleicht ein andermal», wehrte er ab, und Serafina merkte, wie sie sich über ihre vorlaute Frage zu ärgern begann. Was ging sie schließlich das Leben dieses Mannes an?

«Wisst Ihr eigentlich, was aus Immanuel geworden ist, dem jungen Mönch?», versuchte Achaz abzulenken.

«Soweit ich weiß, hat sich der Prior sehr für ihn eingesetzt und erreicht, dass Immanuel nicht vor das Blutgericht kommt. Man hat ihn wohl in ein Schweizer Tochterkloster gebracht. – Aber wolltet Ihr mir nicht noch etwas berichten?»

Sie hatten den Münsterplatz überquert und bogen nun in ein Gässchen ein, das so schmal war, dass sich ihre Arme berührten.

«Ja, ganz recht. Es geht um Nidank. Ich nehme an, Ihr seid gestern Nachmittag auch zur Zeugenaussage vorgeladen gewesen.»

Serafina nickte. «Ja, vor Laurenz Wetzstein und Magnus Pfefferkorn, den neuen Heimlichen Räten. Ich habe alles geschildert, wie es gewesen war. Natürlich auch, dass Nidank Bruder Blasius zu diesem Schurkenstück angestiftet hatte und dass der Ratsherr mit Sicherheit gewusst hatte, wer die beiden Morde begangen hatte.»

«Genau das habe ich auch ausgesagt. Ich hatte nämlich einen Teil von Blasius' Reden draußen vor der Hütte mit anhören können. Und auch, dass er … dass er Euch im Wald töten wollte.»

Sie starrte ihn verdutzt an. «Ihr wart also schon vorher da?»

«Ja, aber ich musste doch warten, bis Ihr herauskamt. Schließlich war die Tür innen verriegelt», erwiderte Achaz. Dann grinste er. «Außerdem hab ich drauf gehofft, dass die Kirchgänger, die ich unterwegs überholt hatte, mir notfalls zu Hilfe gekommen wären. Ein geschickter Kämpfer bin ich nämlich nicht gerade.»

«Fürwahr», bestätigte Serafina spöttisch. «Euer erster Faustschlag hätte ebenso gut mich treffen können. Ich hab sogar den Luftzug über meiner Stirn gespürt!»

«Niemals.» Achaz tat empört. «Das war genauestens berechnet. Schließlich seid Ihr einen guten Kopf kleiner als der Mönch. Nun ja, jedenfalls habe ich unter Eid bestätigt, was ich gehört habe, und Wetzstein wie auch Pfefferkorn haben mir versichert, alles zu tun, um Nidanks Rolle in diesem Mordkomplott aufzudecken. Eben gerade habe ich allerdings von Pfefferkorn erfahren, dass die Untersuchung gegen Nidank eingestellt wurde. Blasius hat nämlich gleich in seinem ersten Verhör alles widerrufen: Niemand sonst habe mit dem Blutwunder und den Todesfällen zu tun. All das sei einem heiligen Auftrag entwachsen, den der Allmächtige ihm und nur ihm allein gegeben habe.»

«Dann kommt Nidank also ungeschoren davon?» Serafina blieb der Mund offen stehen.

«Die irdische Welt ist nun mal nicht gerecht. Er darf sogar Ratsherr bleiben, nur ist er vorläufig von seinen Ämtern entbunden. Was ich eigentlich sagen will: Ich fürchte, wir haben uns mit unserer Aussage einen mächtigen Feind gemacht. Behaltet den Kerl in Zukunft im Auge, ich bitt Euch drum.»

Serafina winkte ab. «Nidank kann mir gar nichts anhaben. Ich hab keine Angst vor ihm.»

Sie waren in der Salzgasse angelangt, nur noch wenige Schritte von Pfefferkorns Haus entfernt. Achaz hielt sie am Ärmel fest.

«Versprich mir eines, Serafina: Dass du – dass Ihr Euch nie wieder in Dinge einmischt, die Euch gefährlich werden könnten!»

«Macht Euch keine Sorgen, Adalbert Achaz.» Sie musste fast lachen. «Ich denke nicht, dass hier in Freiburg alle naselang ein Mord geschieht.»

Zweifelnd betrachtete er sie aus seinen wachen, hellen Augen. Dann sagte er beschwörend:

«Euer Wort in Gottes Ohr!»

Glossar

Abdecker – siehe *Schinder*

Ablass – (Allg.: Nachlass von Sündenstrafen seitens der Kirche) Bis zur Reformation herrschte die Vorstellung, dass gegen eine entsprechende Geldspende die Zeit im Fegefeuer um eine bestimmte Anzahl Tage, Jahre oder sogar Jahrhunderte verkürzt werden konnte

Absolutio post mortem – Absolution (Lossprechung von den Sünden) nach dem Tod

Abtsgasse – später Augustinergasse, heute Grünwälderstraße

Adelhausen – alter Name für einen Teil des heutigen Stadtteils Wiehre rund um den Annaplatz

Armenpfründe – Lebensabend, Altersversorgung im mittelalterlichen Spital; Eintritt war zwar kostenlos, doch war alles, was man besaß (Kleider, Bett, Geschirr), einzubringen und ein guter Leumund vorzuweisen

Bahrtuch – Sargdecke, Sargtuch

Bannwart – (auch: Waldschütz, Flurschütz) dörflicher Amtsträger, der sich um Wald und Flur der Gemeinde kümmerte

Barfüßer – volkstümlich für Franziskanerorden

Barfüßergasse – heute: Franziskanerstraße

Beginen – (in Freiburg auch Regelschwestern genannt) Gemeinschaft/Schwesternsammlung christlicher Frauen, die ein frommes, eheloses Leben in ordensähnlichen Häusern führten und sich u. a. der Krankenpflege und Sterbebegleitung widmeten. Wurden immer wieder als Ketzerinnen verfolgt

Beichtiger – Beichtvater

Beisitzer – in Freiburg für: (Hilfs-)Schöffe bei Gericht

Bettelvogt – Armenpfleger, Aufseher über die einheimischen Armen und Bettler. Im MA oft selbst ehemalige Bettler

Bettseicher – süddt. für: Bettnässer

Birett – weiche, rund gewölbte Mütze mit Quaste aus Wolle oder Seide

Blutgericht – (auch: Hochgericht, Malefizgericht) Gericht, das für Schwerverbrechen zuständig war, die mit Lebens- oder Körperstrafen geahndet wurden

Brotlaube – siehe *Lauben*

Bruderbäuslein – Hütte eines Einsiedlermönches

Büttel – gerichtliche Hilfsperson in der mittelalterlichen Strafverfolgung; vollzieht auch die Leibesstrafen

Burghalde – Freiburger Schlossberg. Die alte Burg war zu dieser Zeit schon aufgegeben und verfallen

Bursar – Hauptkassierer und Finanzverwalter eines Männerklosters

Caritas – hier: aktive christliche Nächstenliebe

Chor – Altarraum in Kirchen, der früher den Geistlichen vorbehalten war

Chorumgang – Bauteil einer Kirche, der galerieartig um den *Chor* herum führt

Christoffelstor, Christoffelsturm – ehemaliges Stadttor von der Innenstadt in die *Neuburgvorstadt* am nördlichen Ende der heutigen Kaiser-Joseph-Straße; hier wie auch in einigen anderen Türmen der Stadttore befand sich ein Gefängnis

Credo – (lat.: ich glaube) christliches Glaubensbekenntnis als fester Bestandteil des Gottesdienstes

De Profundis – (lat.: aus der Tiefe) sechster der sieben Bußpsalmen, traditionelles Totengebet der katholischen Kirche

Dreisam – Fluss durch Freiburg; lag früher dichter an der Altstadt als heute

Ebnot – alter Name für Ebnet, einem Dorf östlich von Freiburg

endlicher Rechtstag – im spätmittelalterliche Strafrechtssystem: öffentliche Hauptverhandlung zur Urteilsverkündung. Schuld und Strafe selbst werden in einem geheimen Vorverfahren von wenigen Schöffen ermittelt. Siehe auch: *Heimliche Räte*

Eschholz – altes Gewann im Westen der Stadt, bei der heutigen Eschholzstraße

Eucharistiefeier – Abendmahlsfeier

Exerzitien – Gebets- und Besinnungsübungen zur Vertiefung des persönlichen Glaubens

Exhumierung – Ausgrabung einer bereits bestatteten Leiche

Exkremente – tierische und menschliche Ausscheidungen (Harn, Kot)

Feldberg – höchster Berg des Schwarzwalds (1493 m)

Fischmarkt – befand sich an Stelle des heutigen Bertoldsbrunnens

Fragstatt – Folterkammer; in Freiburg auch Marterhäuslein genannt, das sich im *Christoffelsturm* befand

Fürbitte – katholische Kirche: Gebet, bei dem Heilige um Fürsprache bei Gott gebeten werden

Fürsprecher – in historischen Gerichtsverfahren: Verwandte oder Freunde, die sich für einen Angeklagten einsetzen (Gnadenbitte). Nicht selten konnte aufgrund von Fürsprache eine Strafe an Leib und Leben in eine Geld- oder Ehrenstrafe umgewandelt werden

Gebände – (auch: Gebende) Mittelalterliche Kopfbedeckung für Frauen. Besteht aus einem eng um Kinn, Ohren und um den Oberschädel gewickelten Stoffstreifen und einem weiteren Band, das um Stirn und Hinterkopf gebunden ist und einer Haube ähnelt. Auch unter dem Schleier getragen

Geiztriebe – unfruchtbare Seitentriebe einer Pflanze

Gerichtslaube – Die ursprüngliche Gerichtslaube stand bis ins 15. Jh. beim heutigen Bertoldsbrunnen. Das, was heute fälschlicherweise «Gerichtslaube» genannt wird, stellt das älteste Freiburger Rathaus dar, siehe *Ratsstube*

Geschlecht, Geschlechter – städtische Oberschicht des Mittelalters. Der Begriff Patriziat / Patrizier setzte sich erst im 17. Jh. durch

geschworen – hier: amtlich mit einer Aufgabe betraut, in städtischen Diensten

Gliederschwamm – alte Bezeichnung für Gelenkschmerzen

Große Gass – mittelalterliche Marktstraße Freiburgs; heute Kaiser-Joseph-Straße und noch immer Haupteinkaufsstraße

Guardian – Klostervorsteher einer Franziskanerniederlassung

Habit – Ordenstracht von Nonnen und Mönchen, Farbe je nach Ordenszugehörigkeit

Habsburger – altes europäisches Herrschergeschlecht, das über Generationen hinweg die deutschen Könige und römisch-deutschen Kaiser stellte

handhaft – «auf handhafter Tat» erwischt werden: Spuren der Tat haften noch an der Hand. Analog unserem heutigen «in flagranti»

Haus Zur Kurzen Freud – mittelalterliches Bordell in Freiburg, nachweislich in der *Neuburgvorstadt* gelegen

Heimliche Räte – anderswo Schöffen genannt: Ermittlungsrichter und öffentliche Ankläger im mittelalterlichen Gerichtsverfahren. Ihnen zur Seite standen *Beisitzer*

Herrenpfründe – Lebensabend, Altersversorgung im mittelalterlichen Spital von wohlhabenden Bürgern gegen hohe Eintrittszahlung

Heuet – auch: Heumonat. Bis ins 16. Jh. Bezeichnung für den Monat Juli

Hochamt – feierliche Messe an Sonn- und Feiertagen

Hübschlerin – alte Bezeichnung für Prostituierte. Es gab viele weitere Umschreibungen, wie leichte Fräulein, freie Töchter, offene/gemeine Frauen oder heimliche freie Frauen

Ite missa est – (lat.: Gehet, es ist Entlassung) Entlassung aus dem Gottesdienst nach dem Segen

Johanni – Datumsangabe nach Johannes dem Täufer: 24. Juni

Kanzlei – städtischer Verwaltungssitz. Die erste Kanzlei Freiburgs war ein bescheidenes Häuschen an Stelle des heutigen Alten Rathauses

Kaplan – Priester, der in einer (Hof-, Burg-, Spital-)Kapelle die Messe zelebrierte

Kirchenbann – Ausschluss aus der kirchlichen Gemeinschaft

Klageweiber – zur rituellen Totenklage beauftragte und dafür bezahlte Frauen

Klausur – ein nur Nonnen/Mönchen zugänglicher Gebäudekomplex des Klosters, meist als Geviert um den rechteckigen *Kreuzgang* angelegt. Im übertragenen Sinne: Gebot, den inneren Klosterbereich nicht oder nur mit Erlaubnis zu verlassen

Kloster Adelhausen – ehemaliges Dominikanerinnenkloster, ursprünglich südwestlich des heutigen Annaplatzes (Stadtteil Wiehre) gelegen

(der) Kötzin Regelhaus – historisches Freiburger *Regelhaus*, befand sich in der Franziskanerstraße 9

Konvent – Gemeinschaft aller Nonnen/Mönche eines Klosters bzw. der Wohnbereich selbst; der Begriff wurde auch von *Beginen* und *Regelschwestern* verwendet

Konzil von Konstanz – unter König Sigismund einberufene Versammlung

(5. 11. 1414 bis 22. 04. 1418), die zur Zeit des Schismas (Papst und Gegenpapst) die Einheit der Kirche wiederherstellen sollte

Kreuzaltar – Volksaltar für Kirchenvolk und Laien, während der Hochaltar den Chorherren und Geistlichen vorbehalten war

Kreuzgang – rechteckiger Wandelgang im *Klausur*bereich eines Klosters um einen Innenhof. Von hier aus erschließen sich die einzelnen Klosterräume

Lämmlein – siehe *Regelhaus Zum Lämmlein*

Lauben – hier: überdachte, nach den Seiten offene Verkaufsstände

Lehener Tor – ehemaliges Stadttor von der Innenstadt in die *Lehener Vorstadt* auf der heutigen Bertoldstraße (bei Kreuzung mit Rotteckring)

Lehener Vorstadt – ehemalige westliche Vorstadt im Bereich heutige Bertoldstraße / Stadttheater; locker bebaut, mit Gärten, Rebland und zwei Frauenklöstern

Malefikant – alte Bezeichnung für Übeltäter, Missetäter, Verbrecher

Malefizgericht – siehe *Blutgericht*

Margareta Poret – (franz.: Marguerite Porète) französische Schriftstellerin und *Begine*, als Ketzerin verfolgt und 1310 in Paris verbrannt

Marterhäuslein – siehe *Fragstatt*

Melancholie – alte Bezeichnung für Depression

Metzig – Metzgerei, Schlachterei

mi-parti – Kleidung, die je zur Hälfte in verschiedenen Farben oder Mustern geschneidert ist

Mordbrenner – Brandstifter und Mörder

Neuburg(vorstadt) – ehemalige nördliche Vorstadt rechts und links der heutigen Habsburgerstraße. War eher ärmlich, mit Einrichtungen wie städtisches Bordell, Henkershaus, Armenspital, Findelhaus

Niederburg – ältester Stadtteil von Konstanz, zwischen Münster und Seerhein

Non – *Stundengebet* zur neunten Tageslichtstunde (ca. 15 Uhr)

Nothelfer – die vierzehn Nothelfer sind Heilige, die in Notlagen als Schutzpatrone angerufen werden

Oberriet – (heutige Schreibweise: Oberried) ehemaliges Wilhelmitenkloster, heute Schwarzwald-Gemeinde südöstlich von Freiburg

Oberrieter Gässlein – alter Name für die heutige Adelhauser Straße

Obertor – alter Name des heute noch bestehenden Freiburger Schwabentors

Ornat – festliche Amtstracht eines Geistlichen oder Herrschers

Oswald von Wolkenstein – (um 1377–1445) Sänger, Dichter, Komponist sowie Politiker in Diensten des Königs und späteren Kaisers Sigismund

Passion – im Christentum: Leiden und Sterben Jesu Christi

peinliche Befragung – Folter, um dem Angeklagten ein Geständnis zu erpressen; abgeleitet von Pein nach dem lateinischen poena für Strafe

Peterstor – ehemaliges äußeres westliches Stadttor, der *Lehener Vorstadt* vorgelagert; im Bereich heutiger Bertoldstraße / Ecke Moltkestraße

Pfleger – hier: Verwalter in Rechts- und Wirtschaftssachen; Treuhänder einer Stiftung, einer Kirche oder eines Klosters

Pfründe – siehe *Armenpfründe* oder *Herrenpfründe*

Phiole – birnenförmiges Glasgefäß mit langem, engem Hals

Portarius – Klosterpförtner

Prediger – volkstümlich für: Dominikanerorden

Psalter – Buch der Psalmen (Sammlung von 150 Gebeten, Liedern und Gedichten)

Rädern – qualvollste Form der Todesstrafe: Erst wurden die Glieder durch Aufprall der Radfelge gebrochen, dann der verrenkte Körper aufs Rad geflochten. Von «unten nach oben» (von den Füßen Richtung Kopf): strafverschärfend, weil noch qualvoller, da der Todeszeitpunkt hinausgezögert wurde

Rappenpfennig – alte Freiburger Silbermünze

Ratsstube – ältestes Freiburger Rathaus (Turmstraße), das heute fälschlicherweise «Gerichtslaube» genannt wird. Die ursprüngliche *Gerichtslaube* als öffentlicher Gerichtsort lag am heutigen Bertoldsbrunnen, also mitten im Marktgeschehen

Refektorium – klösterlicher Speisesaal

Regelhaus – *Beginen*gemeinschaft unter eigener Hausregel, die Aufnahme, *Konvents*verfassung und Lebensführung festlegte. War eng mit den Bettelorden (Franziskaner, Dominikaner) verbunden, jedoch ohne sich ihnen als Drittorden (siehe *Terziarinnen*) unterzuordnen

Regelhaus Zum Lämmlein – historisches Freiburger *Regelhaus*, befand sich in der Gauchstraße / Ecke Merianstraße

Regelschwester – siehe *Beginen*

Reichsacht – vom König/Kaiser verhängte Ächtung (Rechtloserklärung), die sich aufs ganze Reichsgebiet erstreckte

Rosenkranz – katholische Gebetsabfolge, die mit Hilfe einer Perlenschnur gebetet wird

Rossgasse – heutige Rathausgasse im Abschnitt Kaiser-Joseph-Straße bis Rathausplatz

Rote Ruhr – schmerzhafte bakterielle Infektion mit blutigem Stuhlgang, die tödlich sein kann

Sakristei – kleiner Nebenraum der Kirche, wo Messgerätschaften aufbewahrt werden und sich der Priester auf die Messe vorbereitet

Sankt Einbethen – Vorgängerbau des heutigen Annakirchleins im Stadtteil Wiehre

Sankt Martin – ehemalige Franziskaner-Klosterkirche am heutigen Rathausplatz

Sankt Veit – Datumsangabe nach dem heiligen Veit oder Vitus: 15. Juni

Sattelgasse – heutige Bertoldstraße vom Bertoldsbrunnen bis zum Rotteckring

Schindanger – (auch: Schindacker, Wasen) dörfliches/städtisches Grundstück außerhalb, wo Tierkadaver verwertet und verscharrt wurden. Auch Grabstätte von Menschen, denen die christliche Bestattung verwehrt war

Schinder – (auch: Wasenmeister) Abdecker, der Tierkadaver beseitigt und verwertet (zu den *Unehrlichen* gerechnet)

Schlupf- und Winkeldirnen – heimliche (illegale) und damit schutzlose Prostituierte, im Gegensatz zu den «öffentlichen Frauen» der städtischen Bordelle des Mittelalters

Schneckentor – ehemaliges äußeres südliches Stadttor, der *Schneckenvorstadt* vorgelagert; im Bereich Kaiser-Joseph-Straße/Ecke Holzmarkt

Schneckenvorstadt – südliche Handwerkervorstadt vor dem Freiburger Martinstor; heute noch weitgehend erhalten

Schultes – siehe *Schultheiß*

Schultheiß – vom Landesherrn eingesetzter Amtsträger, Gemeindevorsteher mit Gerichtsgewalt. Auf dem Dorf *Schultes* oder Schulze genannt

Schupfe – Vorgänger des Freiburger Prangers am heutigen Bertoldsbrunnen: Der Missetäter wurde in einen Korb/Käfig gesperrt, die sog. Schupfe am Ende eines Querbalkens, und auf und nieder «geschupft». Dabei in Wasser oder Kotlache getaucht

Schweinekoben – Stall, Verschlag für Schweine

Schwesternsammlung – siehe *Beginen*

Seelschwester – (auch Seelnonne, Totenfrau) Frauen, die Dienste rund ums Sterben und den Tod übernahmen. Dies war auch ein wichtiger Tätigkeitsbereich der *Beginen*

siech – krank, altersschwach

Sext – *Stundengebet* zur sechsten Tageslichtstunde (ca. 12 Uhr)

Siebenbrüdertag – Datumsangabe nach der heiligen Felicitas und ihren sieben Söhnen, die allesamt als Märtyrer hingerichtet wurden: 10. Juli

sodomitisch, Sodomie – im MA, anders als heute: Oberbegriff für alle «widernatürlichen» sexuellen Praktiken, u. a. auch für Homosexualität (auch «stumme Sünde» genannt)

spanische Stiefel – (auch: Beinschrauben) Folterinstrument, bei dem Schienbein und Wade zwischen zwei Eisenplatten gelegt wurden, die dann zusammengeschraubt wurden, bis die Knochen brachen

Spezereien – alte Bezeichnung für Gewürzwaren

Stigmata, stigmatisiert – (Einzahl: Stigma, für Wundmal) im Speziellen hier: die Wundmale Jesu Christi

Stockwart – Gefängniswächter; im Gefängnisturm auch Turmwart genannt

Stundengebete – Traditionell sammelte man sich im Kloster achtmal am Tag alle drei Stunden zum gemeinsamen Beten

Stutzer – altertümlich für übertrieben modischer, aufgeputzter Mensch

Tappert – knie-, selten bodenlanger und häufig seitlich geschlitzter Überwurfmantel

Terziar(inn)en – fromme Laienvereinigungen beiderlei Geschlechts, wie etwa *Beginen*, die sich einem der bestehenden Mönchsorden angeschlossen haben, um dann in der Regel ein klösterliches Leben zu führen; auch: «Dritter Orden»

(der) Thurnerin Regelhaus – historisches Freiburger *Regelhaus*, von einer Witwe aus dem Geschlecht der Thurner gestiftet; befand sich in der Schiffstraße 14

Thurnseeschloss – ehemals befestigter großer Fronhof des Geschlechts der Thurner beim heutigen Wiehre-Bahnhof

umgehen – hier: als Wiedergänger, Untoter nächtlich spuken

Unehrliche – aus der mittelalterlichen Gesellschaft als rechtlos und ehrlos ausgegrenzte Bevölkerungs- und Berufsgruppen, wie Fahrende Leute, Juden, Henker, Totengräber, Abdecker. Je nach Ort und Zeit sogar Müller, Bader, *Büttel*, Schäfer u. a. Prostituierte nicht zu jeder Zeit!

Unsinniger – veraltet für: Geisteskranker

Untertor – alter Name für Martinstor, eines der noch bestehenden inneren Stadttore auf der südlichen Kaiser-Joseph-Straße

Urfehde – Gelöbnis von Racheverzicht und Urteilsgehorsam nach Entlassung aus (Leibes-)Strafe und / oder Haft; auf Bruch der Urfehde stand schwere Strafe

vakant – frei, unbesetzt

Veitstanz – (auch: Tanzwut, Tanzplage) mittelalterliche Bezeichnung für die krampfartigen Zuckungen eines Nervenkranken, eines durch Mutterkorn / Genuss pflanzlicher Drogen Vergifteten oder Epileptikers

Vesper – längeres *Stundengebet* zum Abend (ca. 18 Uhr)

Vesperläuten – Abendläuten

Vierundzwanziger – Ausschuss des mittelalterlichen Freiburger Stadtrats, der unter dem *Schultheißen* zu Gericht saß

Vigilien – *Stundengebet*, ein bis zwei Stunden nach Mitternacht

Vita apostolica – apostolisches Leben in der Nachfolge Christi

Wandlung – Verwandlung von Brot und Wein in Leib und Blut Christi während der Heiligen Messe

Wasenmeister – siehe *Schinder*

Winkelbordell – heimliches, nicht offiziell zugelassenes Freudenhaus

Würi – alter Name für den heutigen Stadtteil Wiehre, gebildet aus den ehemals eigenständigen Dörfern Oberwiehre, Unterwiehre und Adelhausen

Wundarzt – (auch: Bader) im Gegensatz zum gelehrten Medicus ein Handwerksberuf (Arzt der kleinen Leute). Untersteht, wie die städtische Hebamme und der Apotheker, dem i. d. R. studierten Stadtarzt

wunderfitzig – alemannisch für: neugierig

Zattel – gezackter oder in Bögen und Zungen geschnittener Stoffrand / Ziersaum

Zerberus – Höllenhund der griechischen Sage, der den Eingang zur Unterwelt bewacht; allg. für grimmigen, kampfbereiten Wächter

Zwinger – mit einem zweiten Mauerring befestigter Raum rund um eine Festung; auch manche Stadttore befestigte man in dieser Weise (Doppeltoranlage)

Das für dieses Buch verwendete FSC®-zertifizierte Papier
Holmen Book Cream liefert Holmen, Schweden.